JULIA QUINN

*Un marido
inventado*

JULIA QUINN

Un marido inventado

ROKESBY

TITANIA

Argentina • Chile • Colombia • España
Estados Unidos • México • Perú • Uruguay

Título original: *The Girl With the Make-Believe Husband*
Editor original: Avon Books. An Imprint of HarperCollins Publishers, New York
Traducción: Elizabeth Beatriz Casals

1.ª edición Mayo 2021

Copyright © 2017 *by* Julie Cotler Pottinger
All Rights Reserved
© de la traducción 2021 *by* Elizabeth Beatriz Casals
© 2021 *by* Ediciones Urano, S.A.U.
Plaza de los Reyes Magos, 8, piso 1.º C y D – 28007 Madrid
www.titania.org
atencion@titania.org

ISBN: 978-84-17421-09-0
E-ISBN: 978-84-18259-84-5
Depósito legal: B-4.565-2021

Fotocomposición: Ediciones Urano, S.A.U.

Impreso por Romanyà Valls, S.A. – Verdaguer, 1 – 08786 Capellades (Barcelona)

Impreso en España – *Printed in Spain*

1

Isla de Manhattan

Junio de 1779

Le dolía la cabeza.

Mejor dicho, le dolía *muchísimo* la cabeza.

Sin embargo, era difícil saber de qué clase de dolor se trataba. *Quizá* le habían disparado una bala de mosquete. Posiblemente, pues se encontraba en Nueva York (¿o sería en Connecticut?) y era capitán del ejército de Su Majestad.

Se estaba librando una guerra, por si alguien no se había dado cuenta.

Pero ese martilleo en particular, como si estuvieran golpeando su cráneo con un cañón (no una bala de cañón, ¿eh?, un cañón de verdad), parecía indicar que lo habían atacado con un instrumento más contundente que una bala.

Un yunque, tal vez. Caído desde la ventana de un segundo piso.

Mirando el lado positivo, un dolor como ese indicaba que no estaba muerto, un destino que también era posible, teniendo en cuenta los mismos hechos que lo habían llevado a pensar que quizá le habían disparado.

Esa guerra que había mencionado... mataba a las personas.

Con alarmante frecuencia.

Así que no estaba muerto. Eso estaba bien. Aunque no estaba seguro de dónde se hallaba. El paso siguiente debería haber sido abrir los ojos. No obstante, tenía unos párpados lo bastante traslúcidos como para saber que era mediodía y, aunque tendía a ver el lado positivo de las cosas, tenía casi la certeza de que, si finalmente abría los ojos, la luz lo cegaría.

Por eso los mantuvo cerrados.

Pero escuchó.

No estaba solo. No distinguía ninguna conversación en particular, pero podía discernir un zumbido de palabras y actividad. Había personas que se movían de un lado a otro, colocaban objetos en las mesas, quizás arrastraban sillas por el suelo.

Alguien gemía de dolor.

La mayoría de las voces eran masculinas, pero había por lo menos una dama cerca. Muy cerca: podía oír su respiración. Emitía leves ruidos mientras hacía sus tareas; pronto supo que estas incluían acomodar sus sábanas y tocarle la frente con el dorso de la mano.

Le gustaban esos leves ruidos, los pequeños murmullos y suspiros que ella no debía de percatarse que hacía. Y olía bien, un poco a limón, un poco a jabón.

Y también a mucho trabajo.

Conocía ese olor. Él mismo lo había tenido, aunque solo por un instante, antes de que se transformara en hedor con todas las de la ley.

Sin embargo, en ella era algo más que agradable. Con una mezcla de olor a tierra. Se preguntó quién sería la que lo atendía con tanta dedicación.

—¿Cómo se encuentra hoy?

Edward se quedó quieto. Esa voz masculina era nueva, y no estaba seguro de querer que nadie supiera que estaba despierto.

Aunque no sabía el *porqué* de esa duda.

—No hay cambios —oyó la voz de la mujer.

—Me preocupa. Si no se despierta pronto...

—Lo sé —dijo la mujer con un tono de irritación en su voz, que a Edward le pareció curioso.

—¿Ha podido hacerle tomar caldo?

—Solo algunas cucharadas. Temía que se ahogara si seguía insistiendo.

El hombre hizo un ruido indefinido de aprobación.

—Por favor, ayúdeme a recordar: ¿cuánto tiempo hace que está en este estado?

—Una semana, señor. Cuatro días antes de que yo llegara, y tres desde entonces.

Una semana. Edward reflexionó al respecto. Una semana significaba que debía de ser... ¿Marzo? ¿Abril?

Quizá febrero. Y seguramente estaba en Nueva York, no en Connecticut.

Sin embargo, eso no explicaba el terrible dolor de cabeza. Era evidente que había tenido algún accidente. ¿O lo habían atacado?

—¿No ha habido ningún cambio? —preguntó el hombre, aunque la dama acababa de decírselo.

Ella debía de tener mucha más paciencia que Edward, ya que respondió con voz serena y clara:

—No, señor, ninguno.

El hombre emitió un ruido que no llegó a ser gruñido. A Edward le pareció imposible de clasificar.

—Eh... —La mujer se aclaró la garganta—. ¿Ha tenido noticias de mi hermano?

¿Su hermano? ¿Quién era su hermano?

—Me temo que no, señora Rokesby.

¿Señora Rokesby?

—Han pasado casi tres meses —dijo ella con voz queda.

¿Señora Rokesby? Edward quería que volvieran a ese tema urgentemente. Por lo que él sabía, solo había un Rokesby en América del Norte, y ese era él. Así que, si ella era la señora Rokesby...

—Creo —respondió la voz masculina— que sería mejor que invirtiera sus energías en atender a su marido.

¿Marido?

—Le aseguro —replicó ella, nuevamente con un dejo de irritación— que lo he estado atendiendo fielmente.

¿Marido? ¿Decían que era su *marido*? ¿Estaba casado? No podía estar casado. ¿Cómo podía estar casado y no recordarlo?

¿Quién era esa mujer?

El corazón de Edward comenzó a latir con fuerza. ¿Qué diablos le estaba sucediendo?

—¿Acaba de moverse? —inquirió el hombre.

—No... no creo.

Ella reaccionó con rapidez. Unas manos se acercaron a él, tocaron su mejilla, luego su pecho, y aunque era evidente que estaba preocupada, había algo tranquilizador en sus movimientos, algo que sin lugar a dudas le hacía bien.

—¿Edward? —preguntó, tomándolo de la mano. Acarició su mano varias veces, sus dedos rozaron ligeramente su piel—. ¿Puedes oírme?

Debía responder. Ella estaba preocupada. ¿Qué clase de caballero no hacía nada por calmar la aflicción de una dama?

—Me temo que lo hemos perdido —manifestó el hombre, con mucha menos delicadeza de la que Edward consideraba apropiada.

—Aún respira —replicó la mujer con voz férrea.

El hombre no respondió, pero la habría mirado con lástima, porque ella repitió, esta vez con más fuerza:

—*Aún respira.*

—Señora Rokesby...

Edward sintió que la mano de ella apretaba la suya. Luego apoyó su otra mano encima, y sus dedos rozaron los nudillos de él. Fue una caricia ínfima, pero a Edward le llegó hasta el alma.

—Aún respira, coronel —repitió ella con tranquila determinación—. Y mientras respire, seguiré aquí. Es posible que no pueda ayudar a Thomas, pero...

Thomas. Thomas Harcourt. *Esa* era la relación. Esa debía de ser su hermana, Cecilia. Él la conocía bien.

O no. En realidad no la conocía personalmente, pero *sentía* que la conocía. Ella le escribía a su hermano con una dedicación inigualable en el regimiento. Thomas recibía el doble de correo que Edward, y él tenía cuatro hermanos, mientras que Thomas, solo una.

Cecilia Harcourt. ¿Qué diablos hacía ella en América del Norte? Se suponía que debía estar en Derbyshire, en ese pueblito que Thomas había estado tan ansioso por abandonar. El de las fuentes termales. Matlock. No, Matlock Bath.

Edward nunca había estado en aquel lugar, pero parecía encantador. No por el modo en que Thomas lo describía, por supuesto; a él le gustaba el bullicio de la ciudad, y no veía la hora de alistarse e irse de su pueblo. Pero Cecilia era diferente. En sus cartas, el pequeño pueblo de Derbyshire cobraba vida, y Edward estaba seguro de que podría reconocer a sus vecinos si alguna vez lo visitaba.

Ella era muy ocurrente. ¡Diablos! Sí que era ingeniosa. Thomas se reía tanto al leer sus misivas que Edward finalmente se las hacía leer en voz alta.

Entonces, un día, mientras Thomas respondía una carta, Edward lo interrumpió tantas veces que Thomas se levantó de su silla y le entregó la pluma.

—Escríbele tú —dijo.

Y lo hizo.

No por su cuenta, por supuesto. Edward nunca habría podido escribirle directamente. Habría sido una falta de decoro de la peor clase, y él jamás la insultaría de esa manera. Sin embargo, se tomó la costumbre de escribir algunas líneas al final de las cartas de Thomas, y cada vez que ella respondía, también le dedicaba algunas líneas a él.

Thomas llevaba consigo una miniatura de su hermana, y aunque este decía que era de hacía varios años, Edward no dejaba de mirarla y de escudriñar el pequeño retrato de la joven, preguntándose si su cabello tendría ese asombroso tono dorado o si de verdad sonreiría de ese modo, con los labios cerrados y un aire misterioso. Por algún motivo él sospechaba que no. No le parecía que fuera una mujer con secretos. Su sonrisa sería alegre y generosa. Edward incluso pensaba que le gustaría conocerla cuando terminara esa guerra salvaje. Sin embargo, nunca se lo había comentado a Thomas.

Le habría parecido extraño.

Y ahora Cecilia estaba ahí, en las colonias. No tenía ningún sentido, pero... ¿qué tenía sentido? Él tenía una herida en la cabeza, parecía que Thomas estaba en paradero desconocido, y...

Pensó con esfuerzo.

... aparentemente se había casado con Cecilia Harcourt.

Abrió los ojos e intentó fijar la mirada en la mujer de ojos verdes que lo estaba observando.

—¿Cecilia?

Cecilia había imaginado durante tres días qué le diría a Edward Rokesby cuando por fin despertara. Se le habían ocurrido varias posibilidades, pero la más probable era: *¿Quién diablos eres tú?*

No habría sido una pregunta tonta.

Porque, con independencia de lo que creyera el coronel Stubbs o todo el mundo en ese mal equipado hospital militar, ella no se llamaba Cecilia Rokesby, sino Cecilia Harcourt, y, por supuesto, no estaba casada con el apuesto hombre de cabello oscuro que yacía en la cama a su lado.

En cuanto a cómo había surgido el malentendido...

Quizás había tenido que ver con que ella había asegurado ser su esposa frente al comandante, dos soldados y un empleado.

En ese momento le había parecido una buena idea.

No había viajado a Nueva York a la ligera. Conocía muy bien los peligros de viajar a las colonias arrasadas por la guerra, por no mencionar el cruce del turbulento Atlántico Norte. Pero su padre había muerto, luego le habían comunicado que Thomas estaba herido y, por si fuera poco, su maldito primo había ido a husmear por Marswell...

No podía quedarse en Derbyshire.

Y, sin embargo, no tenía adónde ir.

Entonces tomó la única decisión precipitada de su vida y cerró su casa, enterró la plata en el jardín trasero y reservó un pasaje de Liverpool a Nueva York. No obstante, cuando llegó a Nueva York no encontró a Thomas por ningún lado.

Dio con su regimiento, pero nadie respondía a sus preguntas, y cuando insistió con sus interrogatorios, el alto mando militar la echó como a una mosca molesta. La ignoraron, la trataron con condescendencia y tal vez le mintieron. Usó casi todo su dinero, comía solo una vez al día y vivía en una pensión junto a una mujer que, seguramente, fuera una prostituta.

(Tenía relaciones sexuales, de eso estaba segura; lo que no sabía era si le pagaban por mantenerlas. Cecilia esperaba que sí, porque, fuera lo que fuese que la mujer hacía, parecía demandarle muchísimo esfuerzo.)

Entonces, después de casi una semana de andar sin rumbo, Cecilia oyó que un soldado le decía a otro que habían llevado a un hombre al hospital varios días atrás. Este había recibido un golpe en la cabeza y estaba inconsciente. Se llamaba Rokesby.

Edward Rokesby. Debía de ser él.

Cecilia jamás había visto al hombre, pero era el mejor amigo de su hermano y *sentía* que lo conocía. Sabía, por ejemplo, que venía de Kent, que era el segundo hijo del conde de Manston y que tenía un hermano menor en la Marina y otro en Eton. Su hermana estaba casada pero no tenía hijos, y lo que más echaba de menos de su hogar era el postre de grosellas de su cocinera.

Su hermano mayor se llamaba George, y para ella había sido una sorpresa que Edward admitiera que no envidiaba la posición de heredero de su hermano. El condado exigía una total falta de libertad, había escrito una vez, y él sabía que su lugar estaba en el ejército, luchando por el rey y por la patria.

Cecilia suponía que un desconocido se habría escandalizado ante el nivel de intimidad de su correspondencia, pero ella había aprendido que la guerra hacía filósofos a los hombres. Y quizá por ese motivo Edward Rokesby había comenzado a añadir pequeñas notas dirigidas a ella al final de las cartas de Thomas. Compartir pensamientos con un extraño tenía algo de reconfortante. Era fácil ser valiente con alguien con quien uno nunca tendría que compartir una mesa o una velada.

O, por lo menos, eso pensaba Cecilia. Quizás él escribía lo mismo a sus familiares y amigos de Kent. Thomas había mencionado que Edward estaba *prácticamente comprometido* con su vecina. Seguramente Edward también le escribía cartas a ella.

Y tampoco era que Edward le escribiera *realmente* a Cecilia. Todo había comenzado con pequeños fragmentos de Thomas: «Edward dice...» o «El capitán Rokesby insiste en que te diga...».

Las primeras líneas habían sido increíblemente divertidas, y Cecilia, encerrada en Marswell con un montón de cuentas por pagar y un padre indiferente, sentía gratitud por la sonrisa que le arrancaban. Así que ella había respondido de la misma manera, escribiendo pequeños párrafos en sus propias cartas: «Dile al capitán Rokesby...» y después: «No puedo evitar pensar que al capitán Rokesby le gustaría...».

Entonces, un día, vio que la última carta de su hermano contenía un párrafo escrito con letra diferente. Era un saludo breve, poco más que una descripción de flores silvestres, pero era de Edward. Había firmado:

> *Con devoción,*
> *Capitán Edward Rokesby*

Con devoción.
Con devoción.
Una sonrisa tonta se dibujó en su rostro, y luego se sintió como una auténtica idiota. Soñaba despierta con un hombre al que no conocía.

Un hombre al que, seguramente, *nunca* conocería.

Sin embargo, no podía evitarlo. No importaba si el sol estival brillaba sobre los lagos; con su hermano ausente, la vida en Derbyshire siempre le parecía gris. Sus días transcurrían sin pena ni gloria, casi sin variaciones. Se ocupaba de la casa, controlaba los gastos y atendía a su padre, aunque este ni siquiera lo notara. De vez en cuando había una reunión local, pero más de la mitad de los hombres de su edad había comprado un cargo o se había alistado, y en la pista de baile siempre había el doble de damas que de caballeros.

Así que, cuando el hijo de un conde comenzó a escribir sobre flores silvestres...

Su corazón dio un brinco.

Lo cierto es que era lo más parecido a un coqueteo que había tenido en años.

Sin embargo, cuando tomó la decisión de viajar a Nueva York, había pensado en su hermano y no en Edward Rokesby. Cuando ese mensajero había llegado con noticias del comandante de Thomas...

Ese había sido el peor día de su vida.

La carta estaba dirigida a su padre, por supuesto. Cecilia dio las gracias al mensajero y se aseguró de que recibiera algo de comer, sin mencionar en ningún momento que Walter Harcourt había fallecido inesperadamente tres días atrás. Se retiró a su habitación con el sobre, cerró la puerta con llave y lo contempló durante un minuto largo y tembloroso. Cuando reunió el coraje suficiente, deslizó el dedo debajo del sello de cera.

Su primera emoción fue de alivio. Estaba segura de que la noticia sería que Thomas había muerto, que no le quedaba nadie en el mundo a quien ella amara realmente. En ese momento, una herida le pareció casi una bendición.

Entonces llegó su primo Horace.

Cecilia no se había sorprendido de que apareciese para el funeral de su padre. Era lo que correspondía, después de todo, aunque no existiera una gran amistad entre los familiares. Pero luego Horace se había *quedado*. ¡Por Dios, qué pesado era! No era tanto lo que decía como su suficiencia; Cecilia no podía dar dos pasos sin que él se acercara para expresar su profunda preocupación por el bienestar de su prima.

Algo peor, no dejaba de hacer comentarios sobre Thomas y lo peligroso que era para un soldado estar en las colonias. ¡Qué alivio sentirían todos cuando él volviera a ocupar el lugar que le correspondía como dueño de Marswell!

El mensaje tácito, por supuesto, era que, si no regresaba, Horace lo heredaría todo.

Y todo por esa maldita, estúpida cesión. Cecilia sabía que debía honrar a sus antepasados, pero ¡por Dios!, si hubiese podido viajar en el tiempo y encontrar a su tatarabuelo, le hubiera retorcido el pescuezo. Él había comprado la tierra y construido la casa, y en sus delirios de grandeza dinástica había impuesto una estricta limitación vincular. Marswell se heredaría de padre a hijo varón; de lo contrario, cualquier primo varón serviría. No importaba que Cecilia hubiese vivido allí toda su vida, ni que conociera todos sus rincones, ni que los sirvientes confiaran en ella y la respetaran. Si Thomas moría, el primo Horace llegaría desde Lancashire y se quedaría con todo.

Cecilia había intentado ocultarle a su primo la herida de Thomas, pero era imposible esconder una noticia como esa. Algún vecino bien intencionado debió haber dicho algo, porque Horace no esperó ni un día entero después del funeral para manifestar que, en su condición de pariente varón más cercano, debía asumir la responsabilidad por el bienestar de Cecilia.

Claramente, dijo, debían casarse.

No, pensó Cecilia, estupefacta. No, de ninguna manera debían casarse.

—Debes asumir la realidad —dijo su primo, acercándose a ella—. Estás sola. No puedes permanecer en Marswell sin compañía.

—Me iré con mi tía abuela —respondió.

—¿Sophie? —preguntó él, restándole importancia—. No está en condiciones.

—Mi otra tía abuela. Dorcas.

Horace entrecerró los ojos.

—No conozco a ninguna tía Dorcas.

—Por supuesto que no —repuso Cecilia—. Es la tía de mi madre.

—¿Y dónde vive?

En ninguna parte, teniendo en cuenta que esa tía era producto de la imaginación de Cecilia, pero como su abuela por parte de madre era escocesa, respondió:

—En Edimburgo.

—¿Abandonarías tu hogar?

Si significaba evitar casarse con Horace, eso haría.

—Haré que entres en razones —gruñó Horace, y antes de que Cecilia pudiera adivinar sus intenciones, la besó.

Cuando él la soltó, Cecilia respiró y le dio una bofetada.

Horace le devolvió la bofetada y, una semana más tarde, Cecilia partió hacia Nueva York.

El viaje duró cinco semanas, tiempo más que suficiente para que Cecilia evaluara su decisión. Pero lo cierto es que no sabía qué otra cosa podría haber hecho. No sabía bien por qué Horace estaba tan empeñado en casarse con ella cuando, de todos modos, había posibilidades de que heredara Marswell. Pero sospechó que él tenía problemas financieros y necesitaba un lugar en el que vivir. Si se casaba con Cecilia podía mudarse de inmediato y cruzar los dedos para que Thomas nunca volviera a casa.

Cecilia sabía que casarse con su primo era la opción más sensata. Si Thomas en efecto moría, ella podría permanecer en el amado hogar de su infancia. Podría cederlo a sus hijos.

Pero, ¡santo cielo!, esos hijos también serían hijos de Horace, y la sola idea de acostarse con ese hombre... No, la idea de *vivir* con ese hombre...

Era imposible. Marswell no valía su sacrificio.

Sin embargo, su situación era delicada. Horace no podía obligarla a aceptar su petición, pero sí hacerle la vida difícil. En algo tenía razón: no podía permanecer en Marswell sin compañía. Era mayor de edad (apenas, con veintidós años) y, dadas las circunstancias, sus amigos y vecinos le darían cierta libertad de acción, pero una joven sola invitaba a las habladurías. Si a Cecilia le importaba algo su reputación, tendría que marcharse.

La ironía de la situación era suficiente para hacerla gritar. Para preservar su buen nombre debía marcharse y emprender un viaje hasta el otro lado del océano. Solo debía asegurarse de que nadie en Derbyshire lo supiera.

Pero Thomas era su hermano mayor, su protector, su mejor amigo. Por él haría ese viaje, aunque sabía que era imprudente y tal vez inútil. Muchos hombres morían a raíz de infecciones más a menudo que por lesiones en el campo de batalla. Sabía que, posiblemente, su hermano ya habría muerto cuando ella llegara a Nueva York.

Pero no esperaba que hubiese *desaparecido*.

Fue durante esa vorágine de frustración e impotencia cuando oyó que Edward estaba herido. Impulsada por la imperiosa necesidad de ayudar a *alguien,* se dirigió al hospital. Si no podía cuidar a su hermano, como que se llamaba Cecilia que iba a cuidar al mejor amigo de su hermano. Esa travesía al Nuevo Mundo no sería en vano.

El hospital resultó ser una iglesia ocupada por el ejército británico, algo bastante extraño, pero cuando pidió ver a Edward, le dijeron sin rodeos que no era bienvenida. El capitán Rokesby era un oficial, le indicó un centinela de nariz aguileña. Era hijo de un conde, alguien demasiado importante para recibir visitas de plebeyos.

Cecilia todavía trataba de entender qué *diablos* había querido decir cuando, con un gesto de superioridad, el centinela le informó de que las únicas personas autorizadas para ver al capitán Rokesby eran personal militar y familiares.

En ese momento Cecilia soltó:

—¡Pero yo soy su esposa!

Y una vez que *semejante* información salió de su boca, no pudo volverse atrás.

Mirando atrás, era sorprendente que se hubiera salido con la suya. Seguramente la habrían sacado de una oreja de no haber sido por la presencia del comandante de Edward. El coronel Stubbs no era un hombre de lo más amable, pero estaba al tanto de la amistad entre Edward y Thomas, y no se sorprendió al saber que Edward se había casado con la hermana de su amigo.

Antes de que Cecilia tuviera oportunidad de pensarlo mejor, había dicho que el noviazgo había sido por correspondencia y que se habían casado por poderes en un barco.

Por sorprendente que parezca, todo el mundo le creyó.

Y no podía arrepentirse de sus mentiras. Sin duda, Edward había mejorado bajo su cuidado. Cecilia le había mojado la frente con esponjas húmedas cuando había tenido fiebre y lo había movido de un lado a otro lo mejor que había podido para evitar que tuviera escaras. Era cierto que había visto su cuerpo desnudo, más de lo que hubiera sido apropiado para una mujer soltera, pero seguramente las reglas de la sociedad no se aplicaban en tiempo de guerra.

Además, nadie lo sabría.

Nadie lo sabría. Se lo repetía a sí misma a cada momento. Estaba a más de ocho mil kilómetros de Derbyshire. Todos sus conocidos creían que ella había ido a visitar a su tía soltera. Además, los Harcourt no se movían en los mismos círculos que los Rokesby. Suponía que Edward podía ser considerado persona de interés entre las chismosas de la sociedad, pero no era el caso de Cecilia, y le pareció imposible que al pequeño pueblo de Matlock Bath llegaran noticias del segundo hijo del conde de Manston.

En cuanto a qué haría cuando él por fin despertara...

Sinceramente, no se había parado a pensarlo. Pero no importaba. Había imaginado cien posibilidades diferentes, pero en ninguna había contemplado que él la *reconociera*.

—¿Cecilia? —dijo él. La miró, pestañeando, y por un momento ella quedó estupefacta, fascinada por el color azul de sus ojos.

Debió haberlo sabido.

Luego se dio cuenta de lo ridículo de su pensamiento. Ella no tenía manera de saber de qué color eran sus ojos.

Sin embargo... De algún modo...

Parecía algo que debería haber sabido.

—Estás despierto —repuso ella como una tonta. Trató de decir algo más, pero se le formó un nudo en la garganta. Se esforzó solo por respirar, abrumada por una emoción que ni siquiera sabía que sentía. Con una mano temblorosa se inclinó y tocó su frente. No supo por qué; él no tenía fiebre desde hacía casi dos días. Pero la sobrecogió la necesidad de tocarlo, de sentir con sus manos lo que sus ojos veían.

Estaba despierto.

Estaba *vivo*.

—Dele espacio —ordenó el coronel Stubbs—. Vaya a buscar al médico.

—Vaya *usted* a buscar al médico —replicó Cecilia, por fin recuperando un poco de sensatez—. Yo soy su espo...

Se le formó un nudo en la garganta. No podía pronunciar esa mentira. No delante de Edward.

Pero el coronel Stubbs dedujo lo que ella no llegó a decir, y después de murmurar algo desagradable para sus adentros salió a buscar a un médico.

—¿Cecilia? —repitió Edward—. ¿Qué haces aquí?

—Te lo explicaré todo enseguida —dijo ella en un murmullo. El coronel volvería pronto, y prefería no dar explicaciones ante la presencia de otras personas. Sin embargo, no podía permitir que él la delatara, así que añadió—: Por el momento, solo...

—¿Dónde estoy? —la interrumpió Edward.

Ella tomó una manta. Él necesitaba otra almohada, pero escaseaban y tendría que arreglarse con lo que había. Lo ayudó a incorporarse un poco más, puso la manta detrás de él y respondió:

—Estás en el hospital.

Edward miró la habitación con desconfianza. Era evidente que la arquitectura era eclesiástica.

—¿Con vitrales?

—Es una iglesia. Bueno, *era* una iglesia. Ahora es un hospital.

—Pero ¿dónde? —quiso saber con cierta urgencia.

Cecilia dejó las manos quietas. Algo no iba bien. Giró la cabeza, lo suficiente para mirarlo a los ojos.

—Estamos en la ciudad de Nueva York.

Él frunció el ceño.

—Creía que estaba...

Ella esperó, pero él no terminó de hablar.

—¿Qué creías? —preguntó ella.

Él la miró un momento con expresión ausente y luego dijo:

—No sé. Yo estaba... —Sus palabras se apagaron y su rostro se contrajo. Parecía sentir dolor cuando se esforzaba por pensar—. Se suponía que debía ir a Connecticut —dijo finalmente.

Cecilia se incorporó con lentitud.

—Fuiste a Connecticut.

Él abrió la boca.

—¿Sí?

—Sí. Estuviste allí más de un mes.

—¿Qué? —Algo brilló en sus ojos. A Cecilia le pareció que era miedo.

—¿No lo recuerdas? —preguntó.

Él comenzó a pestañear mucho más rápido de lo normal.

—¿Más de un mes, dices?

—Eso me han dicho. Yo acabo de llegar.

—Más de un mes —repitió. Comenzó a negar con la cabeza—. ¿Cómo ha sido...?

—No debes esforzarte —le aconsejó Cecilia, acercándose más para tomar su mano. Eso pareció calmarlo. Sin duda a ella la calmó.

—No lo recuerdo... ¿Fui a Connecticut? —Levantó la cabeza bruscamente, y apretó con fuerza la mano de ella—. ¿Cómo regresé a Nueva York?

Ella se encogió de hombros con impotencia. No tenía las respuestas que él buscaba.

—No lo sé. Yo buscaba a Thomas y me enteré de que estabas aquí. Te encontraron cerca de la bahía de Kip, con una herida sangrante en la cabeza.

—Buscabas a Thomas —repitió él, y ella casi pudo ver el mecanismo de su pensamiento detrás de sus ojos desesperados—. ¿Por qué buscabas a Thomas?

—Me habían dicho que estaba herido, pero ahora está en paradero desconocido, y...

A Edward le costaba respirar.

—¿Cuándo nos hemos casado?

Cecilia abrió la boca para hablar. Trató de responder, de verdad, pero solo logró farfullar algunos pronombres inútiles. ¿De verdad creía que estaban casados? Jamás la había *visto* hasta ese día.

—No lo recuerdo —dijo él.

Cecilia escogió las palabras con cuidado.

—¿Qué es lo que no recuerdas?

Él la miró con ojos angustiados.

—No lo sé.

Cecilia sabía que debía intentar tranquilizarlo, pero solo pudo limitarse a observarlo. Tenía la mirada perdida, y su piel, de por sí pálida por la enfermedad, parecía haberse vuelto gris. Edward se aferró a la cama como si fuese un bote salvavidas, y ella sintió el impulso de hacer lo mismo. La habitación daba vueltas a su alrededor y se encogía hasta convertirse en un túnel pequeño y estrecho.

Cecilia apenas podía respirar.

Y él parecía a punto de romperse en pedazos.

Ella se obligó a mirarlo a los ojos y le hizo la única pregunta que le quedaba:

—¿Recuerdas algo?

2

El cuartel en Hampton Court Palace es tolerable, más que tolerable, supongo, aunque no es comparable a la comodidad de nuestro hogar. Los oficiales están alojados a pares en un apartamento de dos habitaciones, así que tenemos cierta privacidad. Me han asignado a otro teniente para alojarme, alguien llamado Rokesby. Es hijo de un conde, ¿puedes creerlo?

DE THOMAS HARCOURT
A SU HERMANA CECILIA

Edward luchaba por respirar. Parecía que el corazón se le salía del pecho, y en lo único en que pensaba era en salir de ese catre. Tenía que saber qué estaba sucediendo. Debía...

—¡Basta! —gritó Cecilia, arrojándose sobre él para intentar detenerlo—. Debes calmarte.

—Déjame levantarme —replicó él, aunque un rincón diminuto de su cerebro trataba de recordarle que no sabía adónde ir.

—Por favor... —rogó ella, apoyando todo su peso en sus dos muñecas—. Espera un momento, intenta calmarte.

Él la miró, resollando.

—¿Qué ocurre?

Ella tragó saliva y miró a su alrededor.

—Creo que deberíamos esperar al médico.

Pero Edward estaba demasiado alterado para oírla.

—¿Qué día es hoy? —quiso saber.

Ella pestañeó, como si la hubiese pillado desprevenida.

—Viernes.

—La *fecha* —dijo con tono cortante.

Ella no respondió de inmediato. Cuando lo hizo, habló con voz lenta y pausada.

—Es veinticinco de junio.

El corazón de Edward nuevamente comenzó a latir con fuerza.

—¿Qué?

—Si solo esperaras al...

—No puede ser. —Edward se incorporó aún más—. Estás equivocada.

Ella negó con la cabeza lentamente.

—No me equivoco.

—No. No. —Miró desesperado por la habitación—. ¡Coronel! —vociferó—. ¡Doctor! ¡Alguien!

—¡Edward, basta! —gritó ella, moviéndose para impedirle que bajara las piernas por un lado de la cama—. ¡Por favor, espera a que el médico te vea!

—¡Eh, usted! —ordenó, señalando con un brazo tembloroso a un hombre de piel oscura que barría el suelo—. ¿Qué día es hoy?

El hombre miró a Cecilia con ojos muy abiertos, como si quisiera pedirle instrucciones.

—¿Qué día es hoy? —repitió Edward—. El mes. Dígame el mes.

Otra vez el hombre miró a Cecilia, pero esta vez respondió:

—Es junio, señor. Fin de mes.

—¡No! —exclamó Edward, y se desplomó en la cama—. ¡No!

Cerró los ojos, tratando de pensar en medio del martilleo que sentía en el cráneo. Tenía que haber una manera de arreglar eso. Si solo se concentraba lo suficiente y se enfocaba en lo último que podía recordar...

Volvió a abrir los ojos y miró a Cecilia.

—No te recuerdo.

Cecilia hizo un esfuerzo por responder, y Edward supo que debería haberse avergonzado por llevarla al borde de las lágrimas. Ella era una dama. Su esposa. Pero seguramente lo perdonaría. Tenía que saber... Debía entender qué estaba sucediendo.

—Has dicho mi nombre —susurró ella— cuando te has despertado.

—Sé quién eres —dijo él—. Pero no te *conozco*.

El rostro de ella tembló al ponerse de pie, y colocó un mechón del cabello detrás de su oreja antes de juntar las manos. Estaba nerviosa, era evidente. Y luego a él se le ocurrió algo de lo más deshilvanado: ella no se parecía mucho a la miniatura que su hermano siempre llevaba consigo. Su boca era grande y de labios gruesos, no se parecía en nada a la boca dulce y misteriosa del retrato. Su cabello tampoco era rubio dorado, o por lo menos no de esa tonalidad celestial que el pintor le había dado. Era más bien rubio oscuro. Más parecido al de Thomas en realidad, aunque con menos reflejos dorados.

Supuso que ella no pasaría tanto tiempo bajo el sol.

—Eres Cecilia Harcourt, ¿verdad? —preguntó. Porque se le acababa de ocurrir que ella nunca le había confirmado ese dato.

Ella asintió.

—Sí, por supuesto.

—Y estás aquí, en Nueva York. —Él la miró, escudriñando su rostro—. ¿Por qué?

Edward vio que dirigía la mirada hacia el otro lado de la habitación y movía ligeramente la cabeza.

—Es complicado.

—Pero estamos casados.

No estaba seguro de haber formulado una afirmación o una pregunta.

No estaba seguro de si quería que fuese una afirmación o una pregunta.

Cecilia se sentó con cautela en la cama. Edward no la culpó por su titubeo; se había comportado como un animal enjaulado. Debía de ser muy fuerte para poder controlarlo.

O, por el contrario, él estaba muy débil.

Cecilia tragó saliva; parecía que se preparaba para decir algo difícil.

—Debo decirte...

—*¿Qué ocurre aquí?*

Cecilia se dio la vuelta y ambos miraron al coronel Stubbs, que avanzaba por la capilla con el médico a la zaga.

—¿Por qué las sábanas están en el suelo? —quiso saber el coronel.

Cecilia volvió a ponerse de pie y se apartó para que el médico ocupara su lugar al lado de Edward.

—Ha querido levantarse —explicó ella—. Está confundido.

—No estoy confundido —replicó Edward.

El médico la miró. Edward quiso agarrarlo de la garganta. ¿Por qué miraba a Cecilia? Él era el paciente.

—Parece que ha perdido... —Cecilia se mordió el labio y su mirada vaciló entre Edward y el médico. No sabía qué decir. Edward no podía culparla.

—¿Señora Rokesby? —le recordó el médico.

Otra vez. *Señora Rokesby*. Estaba casado. ¿Cómo diablos era posible que estuviera casado?

—Pues... creo que no recuerda, mmm... —respondió ella con impotencia, tratando de encontrar las palabras adecuadas para definir una situación intolerable.

—¡Dígalo de una vez, mujer! —gritó el coronel Stubbs.

Edward estuvo a punto de levantarse de la cama, pero luego entró en razones.

—Cuide su *tono*, coronel —farfulló.

—No, no —se apresuró a decir Cecilia—. Está bien. No fue su intención faltarme al respeto. Todos nos sentimos frustrados.

Edward gruñó y habría puesto los ojos en blanco, pero ella eligió ese momento para tocarle el hombro con suavidad. La camisa de él era delgada, estaba casi raída, y pudo sentir los suaves bordes y contornos de sus dedos posados en él con una fuerza serena y tranquila.

Surtió efecto. Su mal humor no desapareció mágicamente, pero pudo respirar hondo, lo suficiente como para no estrangular al coronel.

—No estaba seguro de cuál era la fecha —explicó Cecilia. Su voz era cada vez más segura—. Creo que él pensaba que era... —dijo, mirando a Edward.

—Que no era junio —interrumpió él con tono seco.

El médico frunció el ceño y tomó la muñeca de Edward, asintiendo mientras contaba las pulsaciones. Cuando terminó, examinó primero uno de los ojos de Edward y luego el otro.

—Mis ojos están bien —murmuró Edward.

—¿Qué es lo último que recuerda, capitán Rokesby? —preguntó el médico.

Edward abrió la boca con intención de responder a la pregunta, pero su cabeza se transformó en una extensión infinita de niebla gris. Estaba en el océano; el agua azul glacial estaba anormalmente calma. Ni una onda, ni una ola.

Ni un pensamiento, ni un recuerdo.

Se aferró a las sábanas, frustrado. ¿Cómo iba a recuperar la memoria si ni siquiera estaba seguro de *qué* recordaba?

—Inténtelo, Rokesby —dijo el coronel Stubbs con tono cortante.

—*Estoy* intentándolo —replicó Edward. ¿Acaso creían que era idiota? ¿Que no le importaba? Ellos no tenían ni idea de lo que pasaba por su cabeza, lo que se sentía al tener un enorme espacio en blanco en lugar de recuerdos.

—No sé —respondió finalmente. Necesitaba controlarse. Era un soldado; lo habían entrenado para guardar la calma frente al peligro—. Creo..., quizá..., que debía ir a la colonia de Connecticut.

—Fue a la colonia de Connecticut —confirmó el coronel Stubbs—. ¿Recuerda?

Edward negó con la cabeza. Intentó..., quiso recordar..., pero nada. Solo la vaga idea de que alguien le había pedido que fuera.

—Era un viaje importante —presionó el coronel—. Debe contarnos muchas cosas.

—Pues eso no es muy probable, ¿verdad? —repuso Edward con amargura.

—Por favor, no lo presione —intervino Cecilia—. Acaba de despertar.

—Su preocupación es encomiable —manifestó el coronel Stubbs—, pero estos son asuntos de vital importancia militar y no pueden descartarse por un dolor de cabeza. —Miró a un soldado que estaba cerca e hizo un gesto con la cabeza hacia la puerta—. Acompañe a la señora Rokesby afuera. Puede volver una vez que termine de interrogar al capitán.

Ah, no. *Eso* no.

—Mi esposa se quedará conmigo —replicó Edward.

—Ella no está autorizada para conocer información tan delicada.

—No será problema, pues no tengo nada que decirle.

Cecilia se interpuso entre el coronel y la cama.

—Debe darle tiempo para recuperar su memoria.

—La señora Rokesby tiene razón —opinó el médico—. Los casos como este son raros, pero es muy probable que recupere la mayor parte de sus recuerdos, si no todos.

—¿Cuándo? —inquirió el coronel Stubbs.

—No sabría decirle. Mientras tanto, debemos procurarle toda la paz y tranquilidad que podamos en circunstancias tan difíciles.

—No —manifestó Edward, porque paz y tranquilidad era lo último que necesitaba. Eso tenía que ser como todo lo demás en su vida. Si uno quería destacarse debía esforzarse, entrenar, practicar.

Uno no se quedaba en la cama, esperando tener paz y tranquilidad.

Miró a Cecilia. Ella lo conocía. Quizá no recordara su rostro, pero habían intercambiado cartas durante más de un año. *Ella lo conocía.* Sabía que él no podía quedarse sin hacer nada.

—Cecilia —dijo—, creo que tú me entiendes.

—Creo que el médico tiene razón —respondió con tono tranquilo—. Si descansaras...

Edward negó con la cabeza. Se equivocaban, todos ellos. Ellos no...

¡Maldición!

Un dolor punzante le atravesó el cráneo.

—¿Qué sucede? —gritó Cecilia. Lo último que vio Edward antes de cerrar los ojos con fuerza fue a ella, que miraba al médico con desesperación—. ¿Qué le ocurre?

—Mi cabeza —dijo Edward respirando con esfuerzo. Debió haber girado la cabeza con demasiada rapidez. Sentía que el cerebro chocaba contra su cráneo.

—¿Está recordando algo? —quiso saber el coronel Stubbs.

—No, maldito... —Edward dejó de hablar antes de decir algo imperdonable—. Es solo que *duele.*

—Es suficiente —declaró Cecilia—. No permitiré que lo siga interrogando.

—¿Usted no va a *permitírmelo*? —replicó el coronel Stubbs—. Soy su comandante.

Fue una pena que Edward no pudiera abrir los ojos, pues le hubiera encantado ver el rostro del coronel cuando Cecilia le respondió:

—Pero no es *mi* comandante.

—Si me permiten intervenir... —dijo el médico.

Edward oyó que alguien se acercaba a la cama, y luego sintió que el colchón se hundía cuando el médico se sentó junto a él.

—¿Puede abrir los ojos?

Edward negó con la cabeza, esta vez lentamente. Sentía que la única manera de evitar el dolor era mantener los ojos cerrados con fuerza.

—Es lo que puede ocurrir en las heridas de la cabeza —manifestó el médico con tono amable—. Pueden tardar tiempo en curarse, y a menudo son muy dolorosas. Me temo que no ayuda apresurar las cosas.

—Entiendo —afirmó Edward. No le gustaba nada, pero lo entendía.

—Es más de lo que nosotros, los médicos, podemos asegurar —respondió el médico. Su voz fue un poco más suave, como si se hubiera dado la vuelta para hablar con otra persona—. Hay mucho que no sabemos sobre las lesiones cerebrales. En realidad, apostaría a que es más lo que no sabemos que lo que sí sabemos.

A Edward el comentario no le pareció muy tranquilizador.

—Su esposa ha cuidado de usted con suma devoción —continuó el médico, dando una palmadita en el brazo de Edward—. Le recomiendo que lo siga haciendo, de ser posible, fuera del hospital.

—¿Fuera del hospital? —repitió Cecilia.

Edward aún no había abierto los ojos, pero percibió una nota de pánico en su voz.

—Ya no tiene fiebre —explicó el médico— y la herida en la cabeza se está cerrando bien. No veo señales de infección.

Edward se tocó la cabeza e hizo un gesto de dolor.

—Yo no haría eso —recomendó el médico.

Edward por fin logró abrir los ojos y miró sus dedos. Esperaba ver sangre.

—No puedo sacarlo del hospital —anunció Cecilia.

—Va a estar bien —dijo el médico para tranquilizarla—. Nadie lo cuidará mejor que su esposa.

—No —insistió ella—. Usted no lo entiende. No tengo adónde llevarlo.

—¿Dónde vives ahora? —quiso saber Edward. De pronto recordó que ella era su esposa y que él era responsable de su bienestar y seguridad.

—He alquilado una habitación. No es lejos de aquí, pero solo hay una cama.

Por primera vez desde que se despertó, Edward sintió que esbozaba una sonrisa.

—Una cama pequeña —aclaró Cecilia—. Apenas es suficiente para mí. Tus pies quedarán colgando. —Y luego, como nadie decía nada para evitar su evidente incomodidad, añadió—: Es una pensión para mujeres. No le permitirían entrar.

Edward se volvió al coronel Stubbs con incredulidad creciente.

—¿Mi esposa ha estado viviendo en una pensión?

—No sabíamos que ella estaba aquí —respondió el coronel.

—Es evidente que lo sabe desde hace tres días.

—Ella ya tenía donde quedarse...

Edward comenzó a sentir una furia fría e intensa. Él sabía cómo eran las pensiones de mujeres en la ciudad de Nueva York. No importaba si no se acordaba de la boda, Cecilia era su *esposa*.

¿Y el ejército había permitido que se alojara en un lugar tan cuestionable?

A Edward lo habían criado como un caballero, un *Rokesby*, y había algunos insultos que no podía permitir. Olvidó el dolor en el cráneo, olvidó incluso que había perdido la maldita memoria. Lo único que sabía era que el mismo grupo de hermanos a quienes había dedicado los tres últimos años habían prestado muy poca atención a su esposa.

Su voz sonó dura como el diamante cuando dijo:

—Tendréis que encontrar otra vivienda para ella.

Stubbs enarcó las cejas. Ambos sabían quién era el coronel y quién era solo el capitán.

Pero Edward siguió impertérrito. Había pasado la mayor parte de su carrera militar sin alardear de su ascendencia noble, pero para esto no tenía dudas.

—Esta mujer —expresó— es la honorable señora Rokesby.

El coronel Stubbs abrió la boca para hablar, pero Edward no se lo permitió.

—Ella es mi esposa, y la nuera del conde de Manston —continuó, con voz impregnada de generaciones de cuna aristocrática—. No puede vivir en una pensión.

Cecilia, claramente incómoda, trató de intervenir.

—He estado perfectamente bien —se apresuró a decir—. Te lo aseguro.

—No estoy convencido —respondió Edward sin quitarle los ojos de encima al coronel Stubbs.

—Encontraremos una vivienda adecuada para ella —dijo a regañadientes el coronel Stubbs.

—Esta noche —aclaró Edward.

La mirada del coronel reflejó con claridad que le parecía una petición poco razonable, pero después de un momento de tensión dijo:

—Podemos alojarla en el Devil's Head.

Edward asintió. El hostal Devil's Head atendía principalmente a oficiales británicos, y se consideraba el mejor establecimiento de su clase en la ciudad de Nueva York. No era gran cosa, pero Edward no podía pensar en un lugar más adecuado excepto una casa privada. Nueva York estaba superpoblada, y parecía que la mitad de los recursos del ejército se dedicaban a encontrar alojamiento para sus hombres. El Devil's Head no habría sido un lugar apropiado para una dama que viajaba sola, pero como la esposa de un oficial, Cecilia estaría a salvo y sería respetada.

—Montby se irá mañana —murmuró el coronel Stubbs—. Su habitación es lo bastante grande para los dos.

—Múdelo con otro oficial —ordenó Edward—. Ella necesita una habitación esta noche.

—Mañana va bien —intercedió Cecilia.

Edward la ignoró.

—*Esta noche.*

El coronel Stubbs asintió.

—Hablaré con Montby.

Edward asintió otra vez de forma cortante. Conocía al capitán Montby. Al igual que todos los oficiales, él dejaría su habitación en un santiamén si así garantizaba la seguridad de una dama de buena familia.

—Mientras tanto —observó el médico—, debe permanecer tranquilo y reposar. —Se volvió hacia Cecilia—. No debe recibir ningún tipo de disgustos.

—Es difícil imaginar que podría estar más disgustado de lo que estoy en este momento —masculló Edward.

El médico sonrió.

—Es una muy buena señal que conserve su sentido del humor.

Edward decidió no señalar que no había hecho una broma.

—Lo sacaremos de aquí mañana —dijo el coronel Stubbs con voz enérgica. Se volvió hacia Cecilia—. Mientras tanto, póngalo al tanto de lo que se ha perdido. Quizá le refresque la memoria.

—Una idea excelente —repuso el médico—. Estoy seguro de que su esposo querrá saber cómo llegó aquí, a Nueva York, señora Rokesby.

Cecilia trató de sonreír.

—Por supuesto, señor.

—Y recuerde, no lo altere. —El médico dedicó una mirada indulgente a Edward y añadió—: Aún más.

El coronel Stubbs habló un breve instante con Cecilia acerca de su mudanza al Devil's Head, y luego los dos hombres partieron y dejaron a Edward a solas con su esposa nuevamente. Bueno, tan solo como podía estarse en una iglesia llena de soldados enfermos.

Miró a Cecilia, parada con incomodidad cerca de su cama.

Su esposa. *¡Maldición!*

Todavía no entendía cómo había ocurrido, pero debía de ser verdad. El coronel Stubbs parecía estar convencido, y él siempre había sido un hombre respetuoso con las reglas. Además, se trataba de Cecilia Harcourt, hermana de su mejor amigo. Si iba a estar casado con una mujer con quien nunca se había cruzado, suponía que era mejor que fuese ella.

Pero le parecía que se acordaría de esa clase de cosas.

—¿Cuándo nos hemos casado? —preguntó.

Ella observaba el extremo opuesto del transepto. No estaba seguro de que lo hubiera escuchado.

—¿Cecilia?

—Hace unos meses —dijo, dándose la vuelta para mirarlo—. Deberías dormir.

—No estoy cansado.

—¿No? —Esbozó una sonrisa temblorosa mientras se sentaba en la silla que estaba junto a su cama—. Yo estoy exhausta.

—Lo siento —dijo él al instante. Sentía que debía levantarse. Darle su mano. Como un caballero.

—No lo he pensado —dijo.

—No has tenido mucha oportunidad de hacerlo —repuso ella con cierta ironía.

Edward abrió la boca, sorprendido, y luego pensó: *Esa* era la Cecilia Harcourt que él conocía bien. O que creía conocer bien. La verdad sea dicha, no podía recordar siquiera haber visto su rostro. Pero ella parecía la misma que en sus cartas, y sus palabras lo habían acompañado durante la peor parte de la guerra.

A veces se preguntaba si no era extraño que esperara con más ansiedad las cartas de ella a Thomas que las que recibía de su propia familia.

—Discúlpame —dijo ella—. Tengo un sentido del humor de lo más inapropiado.

—Me gusta —repuso él.

Ella lo miró, y a él le pareció ver agradecimiento en su mirada.

Sus ojos tenían un color muy interesante. Eran verdes como la espuma del mar, un color tan claro que, en otra época, seguramente la habrían considerado vidente. Pero no: ella era la persona más práctica y confiable que conocía.

O creía conocer.

Se tocó la mejilla con timidez.

—¿Tengo algo en el rostro?

—Solo te miraba —dijo él.

—No hay mucho que ver.

El comentario lo hizo sonreír.

—Debo decir que no estoy de acuerdo.

Ella se sonrojó, y él se dio cuenta de que estaba coqueteando con su esposa. ¡Qué extraño!

Y, sin embargo, quizás era lo menos extraño del día.

—Quisiera recordar... —comenzó a decir.

Ella lo miró.

Él deseaba recordar cuándo la había visto por primera vez. Deseaba recordar su boda.

Quería recordar cómo era besarla.

—¿Edward? —preguntó ella con voz dulce.

—Todo —respondió, y la palabra salió con un poco más de enfado de lo que quería—. Quisiera recordarlo todo.

—Estoy segura de que lo recordarás. —Esbozó una breve sonrisa, pero hubo algo equivocado en ella. No llegó hasta sus ojos; luego él se dio cuenta de que no lo *había* mirado a los *ojos*. Se preguntó qué sería lo que no le decía. ¿Alguien le había dado más información sobre su estado que ella no le había comunicado? No sabía cuándo, ya que ella no se había separado de su lado desde que él se había despertado.

—Te pareces a Thomas —observó él de pronto.

—¿Eso crees? —Ella lo miró con sorpresa—. Nadie cree eso. Bueno, excepto el cabello. —Cecilia se tocó el pelo, probablemente, sin darse cuenta de que lo hacía. Estaba peinado hacia atrás en un rodete suelto, y los mechones sueltos colgaban sobre su mejilla. Él se preguntó cuán largo sería, cómo se vería sobre su espalda.

—Me parezco a nuestra madre —dijo—. O eso me han dicho. No he llegado a conocerla. Thomas se parece más a nuestro padre.

Edward negó con la cabeza.

—No me refiero a los rasgos, sino a las expresiones.

—¿Perdón?

—¡Sí, eso mismo! —Edward sonrió, sintiéndose un poco más vivaz que hacía un momento—. Tenéis las mismas expresiones. Cuando has dicho: «¿Perdón?», has inclinado la cabeza exactamente como lo hace él.

Cecilia esbozó una sonrisa peculiar.

—¿Te pide perdón muy a menudo?

—No tanto como debería.

Ella estalló en carcajadas.

—Ah, gracias —dijo secándose los ojos—. No me reía así desde... —Agitó la cabeza—. No recuerdo desde cuándo.

Él estiró su mano y tomó la de ella.

—No has tenido motivos para reírte —comentó él en voz baja.

Ella asintió con un nudo en la garganta, y durante un horrible instante Edward creyó que lloraría. Sin embargo, sabía que no podía permanecer en silencio.

—¿Qué le ha ocurrido a Thomas? —preguntó.

Ella respiró profundamente y luego exhaló poco a poco.

—Recibí noticias de que lo habían herido y se estaba recuperando en la ciudad de Nueva York. Estoy preocupada... Bueno, puedes verlo por ti mismo —añadió, haciendo un gesto con la mano hacia el resto de la habitación—. No hay suficientes personas para cuidar a los soldados heridos. No quería que mi hermano estuviera solo.

Edward pensó en ello.

—Me sorprende que tu padre haya permitido que hicieras el viaje.

—Mi padre ha muerto.

¡Maldición!

—Lo siento —dijo—. Parece que he perdido el tacto junto con mi memoria. —Aunque, a decir verdad, no pudo haberlo adivinado. Su vestido era de color rosa, y no mostraba señales de luto.

Ella lo sorprendió observando la polvorienta tela rosada de su manga.

—Lo sé —admitió, haciendo un mohín de vergüenza—. Debería llevar luto. Pero solo tengo un vestido negro, y es de bombasí de lana. Me asaría como un pollo si lo usara aquí.

—Nuestros uniformes son bastantes incómodos durante los meses de verano —coincidió Edward.

—¡Claro! Thomas me lo contó en sus cartas. Gracias a lo que me explicó sobre el clima en verano, supe que no debía traerlo.

—Estoy seguro de que te sienta mejor el color rosa —observó Edward.

Ella pestañeó al oír el cumplido. No podía culparla. Su mera banalidad parecía fuera de lugar, teniendo en cuenta que se encontraban en un hospital.

En una iglesia.

En medio de una guerra.

Si añadía la pérdida de memoria y la nueva esposa, su vida no podía ser más extravagante.

—Gracias —dijo Cecilia, que se aclaró la garganta y añadió—: pero me has hecho una pregunta sobre mi padre. Tienes razón. Él no habría permitido que yo viajara a Nueva York. No era el más concienzudo de los padres, pero hasta él habría sido terminante. Aunque... —dijo, soltando una risita incómoda— no sé cuánto tiempo habría tardado en advertir mi ausencia.

—Te aseguro que cualquiera se daría cuenta de tu ausencia.

Ella lo miró con escepticismo.

—No has conocido a mi padre. Mientras la casa esté o, mejor dicho, *estuviera* bien organizada, no se daba cuenta de nada.

Edward asintió lentamente. Thomas no le había contado gran cosa sobre Walter Harcourt, pero lo que le había dicho parecía confirmar la descripción de Cecilia. Más de una vez se había quejado de que su padre se conformaba con dejar que Cecilia se marchitara como un ama de llaves sin sueldo. Ella debía encontrar a alguien con quien casarse, le había dicho Thomas. Debía marcharse de Marswell y hacer su propia vida.

¿Thomas habría estado haciendo de casamentero? En ese momento Edward no lo había pensado.

—¿Fue un accidente? —preguntó Edward.

—No, pero fue una sorpresa. Echaba una siesta en su estudio. —Se encogió de hombros con tristeza—. Nunca se despertó.

—¿El corazón?

—El médico dijo que no podíamos saberlo con seguridad. Aunque en realidad no importa, ¿verdad? —Lo miró con expresión de dolor y sabiduría; Edward pudo haber jurado que también lo *sintió*. Había algo en los ojos de ella: su color, su claridad. Cuando sus miradas se cruzaban, él se quedaba sin aliento.

¿Sería siempre así?

¿Habría sido por eso que se había casado con ella?

—Pareces cansado —dijo ella, y añadió antes de que él pudiera interrumpir—: Sé que has dicho que no, pero *pareces* cansado.

Sin embargo, él no tenía ganas de dormir. No soportaba la idea de volver a entregarse a la inconsciencia. Ya había perdido demasiado tiempo. Tenía que recuperarlo. Cada momento. Cada recuerdo.

—No me has dicho qué le ha sucedido a Thomas —le recordó.

Una ola de preocupación arrasó el rostro de Cecilia.

—No lo sé —respondió con angustia en su voz—. Parece que nadie conoce su paradero.

—¿Cómo es posible?

Ella se encogió de hombros con impotencia.

—¿Has hablado con el coronel Stubbs?

—Por supuesto.

—¿Con el general Garth?

—No me han permitido verlo.

—¿Cómo? —Eso era intolerable—. Eres mi esposa...

—No les he dicho que soy tu esposa.

Él la miró fijamente.

—¿Por qué diablos no lo has hecho?

—No lo sé. —Se puso de pie de un salto y se abrazó con fuerza—. Creo que solo... Bueno, que estaba allí como la hermana de Thomas.

—¿Y cuando diste tu nombre?

Ella se mordió el labio inferior antes de responder:

—No creo que nadie lo relacionara.

—¿El general Garth no se dio cuenta de que la esposa de Edward Rokesby era mi esposa?

—Ya te he dicho que no lo vi. —Volvió junto a él y se puso a arreglar sus sábanas—. Te estás alterando demasiado. Podemos hablar de esto mañana.

—*Sin duda* hablaremos de esto mañana —gruñó Edward.

—O pasado mañana.

Él la miró a los ojos.

—Según cómo estés de salud.

—Cecilia...

—No admitiré discusiones —interrumpió ella—. Quizá no pueda hacer nada por mi hermano en este momento, pero puedo ayudarte a ti. Y si para ello debo calmarte...

Él la contempló, pendiente. Apretaba los dientes y había adelantado uno de sus pies, como si estuviera preparada para el ataque. Casi podía imaginarla empuñando una espada y blandiéndola por encima de su cabeza con un grito de guerra.

Era Juana de Arco. Era Boudica. Era todas las mujeres que habían luchado por proteger a su familia.

—Mi feroz guerrera —murmuró.

Ella lo miró con intensidad.

Él no se disculpó.

—Debería irme —dijo ella de pronto—. El coronel Stubbs enviará a alguien por mí esta tarde. Debo hacer mi equipaje.

Edward no sabía cuántas cosas habría reunido desde su llegada a América del Norte. Sin embargo, sabía muy bien que no debía meterse con el equipaje de una mujer.

—¿Estarás bien sin mí?

Él asintió.

Ella frunció el ceño.

—No me lo dirías si no lo estuvieras, ¿verdad?

Edward esbozó una sonrisa peculiar.

—Por supuesto que no.

Cecilia puso los ojos en blanco.

—Volveré por la mañana.

—Te espero.

Y así sería. Él no recordaba la última vez que había esperado algo con tantas ansias.

Claro que no recordaba nada.

Sin embargo...

3

¿El hijo de un conde? Vaya, vaya, cómo has prosperado, hermano mío. Espero que no sea demasiado insoportable.

DE CECILIA HARCOURT
A SU HERMANO THOMAS

Varias horas después, mientras Cecilia seguía al joven y alegre teniente a quien habían asignado para escoltarla al Devil's Head, se preguntó cuándo dejaría de palpitar su corazón. ¡Cielo santo! ¿Cuántas mentiras había dicho esa tarde? Había intentado que sus respuestas fueran lo más cercanas posible a la verdad, para calmar su conciencia y porque no tenía ni idea de qué otra manera podía controlar toda la situación.

Debió haberle dicho la verdad a Edward. Realmente había estado a punto de decírsela, pero el coronel Stubbs había vuelto con el médico. De ningún modo iba a confesarse frente a *semejante* público. Sin duda, la habrían echado del hospital de un puntapié, y Edward aún la necesitaba.

Ella todavía lo necesitaba a él.

Estaba sola en una tierra muy extraña. Estaba a punto de quedarse sin dinero. Y ahora que su motivo para mantenerse firme se había despertado, por fin podía admitir que estaba muerta de miedo.

Si Edward la repudiaba, pronto estaría en la calle. No le quedaría más remedio que volver a Inglaterra, y no podía, no sin antes descubrir qué le había ocurrido a su hermano. ¡Había sacrificado tanto por hacer ese viaje! Necesitó hasta su última gota de valentía. No podía darse por vencida ahora.

Pero ¿cómo podía continuar mintiéndole? Edward Rokesby era un buen hombre. No merecía que nadie se aprovechara de él de una forma tan descarada. Además, era el mejor amigo de Thomas. Se habían conocido cuando ingresaron en el ejército, y como oficiales del mismo regimiento habían sido enviados a América del Norte al mismo tiempo. Hasta donde Cecilia sabía, habían servido juntos desde entonces.

Ella sabía que Edward le tenía cariño. Si le decía la verdad, sin duda comprendería por qué le había mentido. Querría ayudarla. ¿O no?

Pero todo eso no venía al caso. O, por lo menos, podía postergarse hasta el día siguiente. El Devil's Head estaba al final de la calle, y la aguardaba con la promesa de una cama cálida y una comida abundante. Sin duda se lo merecía.

Objetivo para ese día: no sentir culpa. Al menos no por comer una comida decente.

—Ya casi hemos llegado —anunció el teniente con una sonrisa.

Cecilia respondió inclinando la cabeza. Nueva York era un lugar tan extraño... Según la mujer a cargo de su pensión, había más de veinte mil personas amontonadas en un área no muy grande en la punta sur de la isla de Manhattan. Cecilia no estaba segura de cuál había sido la población antes de la guerra, pero le habían dicho que había aumentado vertiginosamente cuando los británicos habían hecho de la ciudad su cuartel general. Había soldados con uniformes escarlata por todas partes, y todos los edificios disponibles se habían visto obligados a albergarlos. Los partidarios del Congreso Continental se habían retirado de la ciudad hacía mucho tiempo, pero en su reemplazo había llegado una avalancha de refugiados leales a la corona en busca de protección británica.

Sin embargo, lo más extraño, por lo menos para Cecilia, eran las personas de color. Nunca antes había visto personas con una piel tan oscura, y se había sorprendido al ver tantas en la animada ciudad portuaria.

—Son esclavos fugitivos —dijo el teniente al ver que Cecilia miraba a un hombre de piel oscura que salía de la herrería al otro lado de la calle.

—Perdón, ¿cómo dice?

—Llegaron a centenares —respondió el teniente, encogiéndose de hombros—. El general Clinton los liberó a todos el mes pasado, pero nadie en los territorios patriotas obedece la orden, de modo que los esclavos se han fugado y han acudido a nosotros. —Frunció el ceño—. Para ser sincero, no creo que haya sitio para todos. Pero no puede culparse a un hombre por querer ser libre.

—No —murmuró Cecilia, mirando por encima del hombro. Cuando se volvió al teniente, este ya había llegado a la entrada del hostal Devil's Head.

—Hemos llegado —dijo, sujetando la puerta para ella.

—Gracias. —Cecilia entró y dio un paso al lado para que el teniente buscara al posadero. Agarrando su pequeña maleta frente a ella, contempló el salón principal del hostal y el bar. Se parecía mucho a sus equivalentes británicos: con poca luz, atestado de gente, con manchas pegajosas en el suelo que Cecilia optó por creer que eran de cerveza. Una mujer joven y pechugona se movía entre las mesas y con destreza apoyaba jarros de cerveza con una mano mientras con la otra retiraba platos. Detrás del bar, un hombre con un frondoso bigote se enredaba con el grifo de un barril y maldecía cuando parecía atascarse.

Se habría parecido a su país de no haber sido porque casi todo el espacio estaba ocupado por soldados con uniforme escarlata.

Había algunas mujeres entre ellos, y por su vestimenta y su forma de conducirse Cecilia supuso que eran respetables. ¿Serían las esposas de los oficiales? Había oído que algunas mujeres acompañaban a sus maridos al Nuevo Mundo. Suponía que ahora era una de ellas, por lo menos, durante un día más.

—¡Señorita Harcourt!

Asustada, Cecilia se volvió hacia una mesa en medio del salón. Uno de los soldados, un hombre de mediana edad con escaso cabello castaño, se puso de pie.

—Señorita Harcourt —repitió—. ¡Qué sorpresa verla por aquí!

Cecilia abrió la boca. Conocía a ese hombre. *Detestaba* a ese hombre. Era la primera persona a la que se había dirigido en su búsqueda de Thomas, y había sido el más condescendiente y el menos servicial de todos.

—Mayor Wilkins —respondió ella, haciendo una educada reverencia, aunque su cabeza daba vueltas con inquietud. Más mentiras. Tenía que inventar más mentiras, y rápido.

—¿Se encuentra bien? —preguntó el mayor con su habitual tono brusco.

—Así es. —Miró al teniente, que ahora conversaba con otro soldado—. Gracias por preguntar.

—Suponía que estaría organizando su retorno a Inglaterra.

Cecilia esbozó una leve sonrisa y se encogió de hombros a modo de respuesta. Realmente no deseaba hablar con él. Además, nunca le había dado ningún indicio de que planeaba partir de Nueva York.

—¡Señora Rokesby! Ah, aquí está.

Me ha salvado el joven teniente, pensó Cecilia con agradecimiento. Este se acercaba a ella con una gran llave de bronce en la mano.

—He hablado con el posadero —dijo— y con...

—¿Señora Rokesby? —interpeló el mayor Wilkins.

El teniente se espabiló al ver al mayor.

—Señor —saludó.

Wilkins no le prestó atención.

—¿La ha llamado señora Rokesby?

—¿No es ese su nombre? —preguntó el teniente.

Cecilia se tragó el nudo que parecía apretarle la garganta.

—Yo...

El mayor se volvió a ella con el ceño fruncido.

—Creí que era soltera.

—Lo era —soltó Cecilia—. Quiero decir... —¡Maldición! Eso no tenía sentido. No podía haberse casado en los tres últimos días—. Lo era. Hace algún tiempo. Era soltera. Todos lo hemos sido. Es decir, si uno está casado ahora, quiere decir que antes ha estado sol...

Ni siquiera se molestó en terminar la frase. ¡Cielo santo! Parecía la peor clase de tontaina. Era un insulto para las mujeres.

—La señora Rokesby está casada con el capitán Rokesby —contribuyó el teniente.

El mayor Wilkins se volvió hacia ella con estupefacción.

—¿El capitán *Edward* Rokesby?

Cecilia asintió. Hasta donde ella sabía no había otro capitán Rokesby, pero como ya había dicho muchas mentiras, consideró mejor no intentar ganarse un punto con un comentario insidioso.

—¿Por qué diab...? —Se aclaró la garganta—. Disculpe. ¿Por qué no ha dicho nada?

Cecilia recordó su conversación con Edward. *Repite las mismas mentiras,* se recordó a sí misma.

—Usted preguntaba por mi hermano —explicó—. Me ha parecido que era la relación más importante.

El mayor la miró como si hubiese perdido la cabeza. Cecilia sabía muy bien lo que estaba pensando. Edward Rokesby era hijo de un conde. Tendría que haber sido idiota para no utilizar *esa* influencia.

Hubo un pesado silencio, después del cual el mayor cambió su expresión por algo parecido al respeto; entonces se aclaró la garganta y dijo:

—Me he alegrado mucho al oír que su marido había vuelto a Nueva York. —Juntó las cejas con aire sospechoso—. Estuvo en paradero desconocido durante un tiempo, ¿verdad?

Lo que insinuaba era: *¿Por qué no había estado buscando a su marido?*

Cecilia se enderezó como un mástil.

—Ya sabía que estaba a salvo cuando le pregunté sobre Thomas. —No era verdad, pero él no tenía por qué saberlo.

—Ya veo. —Tuvo la cortesía de parecer un poco avergonzado—. Le pido disculpas.

Cecilia asintió con majestuosidad, como lo hubiera hecho una condesa. O la nuera de una condesa.

El mayor Wilkins se aclaró la garganta y dijo:

—Haré más indagaciones sobre el paradero de su hermano.

—¿Más indagaciones? —repitió Cecilia. No le había parecido que hasta el momento él hubiese hecho *ninguna* indagación.

El mayor se sonrojó.

—¿Su marido saldrá del hospital pronto?

—Mañana.

—¿Mañana, dice usted?

—Sí —respondió ella con lentitud; apenas pudo resistirse a la tentación de añadir: *Como le acabo de decir.*

—¿Y estarán alojados aquí, en el Devil's Head?

—El capitán y la señora Rokesby ocuparán la habitación del capitán Montby —anunció el teniente.

—Ah, muy bien por él. Buen hombre, buen hombre.

—Espero que no sea un inconveniente para él —dijo Cecilia, mirando hacia las mesas y preguntándose si el desplazado capitán Montby estaría sentado en alguna de ellas—. Me gustaría agradecérselo, si es posible.

—Lo hace con todo gusto —declaró el mayor Wilkins, aunque de ninguna manera pudo haberlo sabido con seguridad.

—Bueno —dijo Cecilia, tratando de no mirar con nostalgia la escalera que, suponía, llevaba a su habitación—, ha sido un placer verlo, pero he tenido un día muy largo.

—Por supuesto —dijo el mayor con una esmerada reverencia—. Volveré mañana.

—¿Volverá... mañana?

—Con noticias sobre su hermano. O, de lo contrario, por lo menos con un relato de nuestras indagaciones.

—Gracias —dijo Cecilia, sorprendida ante la flamante diligencia del mayor.

El mayor Wilkins se volvió hacia el teniente.

—¿A qué hora espera que llegue el capitán Rokesby?

¿De verdad? ¿Se lo preguntaba al *teniente*?

—En algún momento de la tarde —respondió Cecilia con tono seco, aunque no tenía ni idea de la hora en que pensaba ir a buscarlo. Esperó que el mayor Wilkins la mirara antes de añadir—: No creo que el teniente tenga información al respecto.

—Tiene razón —dijo el teniente alegremente—. Mis órdenes han sido escoltar a la señora Rokesby a su nuevo alojamiento. Mañana vuelvo a Haarlem.

Cecilia miró al mayor Wilkins con una sonrisa insulsa.

—Por supuesto —dijo el mayor con aspereza—. Perdóneme, señora Rokesby.

—No se preocupe —repuso Cecilia. Por mucho que le hubiera gustado abofetear al mayor, sabía que no podía darse el lujo de enemistarse con él. No estaba segura de cuál era su trabajo exactamente, pero parecía estar a cargo de controlar a los soldados que estaban alojados en las cercanías.

—¿Usted y el capitán Rokesby estarán aquí a las cinco y media? —preguntó.

Ella lo miró a los ojos.

—Si viene con noticias de mi hermano, entonces sí, sin duda estaremos aquí.

—Muy bien. Buenas noches, señora. —Se despidió con una inclinación de cabeza y luego dijo a su acompañante—: Teniente.

El mayor Wilkins volvió a su mesa y dejó a Cecilia con el teniente, quien soltó una pequeña exhalación antes de decir:

—Casi lo olvido. Su llave.

—Gracias —declaró Cecilia, y tomó la llave. La giró en su mano.

—Habitación doce —confirmó el teniente.

—Sí —respondió Cecilia, mirando el enorme número «12» grabado en el metal—. Puedo subir sola.

El teniente asintió con gratitud; era joven y, evidentemente, no se sentía a gusto ante la idea de escoltar a una dama a su aposento, aunque fuera una mujer casada.

Casada. ¡Cielo santo! ¿Cómo iba a escapar de esa red de mentiras? Y, lo más importante quizá, ¿*cuándo*? No sería al día siguiente. Había afirmado ser la esposa de Edward para quedarse a su lado y cuidar de su salud, pero era evidente (muy evidente) que la esposa del capitán Rokesby tenía mucha más influencia ante el mayor Wilkins que la humilde señorita Harcourt.

Cecilia sabía que Edward se merecía que ella pusiera fin a esa farsa lo antes posible, pero el destino de su hermano pendía de un hilo.

Le diría toda la verdad. Por supuesto.

Cuando llegara el momento.

No podía hacerlo aún. Por la mañana debía ser la señora Rokesby. Y después...

Cecilia suspiró mientras metía la llave en la cerradura y abría la puerta. Iba a tener que seguir siendo la señora Rokesby hasta que encontrara a su hermano.

—Perdóname —murmuró.

Por el momento eso tendría que bastar.

Edward había tenido la intención de estar de pie, con el uniforme puesto y listo para partir cuando Cecilia llegara al hospital al día siguiente. En cambio, seguía en la cama y tenía puesta la misma camisa que había usado quién sabe cuánto tiempo. Además, dormía tan profundamente que Cecilia creyó que había vuelto a caer en coma.

—¿Edward? —Él oyó el murmullo de su voz desde las profundidades de su sueño—. ¿Edward?

Edward murmuró algo. O quizá fue un gruñido. No estaba segura de la diferencia. La actitud, quizás

—¡Ay, gracias a Dios! —susurró ella, y él sintió más que oyó, que se sentaba en la silla junto a su cama.

Tal vez debía despertarse.

Quizás abriría los ojos y el mundo entero volvería a ser como antes. Sería el mes de junio, y tendría sentido que fuera junio. Estaría casado y eso también tendría sentido, especialmente si recordaba cómo era besarla.

Porque realmente tenía ganas de besarla. Era en lo único que había pensado la noche anterior. O, por lo menos, la mayor parte de la noche. Al menos la mitad. Estaba tan lujurioso como cualquier hombre, sobre todo ahora que estaba casado con Cecilia Harcourt, pero también tenía buen sentido del olfato, y lo que quería de verdad era darse un baño.

¡Por Dios, cómo apestaba!

Siguió acostado unos minutos más y descansó tranquilamente con los ojos cerrados. Pensar sin moverse tenía algo de placentero. No tenía que hacer otra cosa más que pensar. No recordaba la última vez que había disfrutado de semejante lujo.

Y sí, era consciente de que no podía recordar nada de los últimos tres meses aproximadamente. Sin embargo, estaba seguro de que no los había pasado reflexionando de forma pacífica, escuchando los sonidos apagados de su esposa junto a él. Recordó esos momentos del día anterior, justo antes de abrir los ojos. También había escuchado la respiración de ella. Sin embargo, ahora era diferente porque sabía quién era. Sonaba igual, pero era diferente.

Era muy extraño. Jamás habría creído que algún día sentiría felicidad de estar tendido en la cama y escuchar la respiración de una mujer. Aunque ella suspiraba más de lo que le hubiera gustado. Estaba cansada. Quizá preocupada. Puede que ambas cosas.

Debería decirle que estaba despierto. Ya era hora.

Pero entonces oyó que murmuraba:

—¿Qué voy a hacer contigo?

Sinceramente, no pudo resistirse. Abrió los ojos.

—¿Conmigo?

Ella gritó y saltó de su silla, tanto que podría haber tocado el techo.

Edward se echó a reír. Lanzó grandes carcajadas que le hicieron doler las costillas y los pulmones, y aun al ver que Cecilia lo fulminaba con la mirada, con la mano sobre su corazón palpitante, él continuó riéndose.

Y al igual que antes, supo que esto no era algo que hubiese hecho durante mucho tiempo.

—Estás despierto —lo acusó su esposa.

—No lo estaba —dijo—, pero alguien comenzó a susurrar mi nombre.

—Eso fue hace *siglos*.

Él se encogió de hombros, sin arrepentirse.

—Hoy tienes mejor aspecto —dijo Cecilia.

Él enarcó las cejas.

—Estás un poco menos... gris.

Se sintió agradecido de que nadie le hubiese ofrecido un espejo.

—Debo afeitarme —dijo, frotándose la barbilla. ¿Cuántos días de crecimiento tenía? Como mínimo, dos semanas. Quizá tres. Frunció el ceño.

—¿Qué sucede? —preguntó ella.

—¿Alguien sabe cuánto tiempo he estado inconsciente?

Cecilia negó con la cabeza.

—No lo creo. Nadie sabe cuánto tiempo has estado inconsciente antes de que te encontraran, pero me imagino que no ha sido mucho. Han dicho que la herida en la cabeza era fresca.

Él hizo un gesto de sorpresa. «Fresca» era la clase de palabra que se utilizaba para hablar de fresas, no de cráneos.

—Así que, seguramente, unos ocho días —decidió ella—. ¿Por qué?

—Mi barba —respondió él—. Ha pasado mucho más de una semana desde la última vez que me afeité.

Ella lo miró durante un instante.

—No estoy segura de qué significa eso —concluyó por fin.

—Tampoco yo —admitió él—. Pero vale la pena tenerlo en cuenta.

—¿Tienes ayuda de cámara?

Edward la miró con ironía.

—No me mires de esa manera. Sé muy bien que muchos oficiales viajan con un criado.

—No en mi caso.

Pasó un momento.

—Debes de tener hambre. Solo te he hecho beber un poco de caldo, pero eso es todo —dijo Cecilia.

Edward apoyó una mano sobre su vientre. Los huesos de su cadera, sin duda, estaban más prominentes de lo que estaban cuando era niño.

—Creo que he perdido algo de peso.

—¿Has comido desde que me fui ayer?

—No mucho. Estaba famélico, pero después comencé a sentirme mal.

Ella asintió y se miró las manos antes de decir:

—Ayer no tuve oportunidad de decírtelo, pero me he tomado la libertad de escribirle a tu familia.

Su familia. ¡Por todos los cielos! Ni siquiera había pensado en ellos.

Él la miró a los ojos.

—Les comunicaron que habías desaparecido —explicó ella—. El general Garth les escribió hace varios meses.

Edward se tapó los ojos con una mano. Imaginaba a su madre. No se lo habría tomado bien.

—Les dije por carta que estabas herido, pero no di detalles —explicó—. Creí que era más importante que supieran que te habían encontrado.

—Encontrado —repitió Edward. La palabra era adecuada. No lo habían traído, ni había escapado. Lo habían encontrado cerca de la bahía de Kip. Solo el diablo sabía cómo había llegado hasta allí.

—¿Cuándo llegaste a Nueva York? —preguntó él de pronto. Era mejor hacer preguntas sobre lo que no sabía que romperse la cabeza por lo que no recordaba.

—Hace casi quince días —respondió Cecilia.

—¿Has venido a buscarme a mí?

—No —admitió ella—. Yo no... Es decir, no sería tan tonta como para cruzar el océano para buscar a un hombre desaparecido.

—Y, sin embargo, aquí estás.

—Thomas estaba herido —le recordó ella—. Él me necesitaba.

—Así que has venido por tu hermano —declaró Edward.

Ella lo observó con una mirada sincera, como si se preguntara si eso era un interrogatorio.

—Me han hecho creer que lo encontraría en un hospital.

—A diferencia de mí.

Ella se mordió el labio.

—Pues, sí. Yo no... Es decir, no sabía que habías desaparecido.

—¿El general Garth no te *escribió*?

Ella negó con la cabeza.

—No creo que él supiera nada sobre nuestra boda.

—Así que... Un momento. —Cerró los ojos con fuerza y luego los abrió. Se sentía muy alterado, pero había algo que no cuadraba. Las fechas no eran correctas—. ¿Nos hemos casado aquí? No, no puede ser. No si yo había desaparecido.

—Es... Ha sido un matrimonio por poderes. —Se ruborizó; parecía que estaba demasiado avergonzada como para admitirlo.

—¿Me he casado contigo por poderes? —preguntó él, estupefacto.

—Thomas quiso que así fuera —murmuró ella.

—¿Es eso legal siquiera?

Ella abrió mucho los ojos, y de inmediato él se sintió como un canalla. Esa mujer lo había cuidado durante tres días mientras él estaba en coma, y él sugería que quizá ni siquiera estuvieran casados. Ella no se merecía semejante falta de respeto.

—Olvida mi pregunta —se apresuró a decir—. Podemos hablar de eso más tarde.

Ella asintió, agradecida, y bostezó.

—¿Pudiste descansar anoche? —le preguntó él.

Los labios de ella se curvaron en una sonrisa minúscula y muy cansada.

—Creo que esa pregunta me corresponde hacerla a mí.

Él la miró con ironía.

—Creo que no he hecho otra cosa *más* que descansar estos últimos días.

Ella inclinó la cabeza, admitiendo la derrota en silencio.

—No has respondido a mi pregunta —le recordó él—. ¿Descansaste?

—Un poco. Más bien creo que he perdido la práctica. Además, era una habitación desconocida. —Un mechón del cabello cayó de su peinado, y frunció el ceño antes de volver a acomodarlo detrás de su oreja—. Siempre me resulta difícil dormir la primera noche en un sitio nuevo.

—Entonces, apostaría a que no has dormido bien en semanas.

Ella sonrió.

—En realidad dormí muy bien en el barco. El balanceo me sentaba bien.

—¡Qué envidia! Yo pasé la mayor parte de la travesía vomitando.

Ella ahogó una carcajada.

—Lo siento.

—Considérate agradecida por no haber estado allí. En ese momento no te habría parecido tan buen partido. —Pensó un poco—. Ahora tampoco lo soy.

—Ah, no seas...

—Sucio, sin afeitar...

—Edward...

—Maloliente... —Él esperó—. Veo que no me contradices.

—Es verdad que tienes cierta... *fragancia.*

—Y no olvides que me falta un pequeño rincón de la memoria.

Ella se puso tensa de repente.

—No debes hablar así.

Él le restó importancia al asunto, pero la miró con ojos sinceros cuando dijo:

—Si no me río de mi situación, tendré que llorar.

Ella se quedó muy quieta.

—Es una forma de hablar —aclaró él, apiadándose de ella—. No debes preocuparte. No voy a llorar.

—Si lo hicieras —manifestó ella con voz entrecortada— no te tendría en menos estima. Yo te...

—¿Me cuidarías? ¿Sanarías mis heridas? ¿Secarías los ríos salados de mis lágrimas?

Ella abrió la boca, pero a él no le pareció que estuviera escandalizada, sino simplemente perpleja.

—No sabía que eras tan devoto del sarcasmo —dijo ella.

Edward se encogió de hombros.

—Estoy seguro de que no lo soy.

Ella se enderezó un poco mientras pensaba en ello, y frunció el ceño hasta que se formaron tres líneas en el centro de su frente. No se movió durante unos segundos, y solo cuando una pequeña ráfaga de aire salió de sus labios, él se dio cuenta de que había estado conteniendo la respiración. Se oyó parte de su voz, y fue un sonido meditabundo.

—Parece que me estás analizando —dijo él.

Cecilia no lo negó.

—Resulta muy interesante —manifestó ella— lo que recuerdas y lo que no.

—A mí me resulta difícil considerarlo motivo de estudio —dijo él sin rencor— pero, por supuesto, tú hazlo, adelante. Cualquier avance es bienvenido.

Ella se movió en su asiento.

—¿Has recordado algo nuevo?

—¿Desde ayer?

Ella asintió.

—No. Al menos, no lo creo. Es difícil cuando no recuerdo qué es lo que no recuerdo. Ni siquiera estoy seguro de cuándo empiezo a tener lagunas en mi memoria.

—Me han dicho que partiste hacia Connecticut a principios de marzo. —Giró la cabeza hacia un lado, y el mechón rebelde del cabello volvió a caerse—. ¿Recuerdas eso?

Él pensó durante un momento.

—No —respondió—. Recuerdo vagamente que me ordenaron ir, o más bien que *iban* a ordenarme ir... —Se frotó uno de los ojos con la palma de la mano. ¿Qué *significaba* eso siquiera? Levantó la mirada hacia Cecilia—. Aunque no sé por qué.

—Ya lo recordarás —dijo ella—. El médico dijo que, cuando se recibe un golpe, el cerebro necesita tiempo para recuperarse.

Él frunció el ceño.

—Antes de que despertaras —le aclaró.

—Ah.

Permanecieron en silencio durante unos instantes y luego, señalando la herida de él con un movimiento torpe, ella le preguntó:

—¿Te duele?

—Como el mismísimo demonio.

Ella empezó a ponerse de pie.

—Puedo conseguirte láudano.

—No —se apresuró a responder él—. Gracias. Prefiero tener la cabeza despejada. —Luego se dio cuenta de lo ridículo que sonaba, pensándolo bien—. O al menos lo suficiente como para recordar los acontecimientos del último día.

Ella esbozó una sonrisa.

—Adelante, ríete —dijo él.

—No debería. —Pero se echó a reír. Solo un poco.

Y el sonido fue muy agradable.

Luego ella bostezó.

—Ve a dormir —insistió él.

—Ah, no podría. Acabo de llegar.

—No se lo diré a nadie.

Ella le clavó la mirada.

—¿Y a quién se lo dirías?

—Tienes razón —concedió él—. De todos modos, es evidente que necesitas dormir.

—Puedo dormir esta noche. —Se movió un poco en su silla, tratando de ponerse cómoda—. Solo descansaré los ojos un momento.

Él se rio.

—No te burles de mí —le advirtió.

—¿O qué? Ni siquiera me verías llegar.

Ella abrió un ojo.

—Tengo muy buenos reflejos.

Edward se rio ante el comentario y observó cómo su rostro volvía a relajarse. Cecilia bostezó de nuevo, pero esta vez ni siquiera intentó ocultarlo.

¿Sería eso lo que significaba estar casado? ¿Que podía bostezar sin preocuparse? En ese caso, Edward suponía que el matrimonio valía la pena.

La observó mientras *descansaba los ojos*. Realmente era preciosa. Thomas le había dicho que su hermana era bonita, pero de una manera indiferente y fraternal. Él veía lo que Edward suponía que veía en su propia hermana Mary: un rostro bonito en el que todas las facciones eran armónicas. Por ejemplo, Thomas nunca habría reparado en que las pestañas de Cecilia eran varios tonos más oscuros que su cabello, o que cuando cerraba los ojos, formaban dos delicados arcos, casi como fragmentos de una luna creciente.

Sus labios eran carnosos, aunque no como un pimpollo de rosa, al que los poetas estaban tan aficionados. Cuando dormía los labios no se tocaban, y él podía imaginar el susurro de su aliento cuando pasaba entre ellos.

—¿Crees que podrás ir al Devil's Head esta tarde? —preguntó ella.

—Creí que dormías.

—Como te he dicho, solo descanso los ojos.

En eso no mentía. Apenas levantó una pestaña mientras hablaba.

—Debería poder —respondió—. El médico quiere verme una vez más antes de que me marche. Supongo que... ¿La habitación es aceptable?

Ella asintió, con los ojos aún cerrados.

—Quizá te parezca pequeña.

—Y a ti, ¿no?

—No necesito grandes ambientes.

—Yo tampoco.

Cecilia abrió los ojos.

—Lo siento. No he querido decir que tú sí.

—He pasado más de una noche durmiendo a la intemperie. Cualquier habitación con una cama será un lujo. Bueno, excepto esta, supongo —añadió, mirando la sala improvisada. Los bancos de la iglesia habían sido movidos contra las paredes, y los heridos estaban tendidos en una colección variopinta de catres y camas. Algunos yacían en el suelo.

—Es deprimente —dijo ella en voz baja.

Él asintió. Debía estar agradecido. Tenía todas sus extremidades intactas. Quizás estaba un poco débil, pero se recuperaría. Algunos de los otros hombres en la sala no tenían tanta suerte.

Aun así, quería marcharse.

—Tengo *hambre* —declaró de pronto.

Ella levantó la mirada, y él disfrutó la sorpresa en sus increíbles ojos.

—Si el médico quiere verme, puede irse al diab... —Edward se aclaró la garganta—. Puede encontrarme en el Devil's Head.

—¿Estás seguro? —Ella lo miró con preocupación—. No quisiera que...

Él la interrumpió, señalando una pila de tela de color escarlata y beis que había en un banco cercano.

—Creo que ese es mi uniforme. ¿Serías tan amable de alcanzármelo?

—Pero el médico...

—De lo contrario lo haré yo mismo, y te advierto de que estoy desnudo debajo de esta bata.

Sus mejillas se tiñeron de un color escarlata (un tono no tan intenso como su chaqueta, pero se le parecía mucho), y él pensó de pronto:

Un matrimonio por poderes.

Él: varios meses en Connecticut.

Ella: dos semanas en Nueva York.

No le sorprendía que no reconociera su rostro. Nunca antes la había visto.

¿Y su matrimonio?

Nunca se había consumado.

4

El teniente Rokesby no es para nada insoportable. En realidad, es un sujeto muy amable. Creo que te gustaría. Es de Kent y está prácticamente comprometido con su vecina.

Le he enseñado tu miniatura. Ha dicho que eres muy bonita.

De Thomas Harcourt
a su hermana Cecilia

Edward había insistido en vestirse solo, así que Cecilia aprovechó ese tiempo para salir y buscar algo de comer. Había pasado casi una semana en ese vecindario y conocía todas las tiendas de la calle. La opción más económica y, por tanto, su opción habitual, eran los bollos con pasas de Corinto del carro del señor Mather. Eran bastante sabrosos, aunque sospechaba que el exiguo precio era posible porque cada bollo no contenía más de tres pasas.

El señor Lowell, situado unos metros más allá, vendía auténticos bollos de Chelsea, con masa en forma de espiral y canela. Cecilia nunca había contado las pasas; tan solo había comido un bollo del día anterior, y lo había devorado tan rápidamente que solo pudo disfrutar del pegajoso glaseado de azúcar que se había disuelto en su lengua.

Pero a la vuelta de la esquina se encontraba la tienda del señor. Rooijakkers, el panadero holandés. Cecilia había ido una vez. Esa única vez le había bastado para darse cuenta de que: 1) no podía pagar esas delicias, y 2) si pudiera pagarlas, engordaría como una vaca en poco tiempo.

Sin embargo, si había un tiempo para locuras, sin duda era ese día, ya que Edward se había despertado y estaba mejor de salud. Cecilia tenía dos monedas en su bolsillo, suficientes para darse un capricho. Además, ya no debía preocuparse por pagar su habitación en la pensión. Suponía que debería estar ahorrando sus peniques (solo Dios sabía dónde estaría en las próximas semanas), pero no se decidía a escatimar gastos. Ese día, no.

Abrió la puerta con un empujón, sonriendo al oír el tintineo de la campana, y luego suspiró de placer ante los celestiales aromas que provenían de la cocina en la parte de atrás.

—¿En qué puedo ayudarla? —preguntó una mujer pelirroja detrás del mostrador. Tenía quizás algunos años más que Cecilia y hablaba con un ligero acento, cuyo origen Cecilia no habría podido identificar de no haber sido porque ya sabía que los propietarios eran de Holanda.

—Me llevaré una hogaza de pan, por favor —dijo Cecilia, señalando tres bollos bonitos y voluminosos del estante, con una corteza dorada y moteada que no se parecía a nada que hubiese visto en su país—. ¿Todos tienen el mismo precio?

La mujer inclinó la cabeza hacia un lado.

—Sí, pero ahora que lo menciona, el de la derecha parece un poco más pequeño. Se lo vendo por medio penique menos.

Cecilia ya estaba calculando dónde podía ir a comprar manteca o queso para acompañar el pan, cuando se detuvo a preguntar.

—¿Qué es ese delicioso aroma?

La mujer sonrió encantada.

—*Speculaas*. Están recién horneadas. ¿No ha probado nunca ninguna?

Cecilia negó con la cabeza. Tenía tanta hambre… Esa noche por fin había podido cenar bien, pero eso solo le había recordado a su estómago el maltrato que había recibido. Y aunque el budín de carne y riñones del Devil's Head era bueno, a Cecilia se le hacía la boca agua por comer algo dulce.

—Se me ha roto una al sacarlas de la bandeja —explicó la mujer—. Se la regalo.

—¡Ay! No, no podría…

La mujer hizo un gesto con la mano para restarle importancia al asunto.

—Nunca ha probado ninguna. No puedo cobrarle por probar.

—En realidad, sí podría —respondió Cecilia con una sonrisa—, pero no insistiré.

—No la había visto antes en la tienda. —La mujer hizo ese comentario de espaldas mientras corría a la cocina.

—Vine una vez —dijo Cecilia, pero no mencionó que no había comprado nada—. La semana pasada. Había un señor mayor aquí.

—Mi padre —confirmó la mujer.

—Entonces usted es la señorita Rooey…, ehhh…, Roojak… —¡Cielo santo! ¿Cómo se pronunciaba?

—Rooijakkers —dijo la mujer con una sonrisa, mientras regresaba—. Pero en realidad soy la señora Leverett.

—¡Gracias a Dios! —respondió Cecilia con una sonrisa de alivio—. Sé que me acaba de decir su nombre, pero no creo que pueda reproducirlo.

—A mi marido le digo a menudo que esa es la razón por la que me casé con él —bromeó la señora Leverett.

Cecilia se echó a reír, hasta que se dio cuenta de que a ella también le convenía el apellido de su marido. Sin embargo, en su caso el objetivo era que el capitán Wilkins hiciera su maldito trabajo.

—El holandés no es un idioma fácil —dijo la señora Leverett—, pero si tiene pensado quedarse en Nueva York un tiempo, quizá quiera aprender algunas frases.

—No sé cuánto tiempo estaré aquí —respondió Cecilia con sinceridad<. Esperaba que no fuera mucho. Solo quería encontrar a su hermano.

Y asegurarse de que Edward recuperara fuerzas. No podía marcharse hasta estar segura de su bienestar.

—Habla muy bien inglés —le dijo a la panadera.

—Nací aquí. Mis padres también, pero hablamos holandés en casa. Aquí tiene —dijo, acercándole dos trozos de un bizcocho plano de color caramelo—, pruébelo.

Cecilia volvió a darle las gracias y puso los trozos en su forma original alargada antes de llevarse a la boca el trozo más pequeño y morderlo.

—¡Ay, Dios mío! Es algo sublime.

—¿Le gusta, entonces? —La señora Leverett abrió mucho los ojos, encantada.

—¿Cómo no podría gustarme? —Sabía a cardamomo, clavo de olor y azúcar un poco quemada. Era algo completamente desconocido y, aun así, le hacía sentir nostalgia por su patria. Quizás era el simple hecho de compartir una galleta y una conversación. Cecilia había estado demasiado ocupada como para darse cuenta de que ella también se sentía sola.

—Algunos oficiales dicen que son demasiado delgadas y que se desmenuzan —declaró la señora Leverett.

—Están locos —respondió Cecilia con la boca llena—. Aunque debo decir que serían excelentes con un té.

—Me temo que no es fácil conseguirlo.

—No —repuso Cecilia, apenada. Había traído consigo un poco de té, pero no suficiente, y se había quedado sin nada a dos tercios de la travesía por el Atlántico. La última semana volvía a usar las mismas hojas y recortaba sus raciones a la mitad en cada tetera.

—No debería quejarme —dijo la señora Leverett—. Aún se consigue azúcar, que es mucho más importante para una panadería.

Cecilia asintió y mordisqueó la segunda mitad de su galleta. Tenía que hacerla durar un poco más.

—Los oficiales tienen té —continuó la señora Leverett—. No mucho, pero más que cualquier otra persona.

Edward era oficial. Cecilia no quería sacar ventaja de su riqueza, pero si podía conseguir un poco de té... Pensó que estaría dispuesta a ofrecer una pequeña parte de su alma por una buena taza.

—No me ha dicho su nombre —dijo la señora Leverett.

—Ah, discúlpeme. Hoy estoy atontada. Soy la señorita Har... Perdón. La señora Rokesby.

La otra mujer sonrió, comprensiva.

—¿Está recién casada?

—Exacto. —Cuánto había de *exacto*, Cecilia no podía explicarlo—. Mi marido —dijo, tratando de no balbucear la palabra— es oficial. Capitán.

—Eso me ha parecido —observó la señora Leverett—. No hay otro motivo por el que estaría en la ciudad de Nueva York en mitad de una guerra.

—Es extraño —caviló Cecilia—. No parece que haya una guerra. Si no hubiese visto a los soldados heridos... —Se calló para reconsiderar sus palabras. Quizá no había sido testigo de una batalla en ese puesto británico, pero las señales de lucha y privaciones se veían por todas partes. El puerto estaba repleto de barcos de prisioneros; de hecho, cuando el barco de Cecilia llegó, le advirtieron de que permaneciera abajo hasta que aquellos pasaran.

El hedor, había oído, era insoportable.

—Le pido disculpas —dijo a la otra mujer—. Mis palabras han sido crueles. La guerra es mucho más que el frente de batalla.

La señora Leverett sonrió, pero fue una sonrisa triste. Cansada.

—No tiene por qué disculparse. Durante dos años ha sido relativamente tranquilo. Roguemos a Dios que siga siendo así.

—Por supuesto —murmuró Cecilia. Miró por la ventana... No estaba segura por qué—. Supongo que debo irme pronto. Pero primero, por favor, envuelva media docena de *speculaas*. —Frunció el ceño al hacer las cuentas mentalmente. Tenía dinero suficiente en el bolsillo—. No, que sea una docena.

—¿Una docena entera? —La señora Leverett esbozó una sonrisa pícara—. Espero que encuentre ese té.

—Yo también lo espero. Tengo algo que celebrar. Mi marido —¡otra vez esa palabra!— sale hoy del hospital.

—Ah, discúlpeme. No lo sabía. Pero supongo que significa que está recuperado.

—Casi. —Cecilia pensó en Edward, aún tan delgado y pálido. Ni siquiera lo había visto fuera de la cama—. Aún necesita tiempo para descansar y recuperar fuerzas.

—Es afortunado por tener la compañía de su esposa.

Cecilia asintió, con un nudo en la garganta. Deseó poder decir que era porque la *speculaas* le había dado sed, pero estaba segura de que se debía a su conciencia.

—¿Sabe? —dijo la señora Leverett—. Aquí en Nueva York hay mucho para disfrutar, incluso con la guerra tan cerca. Las clases altas aún organizan fiestas. Yo no asisto, por supuesto, pero de vez en cuando veo a las señoras vestidas con sus mejores galas.

—¿De verdad? —Cecilia enarcó las cejas.

—Pues sí. Y creo que habrá una representación de *Macbeth* la semana próxima en el John Street Theatre.

—Es una broma.

La señora Leverett levantó una mano.

—Lo juro por los hornos de mi padre.

Cecilia no pudo evitar echarse a reír ante la ocurrencia.

—Quizá trate de asistir. Hace mucho tiempo que no voy al teatro.

—No puedo responder por la calidad de la obra —dijo la señora Leverett—. Creo que la mayoría de los papeles están representados por oficiales británicos.

Cecilia intentó imaginar al coronel Stubbs o al mayor Wilkins en el escenario. No fue una imagen agradable.

—Mi hermana fue a la representación de *Otelo* —continuó la señora Leverett—. Me dijo que el decorado era muy bonito.

No lo dijo con mucho entusiasmo. Pero a buen hambre no hay pan duro, y la verdad era que no iba a ver a Shakespeare en Derbyshire a menudo. Quizás intentaría ir.

Si Edward tenía ganas.

Si todavía estaban *casados*.

Cecilia suspiró.

—¿Ha dicho algo?

Cecilia negó con la cabeza, pero debió haber sido una pregunta retórica, porque la señora Leverett se dispuso a envolver las *speculaas* en una tela.

—Me temo que no tenemos papel —se disculpó la panadera—. Al igual que el té, es escaso.

—Significa que tendré que volver para devolverle la tela —dijo Cecilia. Y cuando se dio cuenta de la felicidad que le producía (la sola idea de compartir un saludo con una mujer de su propia edad), añadió—: Me llamo Cecilia.

—Yo soy Beatrix —respondió la mujer.

—Me alegro de haberla conocido —repuso Cecilia—. Y gracias por... No, espere. ¿Cómo se dice «gracias» en holandés?

Beatrix esbozó una amplia sonrisa.

—*Dank u.*

Cecilia pestañeó, sorprendida.

—¿De verdad? ¿Así de fácil?

—Ha elegido una fácil —respondió Beatrix, encogiéndose de hombros—. Si hubiese querido aprender «por favor»...

—Ah, no me diga —dijo Cecilia, sabiendo que lo haría de todos modos.

—*Alstublieft* —declaró Beatrix con una sonrisa—. Y no diga que suena como un estornudo.

Cecilia se echó a reír.

—Me limitaré a *dank u*. Al menos por ahora.

—Vaya —dijo Beatrix—. Vuelva con su marido.

Otra vez esa palabra. Cecilia se despidió con una sonrisa, pero le pareció un gesto vacío. ¿Qué pensaría Beatrix Leverett si supiera que Cecilia era una impostora?

Salió de la tienda antes de echarse a llorar.

—Espero que te gusten los dulces, porque te he traído... Ah.

Edward levantó la mirada. Su esposa había vuelto con un pequeño paquete de tela y una sonrisa decidida.

Aunque no tan decidida. La sonrisa desapareció cuando lo vio sentado con los hombros caídos en la punta de su cama.

—¿Te encuentras bien? —le preguntó.

No mucho. Había conseguido vestirse, pero solo porque ella había colocado el uniforme sobre la cama antes de irse. Sinceramente, no sabía si podía cruzar solo la habitación. Sabía que estaba débil, pero no supo cuánto hasta que bajó las piernas por un lado del catre e intentó ponerse de pie.

Se sentía patético.

—Estoy bien —murmuró.

—Por supuesto —murmuró ella, no muy convencida—. Yo... mmm... ¿Te gustaría comer una galleta?

Él observó las manos delgadas de ella mientras desenvolvía el paquete.

—*Speculaas* —expresó, reconociéndolas al instante.

—¿Ya las habías comido? Ah, claro que sí. Había olvidado que estás aquí desde hace años.

—Años, no —respondió él mientras tomaba una de las delgadas galletas—. Estuve en Massachusetts durante casi un año. Luego en Rhode Island. —Dio un mordisco. ¡Por Dios, qué ricas eran! Levantó la mirada—. Y, por lo que parece, también en Connecticut, aunque no lo recuerdo.

Cecilia se sentó en el borde de la cama. Más que sentarse, se apoyó. Tenía la expresión de alguien que no quería ponerse demasiado cómodo.

—¿Los holandeses se establecieron en todas las colonias?

—Solo aquí. —Terminó la galleta y estiró la mano para tomar otra—. Hace más de un siglo que no es Nueva Ámsterdam, pero la mayoría de los holandeses se quedó cuando la isla cambió de dueño. —Frunció el entrecejo. En realidad no sabía si la mayoría se había quedado, pero al caminar por la ciudad parecía que así era. La influencia holandesa se percibía en toda la isla, desde las típicas fachadas en zigzag de los edificios hasta las galletas *speculaas* y el pan tigre en la panadería.

—He aprendido a decir «gracias» —dijo ella.

Él sintió que sonreía.

—Muy ambicioso por tu parte.

Ella le clavó la mirada.

—Entonces supongo que conocerás la frase.

Él tomó otra galleta.

—*Dank u.*

—De nada —respondió ella con picardía—, pero quizá deberías ir más despacio. No creo que sea buena idea que comas demasiado de una sola vez.

—Tal vez no —accedió Edward, pero de todos modos siguió comiendo.

Ella esperó con paciencia a que terminara, y luego a que se sentara en el borde del catre, tratando de reunir fuerzas.

Era una mujer paciente, su esposa. Tenía que serlo, después de tres días sentada al lado de su aburrida cama. No había mucho que hacer con un marido inconsciente.

Pensó en el viaje que había hecho a través del Atlántico. Para tener noticias de su hermano, y luego decidir ayudarlo a él, sabiendo todo el tiempo que llevaría meses...

También allí estaba el sello de una persona paciente.

Él se preguntó si ella querría gritar de frustración a veces.

Iba a tener que ser paciente un poco más de tiempo, pensó con amargura. Sus piernas eran como gelatina. Apenas podía caminar. ¡Diablos! Incluso ponerse de pie era un fastidio, y en cuanto a hacer legal el matrimonio en todos los sentidos...

Eso tendría que esperar.

Una lástima.

Aunque se le ocurrió que aún podían quedar libres de esta unión si lo deseaban. La anulación por no haber consumado el matrimonio era una astuta maniobra legal; sin embargo, también lo era un matrimonio por poderes. Si él no quería estar casado estaba seguro de que no tenía por qué estarlo.

—¿Edward?

Oyó la voz de ella como en la distancia, pero estaba demasiado sumido en sus pensamientos como para responder. *¿Deseaba* estar casado con ella? Si la respuesta era no, no podía ir con ella al Devil's Head. Podría no tener fuerzas para acostarse con ella como era debido, pero si compartían una habitación, aunque fuera por una sola noche, la reputación de ella se vería comprometida.

—¿Edward?

Él se volvió lentamente y se obligó a concentrarse. Ella lo miraba preocupada, pero ni siquiera eso podía deslucir la asombrosa claridad de sus ojos.

Tomó asiento junto a él y puso una mano sobre la suya.

—¿Estás seguro de que te encuentras bien para irte hoy? ¿Quieres que busque al médico?

Él escudriñó su rostro.

—¿Quieres estar casada conmigo?

—¿Qué? —Algo cercano a la inquietud arrasó su rostro—. No entiendo.

—No tienes obligación de estar casada conmigo —explicó él, escogiendo las palabras con cuidado—. Aún no hemos consumado el matrimonio.

Ella abrió la boca y, cosa extraña, él vio que no respiraba.

—Creí que no recordabas —murmuró.

—No me hace falta recordar. Es pura lógica. Yo estaba en Connecticut cuando llegaste. Nunca habíamos estado solos en una habitación antes de que llegaras al hospital.

Cecilia tragó saliva y él observó su garganta, sus delicadas líneas, el pulso que palpitaba bajo su piel.

¡Dios, qué ganas tenía de besarla!

—¿Qué deseas, Cecilia?

Di que me quieres.

El pensamiento explotó en su cabeza. No quería que ella lo abandonara. Apenas podía ponerse de pie solo. Pasarían semanas antes de que recuperara siquiera la mitad de sus fuerzas. La necesitaba.

Y la deseaba.

Pero lo más importante de todo, deseaba que ella lo quisiera a él.

Cecilia no habló durante varios segundos. Apartó su mano de la de él, y se rodeó el cuerpo con sus propios brazos. Parecía estar mirando a un soldado del otro lado de la iglesia cuando respondió:

—¿Me estás ofreciendo dejarme libre?

—Si es lo que deseas.

Lentamente los ojos de ella se clavaron en los de él.

—¿Qué es lo que deseas *tú*?

—Esa no es la pregunta.

—Creo que sí lo es.

—Soy un caballero —repuso, tenso—. En esta cuestión cumpliré tus deseos.

—Yo... —Ella mordió su labio inferior—. Yo... no quiero que te sientas atrapado.

—No me siento atrapado.

—¿No? —Sonó sinceramente sorprendida.

Él se encogió de hombros.

—Algún día debía casarme.

Si a ella el comentario le pareció poco romántico, no se reflejó en su rostro.

—Es evidente que he estado de acuerdo con la boda —añadió. Él quería a Thomas Harcourt como si fuera un hermano, pero a Edward no se le ocurría ningún motivo que pudiese empujarlo a un matrimonio no deseado. Si estaba casado con Cecilia, seguramente eso había querido.

La observó con atención.

Ella bajó la mirada al suelo.

¿Estaría evaluando sus opciones? ¿Trataba de decidir si realmente quería ser esposa de un hombre que no estaba bien de la cabeza? Él podría quedarse así para el resto de su vida. Hasta donde sabían, el daño era más profundo que su memoria. ¿Y si un día se despertaba y no podía hablar? ¿O moverse correctamente? Ella podría verse obligada a cuidarlo como a un niño.

Podía suceder. No había manera de saberlo.

—¿Qué quieres, Cecilia? —preguntó, consciente de que en su tono había una nota de impaciencia.

—Yo... —Tragó saliva y, cuando volvió a hablar, su voz fue un poco más firme—. Creo que deberíamos ir al Devil's Head. No es una conversación que desee mantener aquí.

—Nada va a cambiar en la próxima media hora.

—Sin embargo, te vendría bien una comida que no esté hecha con harina y agua. Y un baño. Y afeitarte. —Se puso de pie, pero no tan rápidamente como para que él no viera el rubor en sus mejillas—. Te daré privacidad para estas dos últimas cosas.

—Muy generoso de tu parte.

Ella no hizo ningún comentario sobre su tono seco. En cambio, estiró la mano para tomar la chaqueta de Edward, colocada al pie de la cama como una herida color escarlata. Se la entregó.

—Tenemos una reunión esta tarde. Con el mayor Wilkins.

—¿Por qué?

—Traerá noticias de Thomas. O al menos eso espero. Lo vi anoche en el hostal. Ha dicho que haría indagaciones.

—¿Aún no las ha hecho?

Ella pareció algo incómoda al responder:

—He seguido tu consejo y le he informado de que estamos casados.

Ah. Ahora entendía. Ella también lo necesitaba. Edward esbozó una sonrisa forzada con los dientes apretados. No era la primera vez que, para una dama, su apellido era lo más atractivo de él. Por lo menos, esta dama no tenía motivos egoístas.

Cecilia le alargó su chaqueta. Con cierto esfuerzo él se puso de pie y dejó que ella lo ayudara a ponérsela.

—Tendrás calor —le advirtió ella.

—Como bien has dicho, estamos en junio.

—Pero no es como junio en Derbyshire —murmuró ella.

Él se permitió sonreír ante el comentario. El aire veraniego era un tanto desagradable en las colonias. Se parecía a la niebla, si alcanzaba la temperatura corporal.

Miró hacia la puerta y respiró profundamente.

—Yo... voy a necesitar ayuda.

—Todos necesitamos ayuda —respondió ella en voz baja. Tomó su brazo y luego, lentamente, sin decir ni una palabra, se dirigieron a la calle, donde un carruaje los esperaba para trasladarlos la corta distancia que los separaba del Devil's Head.

5

¿Le has mostrado mi miniatura? ¡Qué vergüenza! Thomas, ¿en qué estabas pensando? Por supuesto que ha dicho que soy bonita. ¿Qué otra cosa iba a decir? Eres mi hermano. No iba a hacerte un comentario sobre mi enorme nariz.

DE CECILIA HARCOURT
A SU HERMANO THOMAS

Una hora más tarde, Cecilia estaba sentada en el salón principal del Devil's Head terminando su almuerzo, mientras Edward leía detenidamente una copia reciente de la *Royal Gazette*. Ella también había empezado a comer con un periódico en la mano, pero se sobresaltó tanto al leer un párrafo que anunciaba la venta de «Un hombre negro, buen cocinero, no se marea en el barco» que lo dejó a un lado y se concentró en su plato de cerdo con patatas.

Edward, por su parte, leyó la hoja informativa de un lado y del otro, y tras pedirle al posadero que buscara la edición de la semana anterior, repitió el proceso. No se había molestado en explicárselo, pero para Cecilia era evidente que trataba de llenar los vacíos de su memoria. Ella no estaba segura de que eso fuera útil; más bien dudaba de que fuera a encontrar pistas sobre su tiempo en Connecticut en un periódico. De todos modos, no tenía nada de malo, y él parecía la clase de hombre al que le gustaba estar al tanto de las noticias del día. En ese sentido era parecido a Thomas. Su hermano jamás se retiraba de la mesa del desayuno sin terminar de leer el *London Times*. El periódico ya tenía varios días cuando llegaba a Matlock Bath, pero eso nunca pareció importarle. Era mejor estar atrasado en las noticias que desconocerlas, decía a menudo, y, además, ellos no podían hacer nada por solucionarlo.

Cambia lo que puedas, le había dicho una vez, *y acepta lo que no puedas cambiar.* Se preguntó qué opinaría Thomas de su reciente comportamiento. Tenía la sensación de que habría asignado su herida y posterior desaparición a la categoría «acepta lo que no puedas cambiar».

Dio un resoplido. Ya era demasiado tarde para eso.

—¿Has dicho algo? —preguntó Edward.

Ella negó con la cabeza.

—Solo pensaba en Thomas —respondió, esforzándose por *no* mentir cuando fuera posible.

—Lo encontraremos —dijo Edward—. O recibiremos noticias. De una manera u otra.

Cecilia tragó saliva para tratar de empujar el nudo que se le había formado en la garganta, y asintió, agradecida. Ya no estaba sola en eso. Aún se sentía temerosa, ansiosa y llena de dudas, pero no estaba sola.

Era una diferencia asombrosa.

Edward comenzó a decir algo más, pero los interrumpió la joven que les había servido la comida. Al igual que todo el mundo en Nueva York, pensó Cecilia, parecía cansada de tanto trabajar.

Y acalorada. Sinceramente, Cecilia no sabía cómo soportaba la gente esos veranos. El aire en Derbyshire nunca era tan húmedo a menos que estuviera lloviendo.

Había oído que los inviernos también eran extremos. Rezaba por no estar ahí cuando cayeran las primeras nieves. Uno de los soldados del hospital le había dicho que el suelo se congelaba como una roca y que el viento era tan fuerte que cortaba las orejas.

—Señor —dijo la joven con una rápida reverencia—, su baño está listo.

—Ahora lo necesitas aún más —observó Cecilia, señalando sus dedos manchados de tinta. Huelga decir que nadie en el Devil's Head tenía tiempo ni ganas de sellar la tinta con una plancha caliente.

—Echo de menos las comodidades del hogar —murmuró, mirando distraídamente las puntas de sus dedos.

Ella enarcó una ceja.

—¿Lo dices en serio? ¿Es lo que más extrañas? ¿Un periódico bien planchado?

Él la miró con ironía, pero a ella le pareció que le gustaba que se burlara de él. No era el tipo de hombre al que le gusta que lo traten como a un inválido, con personas andando de puntillas y cuidando lo que dicen a su alrededor. Sin embargo, cuando dejó el periódico y miró hacia la salida, Cecilia no le preguntó si quería que lo ayudara a subir la escalera; por el contrario, se puso de pie y le ofreció su brazo en silencio. Se había dado cuenta de cuánto le costaba pedir ayuda en el hospital.

Algunas cosas era mejor hacerlas en silencio.

En realidad, ella agradecía que la hubiera ignorado para leer la *Gazette* durante todo el almuerzo. Seguía desconcertada por su ofrecimiento de liberarla del matrimonio. Ella nunca, *nunca*, había esperado que él hiciera algo así. Al pensar en ello, se consideraba afortunada de que no se le hubiesen aflojado las rodillas. Ella estaba ahí, de pie, con un montón de galletas holandesas en las manos, y de pronto él se había ofrecido a dejarla en libertad.

Como si hubiese sido *él* quien la hubiera atrapado a *ella*.

Debió haber aclarado las cosas. Trató de mentirse a sí misma diciendo que lo habría hecho de no haber sido por...

La expresión de su rostro.

No había movido ni un músculo. Pero no como si estuviera paralizado. Simplemente se había quedado... quieto.

Le pareció que contenía la respiración.

Pensó que quizá ni siquiera se había dado cuenta de que estaba conteniendo la respiración.

Él no quería que ella se marchara.

Cecilia no sabía por qué estaba tan segura de ello; no tenía manera de conocer sus expresiones, interpretar las emociones contenidas en la profundidad de sus ojos azules como zafiros. Hacía solo un día que lo conocía.

No imaginaba por qué podría querer que se quedara, excepto por el hecho de que necesitaba una enfermera y que ella era conveniente, pero parecía querer seguir casado.

La ironía era cada vez mayor.

Sin embargo, recordó, no podía arriesgarse a revelar la verdad antes de su reunión con el mayor Wilkins. Tenía la sensación de que el capitán Edward Rokesby era un ejemplo de honestidad, y no sabía si él querría, o podría, mentirle a su superior militar. Quizá se sentiría moralmente obligado a revelarle que, si bien deseaba ayudar a la señorita Cecilia Harcourt en la búsqueda de su hermano, la verdad era que no era su marido.

Cecilia no quería siquiera imaginar el resultado de *esa* conversación.

No, si le confesaba a Edward su engaño, tendría que ser después de la reunión con el mayor.

Eso era aceptable, pensó.

Pensó en muchas cosas.

Y luego intentó dejar de pensar.

—Los escalones son estrechos —le dijo a Edward mientras se aproximaban a la escalera— y las contrahuellas son empinadas.

Él gruñó su agradecimiento por la advertencia. Cecilia le sostuvo el brazo con su mano y así subieron la escalera. Imaginó que el hecho de verse obligado a depender tanto de otras personas no tendría un efecto positivo en él. Nunca lo había visto completamente sano, pero era un hombre alto, debía de medir un metro ochenta y tres, y le parecía que sus hombros debían de ser anchos y fuertes con más músculo sobre los huesos.

No parecía un hombre acostumbrado a necesitar ayuda para subir una escalera.

—La habitación está al final del pasillo —dijo, girando la cabeza a la izquierda cuando llegaron a su planta—. Es el número doce.

Él asintió y, cuando se acercaron a la puerta, ella soltó su brazo y le entregó la llave. No era gran cosa, pero era algo que él era capaz de hacer, y ella sabía que lo haría sentirse un poco mejor, aunque no se diera cuenta de por qué.

Entonces, un segundo antes de introducir la llave en la cerradura, dijo:

—Es tu última oportunidad.

—¿Co... cómo dices?

La llave giró en la cerradura, y el *clic* resonó con fuerza en el pasillo.

—Si deseas anular nuestra unión —dijo con voz firme—, debes decírmelo ahora.

Cecilia intentó decir algo, de verdad lo intentó, pero tenía un nudo en la garganta y parecía que los dedos de sus manos y pies bullían de nervios. Pensó que nunca había estado tan asustada. Ni que había sentido tanto pánico.

—Diré esto solo una vez —dijo Edward; su firmeza contrastaba claramente con la confusión que ella sentía en su interior—: Cuando entres en la habitación, nuestro matrimonio será definitivo.

Una risita nerviosa burbujeó en su garganta.

—No seas tonto. No creo que vayas a seducirme esta tarde. —Entonces pensó que, quizás, había insultado su hombría—. Eh, por lo menos, no antes de que te bañes.

—Sabes tan bien como yo que no importa *en qué momento* me acueste contigo —replicó, y la fulminó con la mirada—. En cuanto entremos juntos en esta habitación como una pareja casada, estarás en una situación comprometida.

—No puedes poner a tu esposa en una situación comprometida —dijo Cecilia tratando de bromear.

Él maldijo, con una sola palabra que fue como un leve gruñido. La blasfemia no era propia de él, suficiente para que Cecilia retrocediera un paso, sobresaltada.

—No es motivo de broma —replicó él. Otra vez pareció mantenerse muy quieto, pero esta vez lo traicionó el latido furioso que podía verse en su garganta—. Te estoy ofreciendo la oportunidad de ser libre.

Ella sintió que negaba con la cabeza.

—Pero ¿por qué?

Él miró a uno y otro lado del pasillo antes de bufar:

—Porque estoy herido, ¡maldita sea!

Habría gritado de no estar en un lugar público, de eso Cecilia estaba segura. La intensidad de su voz quedaría grabada en su cabeza durante una eternidad.

Y sintió mucha tristeza.

—No, Edward. —Ella intentó tranquilizarlo—. No debes pensar así. Estás...

—Mi cabeza no está bien —la interrumpió él.

—No. No. —Parecía que era lo único que era capaz de decir.

Él la agarró de los hombros y clavó los dedos en su piel.

—Debes entenderlo, Cecilia. No estoy bien.

Ella negó con la cabeza. Tenía ganas de decirle que era perfecto, y que ella era una impostora. Y que lamentaba mucho aprovecharse de su condición.

Jamás podría compensarlo por eso.

Él la soltó de repente.

—No soy el hombre con quien te casaste.

—Puede que yo tampoco sea la mujer con quien te casaste —murmuró.

Él la miró fijamente, durante tanto tiempo que empezó a escocerle la piel.

—Pero creo... —murmuró, y lo entendió mientras hablaba—. Creo que podrías necesitarme.

—¡Dios mío, Cecilia! No tienes ni idea de cuánto te necesito.

Entonces, allí mismo, en mitad del pasillo, la tomó entre sus brazos y la besó.

No estaba en sus planes besarla.

¡Por el amor de Dios! Él *intentaba* hacer lo correcto. Pero ella lo miró con esos ojos verdes del color del mar, y cuando murmuró que él la necesitaba...

Lo único que pudo haberlo excitado más hubiese sido que dijera que *ella* lo necesitaba *a él*.

No tenía fuerzas. Había perdido seis kilos como mínimo y ni siquiera podía subir las escaleras solo, pero como que se llamaba Edward que podía besar a su esposa.

—Edward —murmuró ella.

Él tiró de ella y ambos entraron por la puerta.

—Seguiremos casados.

—¡Dios mío!

Él no entendió qué había querido decir, pero no le importó.

La habitación era pequeña, con una cama que ocupaba casi la mitad del espacio, de modo que no le fue difícil encontrar el borde del colchón y sentarse, atrayéndola hacia él.

—Edward, yo...

—Shhh... —ordenó él y tomó su rostro entre sus manos—. Quiero contemplarte.

—¿Por qué?

Edward sonrió.

—Porque eres mía.

Ella abrió la boca formando un óvalo delicioso; él lo interpretó como una señal del cielo y volvió a besarla. Al principio ella no respondió, pero tampoco lo rechazó. Por el contrario, él tuvo la sensación de que estaba muy quieta y que contenía la respiración, esperando ver si el momento era real.

Entonces, justo cuando él creía que debía apartarse, lo sintió: un movimiento imperceptible de sus labios, el sonido de su voz, que atravesó su piel al emitir un pequeño gemido.

—Cecilia —murmuró. No recordaba qué había hecho esos últimos meses, pero tuvo la sensación de que no era algo de lo que pudiera enorgullecerse. No había sido puro, ni bello, ni nada de lo que veía cuando la miraba a los ojos.

Cuando la besó, saboreó la promesa de la redención.

Rozó con su boca la de ella, suavemente, como un susurro. Pero no fue suficiente, y cuando ella lanzó un gemido de deseo, él mordisqueó con suavidad la delicada piel del interior de su labio.

Quería hacer eso toda la tarde. Solo acostarse junto a ella en la cama y adorarla como la diosa que era. Solo sería un beso; no era capaz de hacer otra cosa. Pero sería un beso interminable: suave, lento y profundo, y cada caricia continuaría con la siguiente.

Era tan extraño: sentir deseo sin urgencia. Decidió que le gustaba... por el momento. Cuando recuperara fuerzas, cuando volviera a sentirse bien, le haría el amor con cada rincón de su alma, y se conocía lo bastante bien, y también la conocía a ella, como para saber que la experiencia lo llevaría al límite.

Una y otra vez.

—Eres tan bella... —murmuró, y luego, porque le pareció muy importante que ella supiera que él veía su belleza interior, añadió—: y tan buena...

Ella se puso tensa. Fue un movimiento imperceptible, pero todos sus sentidos estaban tan enfocados en ella que habría sabido que ella había respirado de otra manera.

—Debemos detenernos —dijo ella, y aunque percibió tristeza en su voz, no le faltó resolución.

Él suspiró. La deseaba. Sintió que algo crecía en su interior, pero no podía hacerle el amor en ese estado: sucio, exhausto. Ella merecía mucho más y, francamente, él también.

—Se te enfriará el agua —dijo ella.

Él observó la bañera. No era grande, pero serviría, y sabía que el vapor que se elevaba desde la superficie no duraría mucho tiempo.

—Debería ir abajo —observó ella, poniéndose de pie, incómoda. El vestido que llevaba puesto era de color rosa claro, y su mano pareció fundirse en él cuando tomó la falda y retorció la tela con sus dedos.

Parecía atormentada, y a él le pareció adorable.

—No debes sentir vergüenza —le recordó él—. Soy tu marido.

—Aún no —murmuró ella—. No en ese sentido.

Él empezó a sonreír.

—De verdad debería irme —insistió ella, sin decidirse a dar un paso.

La sonrisa de él se hizo más amplia.

—No te marches por mí. Creo que, en épocas medievales, una de las tareas más importantes de la esposa era bañar a su marido.

Ella puso los ojos en blanco al oír eso, y él sintió una cálida felicidad agitarse en su interior. Era divertida cuando se avergonzaba, pero le gustaba más cuando le llevaba la contraria.

—Podría ahogarme, ¿sabes? —insistió él.

—¡Ay, por favor!

—Es verdad. Estoy muy cansado. ¿Y si me duermo en la bañera?

Cecilia calló, y durante unos segundos él pensó que le había creído.

—No vas a dormirte en la bañera —concluyó ella por fin.

Él lanzó un suspiro dramático, como si dijera «Nunca se sabe», pero se apiadó de ella y respondió:

—Vuelve en diez minutos.

—¿Solo diez?

—¿Insinúas que estoy muy sucio?

—Sí —respondió ella sin dudarlo.

Él lanzó una carcajada.

—Eres muy entretenida, ¿lo sabías, Cecilia Rokesby?

Ella volvió a poner los ojos en blanco y le entregó la toalla que estaba doblada cuidadosamente al pie de la cama.

Él fingió suspirar.

—Diría que fue por eso que me casé contigo, pero ambos sabemos que no es cierto.

Ella se dio la vuelta para mirarlo, inexpresiva.

—¿Qué has dicho?

Él se encogió de hombros mientras se quitaba la chaqueta.

—Es evidente que no recuerdo por qué me casé contigo.

—Ah. He pensado que lo que quisiste decir...

Él la observó con las cejas enarcadas.

—No importa.

—No, dime.

Pero su rostro ya se había puesto colorado.

—Pensé que, quizá, te referías a...

Él aguardó. Pero ella no terminó de hablar.

—¿Al beso? —facilitó él.

Él no creía que la piel de ella pudiera enrojecerse aún más, pero así fue. Dio los dos pasos que los separaban y le alzó la barbilla para que le mirara a los ojos.

—Si te hubiese besado antes de nuestra boda —repuso él con dulzura—, ahora no dudaría en seguir casado.

Ella frunció el ceño con una confusión adorable.

Él acarició los labios de ella con los suyos y luego dijo sobre su mejilla:

—Si hubiese sabido lo que se siente al besarte, no habría permitido que el ejército me alejara de ti.

—¡Qué cosas dices! —dijo ella; sus palabras fueron solo un murmullo cerca del oído de él.

Él se apartó con una sonrisa divertida.

—Jamás te negarías a cumplir una orden directa —observó ella.

—¿Viniendo de ti? Nunca.

—¡Basta! —replicó Cecilia, pegándole de broma—. Sabes que no he querido decir eso.

Él tomó su mano y depositó un elegante beso en sus nudillos. Se sintió ridículamente romántico.

—Le aseguro, señora Rokesby, que habría tenido tiempo para la noche de bodas.

—Debes ir a bañarte.

—¡Ay!

—A menos que te guste el agua fría.

Él empezaba a creer que podría *necesitar* agua fría.

—Entendido. Pero si se me permite hacer otro comentario...

—¿Por qué creo que me pondré colorada como un tomate dentro de unos segundos?

—Ya estás ruborizada —comentó él con gran regocijo—. Y solo iba a añadir que...

—¡Me iré abajo! —dijo ella, y corrió hacia la puerta.

Edward sonrió de pies a cabeza, aun cuando se quedó solo mirando la puerta de la habitación.

—Tan solo iba a decir —dijo en voz alta, con una felicidad que tiñó cada palabra de una dulce calidez— que habría sido espectacular.

Será espectacular, pensó mientras se quitaba el resto de la ropa y se metía en la bañera.

Pronto, si de él dependiera.

6

¿De qué diablos estás hablando? Tu nariz no es enorme.

DE THOMAS HARCOURT
A SU HERMANA CECILIA

Edward había dicho que necesitaba diez minutos, pero Cecilia esperó más de veinticinco antes de arriesgarse a volver a la habitación doce. Había pensado quedarse abajo durante media hora, pero luego había empezado a pensar... que él aún estaba muy débil. ¿Y si le costaba un gran esfuerzo salir de la bañera?

El agua ya estaría fría. Podría resfriarse. Él necesitaba privacidad, y ella quería dársela, pero no a costa de su salud.

Aunque durante sus cuidados en el hospital ella lo había visto con muy poca ropa, nunca había sido *completamente* desnudo. Había aprendido a ser muy creativa con las sábanas. Las había doblado de una manera u otra, y siempre había conseguido preservar la dignidad de él.

Y la modestia de ella.

Toda la ciudad de Nueva York podía considerarla una mujer casada, pero ella seguía siendo inocente, aunque un solo beso del capitán Edward Rokesby la había dejado sin aliento.

¿Sin aliento?

Sin cerebro.

Que un hombre tuviera los ojos de ese color debería considerarse ilegal. Entre aguamarina y zafiro, tenían el poder de hipnotizar a cualquier mujer. Y sí, ella tenía los ojos cerrados cuando él la besó, pero eso no importaba porque en lo único que pensaba era en ese último instante antes de que los labios de él tocaran los suyos, cuando pensó que podría zambullirse en el azul profundo de su mirada.

A Cecilia siempre le habían gustado sus ojos, y se enorgullecía de su color verde claro, que la hacía diferente al resto del mundo. Pero Edward...

Era un hombre muy apuesto, no cabía duda.

Pero también era cierto que él podía estar muriéndose de frío, pensó. O más bien, congelarse de frío, y Dios sabía que eso podía matarlo.

Se dirigió a la escalera.

—¿Edward? —llamó, tras llamar a la puerta con delicadeza. Después se preguntó por qué andaba con tanto sigilo.

Llamó con más fuerza.

—¿Edward?

No hubo respuesta.

Sintió un escalofrío recorrerle el brazo; tomó el picaporte y abrió la puerta.

Repitió su nombre al abrir y entró, mirando hacia otro lado. Como él no respondió, se volvió hacia la bañera.

—¡Te has dormido! —Las palabras salieron de su boca antes de pensar que no debería despertarlo tan repentinamente.

—¡Dios! —Edward se despertó con un grito y chapoteando; el agua salpicó la habitación mientras Cecilia corría de un lado a otro de la habitación sin ton ni son.

Pero no podía quedarse allí, de pie frente a él. Estaba *desnudo*.

—Dijiste que no te dormirías —lo acusó, de espaldas a la bañera.

—No, lo dijiste tú —replicó él.

Tenía razón, ¡maldita sea!

—Bueno —declaró ella, con ese tono que sugería que no tenía ni idea de cómo actuar—, supongo que el agua ya se ha enfriado.

Hubo un silencio, y luego:

—Puede soportarse.

Ella se sostuvo en un pie y luego en el otro, hasta que se dio por vencida y cruzó los brazos con fuerza sobre su pecho. No estaba enfadada; más bien, no sabía qué hacer con su cuerpo.

—No querría que te resfriaras —dijo, mirándose los pies.

—No.

¿No? ¿Era lo único que iba a decir? ¿No?

—Eh, Cecilia.

Ella respondió con un murmullo.

—¿Crees que podrías cerrar la puerta?

—¡Dios mío, perdón! —Volvió a correr hacia la puerta (una tarea no muy difícil, pues la habitación era pequeña) y dio un portazo con bastante más fuerza de la necesaria.

—¿Aún sigues ahí? —preguntó Edward. Cecilia se dio cuenta tarde de que él no podía verla. Estaba casi de espaldas a la puerta, y la bañera era demasiado pequeña como para darse la vuelta con comodidad.

—Ehhh, ¿sí? —Se oyó como una pregunta. No supo por qué.

Hubo una breve pausa, durante la cual él pensaba quizá cómo responder a una respuesta tan ridícula. Sin embargo, se limitó a decir:

—¿Podrías pasarme la toalla?

—Ah. Sí. Por supuesto. —Meticulosamente de espaldas a la bañera, se acercó a la cama y tomó la toalla. Desde allí solo tuvo que estirar el brazo hacia atrás para alcanzársela.

Él la tomó y dijo:

—No digo esto para atormentarte...

Eso significaba que iba a atormentarse.

—Y por supuesto que valoro todos tus esfuerzos por preservar mi modestia, pero ¿no me *viste* durante la semana, cuando me estuviste cuidando?

—No de esa manera —respondió ella en un murmullo.

Hubo otra pequeña pausa, y esta vez Cecilia imaginó que él fruncía el ceño, pensando en su respuesta.

—Te cubría siempre con la sábana —explicó por fin.

—¿Siempre?

—Estaba muy motivada.

Él soltó una risita.

—Creo que iré abajo otra vez —repuso Cecilia volviendo a la puerta—. Solo quería asegurarme de que no te habías resfriado.

—¿En junio?

—Has estado enfermo —respondió ella con un remilgo.

Él suspiró.

—Aún sigo enfermo.

Cecilia apretó los labios para reunir coraje. Él tenía razón, y su salud era más importante que su decoro. Inspiró profundamente.

—¿Necesitas ayuda para salir de la bañera?

—No —respondió él con voz queda—. O eso espero.

—Entonces debería quedarme. —Se acercó a la puerta un poco más—. Solo mientras sales. En caso de que me necesites.

Esperaba que no fuera necesario: no era una toalla muy grande.

Un momento después oyó un jadeo de esfuerzo, seguido del ruido del agua agitándose a un lado de la bañera.

—¿Estás...?

—Estoy bien —respondió él con voz cortante.

—Lo siento. —No debió haber preguntado. Era orgulloso. Sin embargo, ella lo había cuidado durante días; era difícil contenerse, aunque intentaba desesperadamente no mirar.

—No es culpa tuya.

Cecilia asintió con la cabeza, aunque no tenía ni idea de si él la estaba mirando.

—Ya puedes darte la vuelta.

—¿Estás seguro?

—Estoy tapado —respondió Edward, con un tono quizá de fastidio por su mojigatería.

—Gracias. —Se volvió, aunque lentamente. No estaba segura de qué significaba para él estar *tapado*.

Estaba tendido en la cama, recostado en las almohadas, con las sábanas en el regazo. Su pecho estaba desnudo. No era más de lo que había visto en el hospital cuando le había pasado esponjas con agua fría para bajarle la fiebre, pero parecía muy diferente con los ojos abiertos y alerta.

—Tienes mejor aspecto —observó. Era verdad. Se había lavado el cabello, y su piel tenía un brillo más sano.

Esbozó una sonrisa cansada y se tocó la barba.

—No me he afeitado.

—Está bien —aseguró ella—. No hay prisa.

—Creo que no me sentiré limpio hasta que lo haga.

—Ah. Bueno... —Cecilia sabía que debía ofrecerse a afeitarlo. Evidentemente era la única tarea que ella podía hacer por él que lo haría sentir más cómodo;

sin embargo, ese gesto era demasiado íntimo. El único hombre al que había afeitado era su padre. Este no tenía ayuda de cámara, y cuando comenzó a tener artritis en las manos Cecilia debió ocuparse de esa tarea.

—No te sientas obligada —repuso Edward.

—No, no, puedo hacerlo. —Estaba actuando como una tonta. Había cruzado sola el océano Atlántico. Se había enfrentado al coronel Zachary Stubbs, del ejército de Su Majestad, y le había mentido descaradamente para salvar la vida de un hombre. Claro que podía afeitarle la barba.

—Quizá debería preguntarte si alguna vez has afeitado a alguien —murmuró Edward.

Ella reprimió una sonrisa mientras buscaba la navaja y la brocha en la habitación.

—Parece una pregunta prudente antes de dejar que ponga un cuchillo en tu garganta.

Él se rio entre dientes.

—Hay una pequeña caja de cuero en mi baúl. Ahí encontrarás lo que necesitas.

Claro. Su baúl. Las pertenencias de Edward habían estado a resguardo durante su desaparición; el coronel Stubbs había ordenado que se las enviaran al Devil's Head esa mañana.

Cecilia miró en el baúl; toda la ropa estaba plegada con esmero, los libros, los periódicos. Le daba pudor revisar sus pertenencias. ¿Qué llevaba un hombre consigo a una tierra desconocida? Supuso que no debería parecerle una pregunta tan extraña. Después de todo, ella también había hecho su equipaje para atravesar el océano. Pero a diferencia de Edward, nunca había tenido la intención de quedarse mucho tiempo. Apenas había traído lo esencial; los recuerdos de su casa no habían sido una prioridad. En realidad, el único recuerdo que había traído era una miniatura de su hermano, y solamente porque había pensado que podría ayudarla a localizarlo cuando llegase a América del Norte.

Resopló. Había pensado que necesitaría ayuda para encontrar a Thomas en un hospital. No sabía que lo estaría buscando en una colonia entera.

—¿Lo ves? —preguntó Edward.

—Eh, no —murmuró ella, apartando su suave camisa de lino blanco. Estaba muy gastada y era evidente que, la había lavado muchas veces, pero sabía suficiente de remiendos como para reconocer que tenía muy buena confección. Thomas no tenía camisas tan finas. ¿Las suyas habrían durado tanto como las de Edward? Trató de imaginar a su hermano remendando su ropa, pero no lo logró. Ella había hecho esas tareas por él. A regañadientes, pero las había hecho.

Hubiera dado cualquier cosa por volver a hacerlo.

—¿Cecilia?

—Lo siento. —Divisó la esquina de una caja de cuero y la rodeó con su mano—. Solo estaba pensando.

—En algo interesante, espero.

Ella se dio la vuelta para mirarlo.

—Pensaba en mi hermano.

La cara de Edward se volvió solemne.

—Por supuesto. Lo siento.

—Me hubiese gustado ayudarlo a preparar su baúl —dijo. Miró a Edward por encima del hombro. Él no respondió, pero asintió con la cabeza para expresar que lo entendía.

—Él no volvió a casa antes de partir hacia América del Norte —prosiguió Cecilia—. No sé si le ayudaría alguien. —Levantó la mirada—. ¿A ti te ha ayudado alguien?

—Mi madre —confirmó Edward—. Ella insistió en ayudarme. Pero yo sí pude hacer una visita a casa antes de zarpar. Crake House no está lejos de la costa. Son menos de dos horas de viaje con un caballo rápido.

Cecilia asintió con tristeza. El regimiento de Edward y Thomas había partido hacia el Nuevo Mundo desde el animado puerto de Chatham, en Kent. Era demasiado lejos de Derbyshire para que Thomas pensara siquiera en viajar a su casa.

—Thomas vino a casa conmigo varias veces —dijo Edward.

—¿De verdad? —Cecilia se sorprendió por lo feliz que eso la hacía. Las descripciones que hacía Thomas del cuartel eran bastante deprimentes. Cecilia se alegraba de que hubiese tenido la oportunidad de pasar un tiempo en un buen hogar, con una verdadera familia. Miró a Edward y, con una pequeña sonrisa y negando con la cabeza, añadió—: Nunca lo mencionó.

—Y yo que creía que vosotros dos os lo contabais todo.

—No todo —repuso Cecilia, más que nada para sí misma. Tampoco ella le había dicho a Thomas cuánto disfrutaba de leer a Edward en sus cartas. Si hubiese tenido la oportunidad de sentarse a hablar con su hermano, ¿le habría dicho que estaba un poco enamorada de su mejor amigo?

Creía que no. Algunas cosas eran privadas, aunque se tratara de su hermano favorito.

Cecilia tragó el nudo que se le había formado en la garganta. A Thomas siempre le gustaba decir que él era su hermano favorito, a lo cual ella siempre respondía que él era su *único* hermano. Y luego su padre, que nunca había tenido sentido del humor, añadía con un gruñido que ya había oído eso antes y, francamente, ¿no podían olvidarlo?

—¿En qué piensas? —quiso saber Edward.

—Perdón. Otra vez en Thomas. —Torció un lado de su boca—. ¿Parecía triste?

—No. En realidad, más bien feliz.

—Ah. —Pestañeó varias veces—. Supongo que sí.

Edward hizo un gesto hacia el baúl abierto.

—¿Has dicho que te hubiese gustado ayudarlo a preparar su equipaje?

Ella pensó un instante y su mirada se tornó melancólica.

—Creo que sí. Habría sido bonito poder imaginarlo con sus cosas.

Edward asintió.

—No habría sido necesario, por supuesto —se apresuró a añadir Cecilia, y se volvió para que él no viera sus lágrimas—. Pero habría sido bonito.

—En realidad yo no necesitaba la ayuda de mi madre —dijo Edward con voz queda.

Cecilia se volvió lentamente para mirarlo, ese rostro que se había vuelto tan querido en tan poco tiempo. No sabía cómo era la madre de él, pero podía imaginarse la escena: Edward, alto, fuerte y capaz, fingiendo incompetencia para que su madre pudiera ocuparse de él.

Lo miró a los ojos con un respeto solemne.

—Eres un buen hombre, Edward Rokesby.

Por un momento él pareció sorprenderse ante el cumplido

y luego se sonrojó, aunque su barba lo ocultó en gran parte. Ella se llevó la mano a la barbilla para ocultar su sonrisa. No iba a poder esconderse en su bigote por mucho tiempo.

—Es mi madre —murmuró Edward.

Cecilia soltó una de las hebillas del estuche que contenía los accesorios para afeitado.

—Como he dicho, eres un buen hombre.

Él volvió a sonrojarse. Ella no pudo verlo, pues ya se había dado la vuelta, pero habría jurado que podía sentirlo, como una ola en medio del aire apacible de la habitación.

Le encantaba que se sonrojara.

Le encantaba que ella fuera la causante.

Aún sonriendo para sí misma, volvió a mirar el baúl y rozó el borde con sus dedos. Como todo lo demás, estaba bien hecho, de madera fina y hierro, y un diseño de clavos en la parte superior formaba las iniciales de Edward.

—¿Qué significa *G*?

—¿*G*?

—Tus iniciales. *EGR*.

—Ah. George.

Ella asintió.

—Por supuesto.

—¿Por qué dices «por supuesto»?

Ella lo miró.

—¿Qué otra cosa podía ser?

Él puso los ojos en blanco.

—Gregory. Geoffrey.

—No —repuso ella con una sonrisa traviesa.

—Gawain.

Ahora fue ella quien puso los ojos en blanco.

—¡Ay, por favor! Eres George.

—Mi hermano es George —la corrigió él.

—Y tú también, parece.

Él se encogió de hombros.

—Es un nombre que se usa en mi familia. —Él observó mientras ella abría el estuche de cuero y sacaba la navaja—. ¿Cuál es el tuyo?

—¿Mi segundo nombre? Esmeralda

Él abrió los ojos como platos.

—¿De verdad?

Ella se echó a reír.

—No. En realidad, no. No soy tan exótica. Es Anne. Como mi madre.

—Cecilia Anne. Es muy bonito.

Sus mejillas se tiñeron de rubor y a Cecilia le pareció extraño, teniendo en cuenta otras cosas mucho más dignas de vergüenza que le habían sucedido ese día.

—¿Cómo te afeitabas cuando estabas en Connecticut? —le preguntó. Era evidente que su navaja había sido guardada junto al resto de sus pertenencias. No la llevaba consigo cuando volvió a aparecer en la bahía de Kip.

Él pestañeó varias veces.

—No lo sé.

—¡Ay, lo siento! —Era una idiota. Por supuesto que no lo sabía.

—Sin embargo —repuso él con la intención de que ella no se avergonzara—, tengo dos navajas. La que tienes en tu mano es de mi abuelo. La otra se compró justo antes de mi partida. En general llevo esa en viajes cortos. —Frunció el entrecejo—. ¿Qué habrá sido de ella?

—No recuerdo haberla visto junto a tus pertenencias en el hospital.

—¿*Tenía* cosas en el hospital?

Cecilia también frunció el ceño.

—Ahora que lo preguntas, no. Solo la ropa que llevabas puesta, según me dijeron. Y lo que traías en los bolsillos. Yo no había llegado cuando te llevaron al hospital.

—Bien. —Se rascó la barbilla—. Supongo que por ese motivo no llevo mi navaja buena.

—Es muy fina —murmuró Cecilia. El mango era de marfil, con un bello tallado que sentía cálido en su mano. La hoja era de finísimo acero de Sheffield.

—Me han puesto su nombre —dijo Edward—. El de mi abuelo. Sus iniciales están en el mango. Por eso me la ha regalado.

Cecilia bajó la mirada. Así era, *EGR* estaba tallado con delicadeza en la punta del marfil.

—Mi padre tenía una navaja parecida —dijo, acercándose al lavabo. Estaba vacío, así que la mojó en la bañera—. El mango no es tan fino, pero la hoja es la misma.

—¿Eres experta en hojas de acero?

Cecilia arqueó las cejas.

—¿Tienes miedo?

—Creo que debería tenerlo.

Ella se rio entre dientes.

—Cualquiera que viva tan cerca de Sheffield conoce el acero de esa localidad. Varios hombres del pueblo han partido en los últimos años para trabajar en los hornos de acero.

—Una ocupación no muy agradable, diría yo.

—No. —Cecilia pensó en sus vecinos... o exvecinos, suponía. Todos ellos eran hombres jóvenes, en su mayoría hijos de agricultores, pero ninguno de ellos parecía joven después de uno o dos años de trabajo en los hornos—. Me han dicho que el salario es mucho más alto que el que se gana trabajando en el campo —dijo—. Espero que sea verdad.

Él asintió mientras ella añadía un poco de jabón a la bandeja y formaba una espuma con la brocha que había encontrado junto a la navaja. Se acercó a la cama y frunció el ceño.

—¿Qué ocurre?

—Tu barba está muy larga.

—No estoy tan desaliñado.

—Es más larga que la que tenía mi padre.

—¿Con él fue con quien perfeccionaste tu técnica?

—Todos los días durante los últimos años de su vida. —Inclinó la cabeza a un lado como un artista que estudia su tela—. Sería mejor recortarla primero.

—Vaya, no tengo tijeras.

De pronto Cecilia imaginó al jardinero apuntando a su cara con una tijera cortasetos, y tuvo que ahogar una carcajada.

—¿Qué? —quiso saber Edward.

—¡Ay, no quieras saberlo! —Levantó la brocha—. Empecemos.

Edward levantó la barbilla y dejó que ella cubriera el lado izquierdo de su rostro con la espuma jabonosa. No era tan espesa como ella hubiera querido, pero serviría de todos modos. Trabajó con cuidado, usando una mano para estirar la piel mientras con la otra pasaba la navaja hacia abajo, desde la mejilla hasta la barbilla. En cada pasada enjuagaba la navaja en el pequeño lavabo y miraba mientras el agua se llenaba de pelos.

—Tienes un tono rojizo en la barba —observó ella—. ¿Alguno de tus padres es pelirrojo?

Él empezó a negar con la cabeza.

—¡No te muevas!

Él la miró de soslayo.

—Entonces no me hagas preguntas.

—Es verdad.

—Mi madre tiene el cabello rubio —dijo Edward en cuanto ella enjuagó la navaja—. Y mi padre, castaño. Igual que el mío. O, más bien, lo era. Le están saliendo canas. O cabello plateado, como él prefiere decir. —Frunció el ceño, y sus ojos se ensombrecieron con algo parecido a la tristeza—. Me imagino que tendrá aún más cuando vuelva a verlo.

—¿Plateado? —preguntó ella con voz queda.

—Claro. —Él alzó la barbilla para que ella pudiera trabajar en su garganta—. Gracias otra vez por haberles escrito.

—Por supuesto. Ojalá hubiese una manera más rápida de hacer llegar las noticias. —Había conseguido dejar la carta para los Rokesby en el siguiente barco; aun así, pasarían por lo menos tres semanas antes de que llegara a Inglaterra. Y luego otras cinco semanas antes de recibir respuesta.

Permanecieron en silencio mientras Cecilia continuaba con su tarea. Le estaba resultando mucho más difícil hacer un buen trabajo que cuando afeitaba a su padre. Los pelos de Edward debían de tener más de un centímetro de largo: muy diferente al crecimiento de un solo día al que estaba acostumbrada.

Por no decir que se trataba de Edward. Y que acababa de besarla.

Y que le había gustado. Y mucho.

Cuando se inclinaba hacia él, el aire parecía cambiar a su alrededor y llenarse de percepciones. Era casi eléctrico, le quitaba el aliento y erizaba su piel. Y luego, cuando por fin inspiraba aire, parecía que respiraba su olor. Tenía un aroma delicioso, pero no tenía sentido, ya que olía a jabón. Y a hombre.

Y a calor.

¡Cielo santo! Se estaba volviendo loca. El calor no tenía olor. Y el jabón no era delicioso. Pero nada parecía tener sentido cuando estaba tan cerca de Edward Rokesby. Él la confundía, y le costaba respirar... y se sentía ligera... o algo parecido.

Sinceramente, era un milagro que pudiera mantener la mano firme.

—¿Puedes girar la cabeza un poco? —preguntó—. Necesito llegar cerca de tu oreja.

Él obedeció y ella se inclinó aún más. Debía apoyar la navaja con cierta inclinación para no hacerle daño. Ahora se había acercado tanto que podía ver que con su respiración alborotaba el cabello de Edward. Sería tan fácil suspirar simplemente, rendirse a él, sentir su cuerpo contra el suyo.

—¿Cecilia?

Ella oyó su voz, pero parecía que no podía hacer nada al respecto. Parecía estar flotando, como si el aire fuese lo bastante espeso como para sostenerla. Y luego, como si su cerebro hubiese necesitado otro momento más para llegar al resto de su cuerpo, se apartó y pestañeó para extinguir lo que solo podía suponer era la llama del deseo.

—Disculpa —dijo. La palabra parecía provenir de su garganta más que de sus labios—. Estaba perdida en mis pensamientos.

No era mentira.

—No es necesario que quede perfecto —dijo él con voz tensa—. Si puedes quitar la mayor parte, mañana me afeitaré mejor.

—Por supuesto —respondió ella, dando un paso inestable hacia atrás—. Yo... ehhh... Te llevará mucho menos tiempo. Además, estás cansado.

—Así es —repuso él.

—Querrás... ehhh... —Pestañeó varias veces. Su torso desnudo no la dejaba concentrarse—. ¿Quieres ponerte una camisa?

—Quizá cuando terminemos. Así no se mojará.

—Por supuesto —declaró ella. Otra vez. Bajó la mirada hacia su pecho. Había un poco de espuma en medio del vello mojado, justo encima del pezón. Ella estiró la mano para limpiarlo, pero apenas tocó su piel, él agarró su muñeca.

—No —dijo él.

Era una advertencia.

La deseaba.

Quizás aún más de lo que ella lo deseaba a él.

Cecilia se pasó la lengua por los labios, que se habían vuelto inexplicablemente secos.

—No hagas eso —dijo él con voz ahogada.

Los ojos de ella se clavaron en los de él y se sintió electrizada, presa de la intensidad de sus profundos ojos azules. Ella tuvo la sensación en su pecho, como algo que martilleaba y latía, y por un instante no pudo hablar. Sintió la mano de él, cálida sobre su piel, un roce inesperadamente suave.

—No puedo dejarte así —dijo ella.

Él la miró sin entender. O, quizá, como si creyera haber entendido mal.

Ella señaló su barba, poblada del lado derecho y completamente rasurada del izquierdo.

—Pareces a medio cocinar.

Él se tocó la barbilla justo en la zona entre el pelo y la piel, y soltó un resoplido de risa.

—Estás ridículo —dijo ella.

Él acarició un lado de su cara y luego el otro.

Cecilia alzó la navaja y la brocha.

—Quizá sea mejor que acabe el trabajo.

Él alzó la ceja derecha en un arco perfecto.

—¿No crees que podría reunirme así con el mayor Wilkins?

—Creo que pagaría una buena suma por verlo. —Fue hacia el otro lado de la cama, aliviada porque la tensión parecía haber desaparecido—. Si tuviera dinero.

Edward se movió por el colchón para acercarse al borde, y luego se quedó quieto mientras ella lo enjabonaba.

—¿Estás escasa de fondos? —preguntó él.

Cecilia se detuvo, preguntándose hasta dónde debía contarle. Por fin respondió:

—Ha sido un viaje más caro de lo que tenía previsto.

—Me imagino que sucede en la mayoría de los viajes.

—Eso me han dicho. —Enjuagó la navaja en el lavabo—. Es la primera vez que me alejo a más de treinta kilómetros de Derbyshire.

—¿De verdad?

—No te muevas —le advirtió ella. Tenía la navaja justo en su garganta cuando él se sobresaltó.

—Perdón, pero ¿de verdad? ¿La primera vez?

Ella se encogió de hombros y volvió a enjuagar la navaja.

—¿Adónde habría ido?

—¿A Londres?

—No he tenido motivo para ir. —Los Harcourt eran sin duda respetables, pero no eran la clase de familia que enviaba a su hija a la capital para la Temporada. Además, su padre odiaba las ciudades. Hacía un alboroto cuando tenía que ir a Sheffield. La única vez que se había visto obligado a ir a Manchester por negocios, se había quejado durante días—. Tampoco he tenido a nadie que me llevara —añadió Cecilia.

—Yo te llevaré.

Su mano se quedó quieta. Él creía que estaban casados.

Por supuesto que pensaría que quizás algún día la llevaría a Londres.

—Quiero decir, si lo deseas —añadió al ver que ella vacilaba.

Ella esbozó una sonrisa forzada.

—Sería muy bonito.

—Iremos al teatro —repuso él con un bostezo—. O quizás a la ópera. ¿Te gusta la ópera?

De pronto ella quiso poner fin a la conversación. Imaginaba un futuro que los incluía a los dos, un futuro en el que su apellido realmente era Rokesby y vivía en una casa preciosa en Kent con tres niños pequeños, todos ellos con los fascinantes ojos azules de su padre.

Era un futuro bonito. Pero no le pertenecía.

—¿Cecilia?

—Hemos terminado —anunció ella en voz demasiado alta.

—¿Ya? —Frunció el ceño al tocarse la mejilla derecha—. Has hecho este lado mucho más rápido que el otro.

Ella se encogió de hombros.

—Ha sido más fácil a medida que avanzaba, supongo. —No había hecho un trabajo tan cuidadoso en el lado derecho, pero no se notaba a menos que se mirara de cerca. Y, de todos modos, él había dicho que volvería a afeitarse al día siguiente.

Volcó el agua sucia en la bañera.

—Debo dejarte descansar. Estás exhausto, y tenemos esa reunión más tarde.

—No tienes que irte.

Claro que sí. Por su propio bien.

—Te estorbaré —dijo ella.

—No si estoy durmiendo. —Volvió a bostezar, luego sonrió, y Cecilia quedó deslumbrada por la intensidad de su belleza.

—¿Qué? —preguntó él, y se tocó la cara—. ¿Ha quedado alguna zona por afeitar?

—Estás diferente sin barba —comentó ella. ¿O lo susurró?

Él esbozó una sonrisa traviesa.

—Espero que más apuesto.

Mucho más. No había imaginado que eso fuera posible.

—Debo irme. Debo conseguir alguien que se ocupe del agua y...

—Quédate —dijo él simplemente—. Me gusta tenerte aquí.

Y mientras Cecilia se sentaba con cuidado en el otro extremo de la cama, le pareció imposible que él no escuchara el ruido que hacía su corazón al romperse.

7

¡Ay, por todos los cielos! Ya sé que no tengo una nariz enorme. Tan solo era una forma de hablar. No puedes esperar que el señor Rokesby sea sincero cuando el tema de conversación es tu hermana. Tiene la obligación de hablar bien de mí. Creo que es algo que queda sobreentendido entre los hombres, ¿no es cierto?

¿Cómo es el teniente Rokesby?

De Cecilia Harcourt
a su hermano Thomas

Cuando bajaron a las cinco y media de la tarde, el mayor Wilkins ya los esperaba en el comedor, sentado cerca de la pared con un jarro de cerveza y un plato con pan y queso. Edward lo saludó con una fría reverencia cuando aquel se puso de pie para saludarlos. No había prestado servicio junto a Wilkins, pero sus caminos se habían cruzado varias veces. El mayor era una especie de administrador de la guarnición británica en Nueva York, y sin duda era la persona indicada a la que acudir en la búsqueda de un soldado desaparecido.

A Edward siempre le había parecido algo pretencioso, pero también era cierto que seguía estrictamente las reglas y el orden, y suponía que ese era un rasgo necesario en un administrador militar. Y, a decir verdad, a *él* no le hubiese gustado ese trabajo.

Cecilia no perdió el tiempo cuando tomaron asiento.

—¿Tiene noticias de mi hermano?

El mayor Wilkins le lanzó una mirada que hasta a Edward le pareció condescendiente, y respondió:

—Estamos en un escenario de guerra muy grande, querida mía. No es posible encontrar a un hombre tan rápido. —Hizo un gesto hacia el plato que había en el centro de la mesa—. ¿Un poco de queso?

Cecilia se desconcertó un momento ante el cambio de tema, pero rápidamente retomó su objetivo.

—Pero esto es el ejército —protestó—. El ejército británico. ¿Acaso no somos la fuerza más avanzada, mejor organizada del mundo?

—Por supuesto, pero...

—¿Cómo podríamos perder a un hombre?

Edward puso una mano en su brazo para calmarla.

—El caos de la guerra puede poner a prueba al mejor de los ejércitos. Yo mismo estuve en paradero desconocido durante meses.

—¡Pero él no estaba en paradero desconocido cuando desapareció! —exclamó Cecilia.

Wilkins se rio del lapsus, y Edward estuvo a punto de gruñir ante la insensibilidad del mayor.

—¡Ah, qué ocurrencia! —dijo el mayor mientras cortaba una gruesa porción de cheddar—. No estaba en paradero desconocido cuando desapareció. Ja, ja, ja. Al coronel le encantará oír eso.

—Ha sido una equivocación —replicó Cecilia.

Edward la observó atentamente. Pensó en intervenir para defenderla, pero ella parecía tener el control de la situación. O aunque no de la situación, por lo menos, de sí misma.

—Lo que he querido decir —continuó, con una mirada glacial que debió haber asustado al mayor Wilkins— es que Thomas estaba aquí, en Nueva York. En el hospital. Y luego desapareció. No es que estuviera en el campo de batalla o explorando tras las líneas enemigas.

Explorando tras las líneas enemigas. Edward frunció el ceño mientras las palabras danzaban en su cabeza. ¿Habría sido eso lo que él hacía en Connecticut? Parecía lo más probable. Pero ¿por qué? No recordaba haberlo hecho nunca antes.

—Bueno, ese es el problema precisamente —manifestó el mayor Wilkins—. No encuentro ningún registro de que su hermano haya estado en el hospital.

—¿Qué? —Cecilia giró la cabeza para mirar a Edward y luego volvió a mirar al mayor—. Eso es imposible.

Wilkins se encogió de hombros sin mostrar pena.

—Hice revisar los registros a mi subalterno. El nombre y rango de cada soldado que ingresa en el hospital se apunta en un libro. Tomamos nota de la fecha de llegada y de la fecha de... ehhh... partida.

—¿Partida? —repitió Cecilia.

—O muerte. —Wilkins tuvo la delicadeza de parecer algo incómodo ante esa posibilidad—. De todos modos, no hemos podido encontrar ningún registro de su hermano.

—Pero él estaba herido —protestó Cecilia—. Recibimos una carta. —Se volvió hacia Edward, visiblemente alterada—. Mi padre la recibió de parte del general Garth. Él escribió que Thomas había sido herido, pero que no era una herida grave y que se estaba recuperando en el hospital. ¿Existe otro hospital?

Edward miró al mayor Wilkins.

—No en esta parte de la isla.

—¿No en *esta parte*? —preguntó Cecilia, aprovechando las palabras del mayor.

—Hay una especie de enfermería más al norte, en Haarlem —respondió Wilkins con un suspiro, como deseando no haberlo mencionado—. No diría que es un hospital. —Miró a Edward de forma significativa—. Ni a mí me gustaría estar allí, no sé si me explico.

Cecilia palideció.

—¡Por el amor de Dios! —soltó Edward—. ¡Está hablando del hermano de la dama!

El mayor se volvió hacia Cecilia con expresión compungida.

—Le pido disculpas, señora.

Ella asintió con un movimiento de cabeza tenso, que resultó conmovedor cuando, temblando, tragó saliva.

—La enfermería de Haarlem es rudimentaria en el mejor de los casos —explicó el mayor Wilkins a Cecilia—. Su hermano es un oficial. No es probable que lo llevaran a semejante sitio.

—Pero si era el lugar más cercano...

—Su herida no era grave. Lo habrían trasladado.

A Edward no le gustaba la idea de que los soldados debieran recuperarse en inferioridad de condiciones simplemente por su rango, pero la cantidad de camas en el hospital del sur de la isla de Manhattan era reducida.

—Tiene razón —dijo a Cecilia. El ejército siempre trasladaría a los oficiales primero.

—Quizá Thomas tuvo motivos para negarse a su traslado —sugirió Cecilia—. Si estaba con sus hombres, es posible que no quisiera dejarlos.

—De eso han pasado meses —explicó Edward. Odiaba tener que destruir sus esperanzas de esa manera—. Aunque se hubiese quedado con sus hombres, ya lo habrían trasladado aquí.

—Sin duda —dijo el mayor Wilkins con toda naturalidad—. De ningún modo podría estar en Haarlem.

—Ni siquiera puede considerársela una ciudad —dijo Edward a Cecilia—. Está la mansión Morris, pero fuera de eso, no es otra cosa que una colección de campos coloniales abandonados.

—Pero ¿no tenemos hombres allí?

—Solo los necesarios para evitar que vuelva a caer en manos enemigas —respondió el mayor Wilkins—. Allí también hay buenas tierras de labranza. Hay algunos cultivos casi listos para la cosecha.

—¿Tenemos? —Edward no pudo evitar la pregunta.

—Los agricultores de Haarlem son leales al rey —respondió el mayor con firmeza.

Edward no estaba tan seguro de ello, pero ese no era momento para debatir sobre las tendencias políticas locales.

—Hemos revisado seis meses de registros en el hospital —prosiguió el mayor Wilkins para volver al tema de conversación. Estiró la mano para servirse otra ración de pan y queso, y frunció el ceño cuando el cheddar quedó desmenuzado en el cuchillo—. No hemos encontrado ninguna mención a su hermano. Sinceramente, es como si nunca hubiese existido.

Edward se esforzó por reprimir un gruñido. ¡Cielo santo! El hombre no tenía tacto.

—Pero ¿continuará haciendo indagaciones? —quiso saber Cecilia.

—Por supuesto, por supuesto. —El mayor miró a Edward—. Es lo menos que puedo hacer.

—Lo mínimo —murmuró Edward.

El mayor Wilkins se volvió hacia atrás.

—¿Cómo dice?

—¿Por qué no le proporcionó esta información a mi esposa cuando habló con ella la semana pasada? —preguntó Edward.

El mayor se quedó inmóvil, con su comida a centímetros de su boca.

—No sabía que era su esposa.

Edward tuvo ganas de estrangularlo.

—¿Y en qué cambia eso las cosas?

El mayor Wilkins simplemente lo miró.

—Ella era la hermana del capitán Harcourt. Merecía su respeto y consideración, con independencia de su estado civil.

—No estamos acostumbrados a responder a preguntas de familiares —respondió el mayor con tono cortante.

Edward podía haberle dado seis respuestas distintas, pero decidió que no iba a ganar nada enfadando al mayor. En cambio, se volvió hacia Cecilia.

—¿Tienes aquí esa carta del general Garth?

—Por supuesto. —Cecilia metió la mano en el bolsillo de su falda—. La llevo siempre conmigo.

Edward tomó la carta de su delgada mano y desplegó el papel. Leyó en silencio y luego se la entregó al mayor Wilkins.

—¿Qué? —preguntó Cecilia—. ¿Qué ocurre?

El mayor alzó sus frondosas cejas y no levantó la mirada de la carta al responder:

—No parece escrita por el general Garth.

—¿A qué se refiere? —Cecilia se volvió con desesperación a Edward—. ¿A qué se refiere?

—Hay algo extraño —respondió Edward—. No sabría decir qué es.

—Pero ¿por qué iba a enviarme nadie esto?

—No sé. —Se apretó con los dedos las sienes, que había comenzado a dolerle.

Cecilia reaccionó de inmediato:

—¿Te encuentras bien?

—Estoy bien.

—Porque podemos...

—No es por mí que hemos venido —dijo él con brusquedad—, sino por Thomas. —Inspiró profundamente. Podía llegar hasta el final de la reunión. Quizá tendría que ir directo a la cama cuando terminaran, incluso tomaría esa dosis de láudano con la que ella lo venía amenazando, pero podía llegar hasta el final de una maldita reunión con el mayor Wilkins.

No estaba tan herido.

Levantó la mirada y vio que tanto Cecilia como el mayor lo observaban con cautelosa preocupación.

—Espero que su herida no le moleste demasiado —dijo Wilkins con brusquedad.

—Duele como el demonio —dijo Edward entre dientes—, pero estoy vivo; trato de estar agradecido por ello.

Cecilia lo miró, sorprendida. Edward supuso que no podía culparla. Normalmente no era tan mordaz.

Wilkins se aclaró la garganta.

—Correcto, bien. De todos modos, sentí mucho alivio cuando me informaron de que estaba a salvo.

Edward suspiró.

—Le pido disculpas —dijo—. Me pongo hecho una furia cuando me duele la cabeza más de lo normal.

Cecilia se inclinó y preguntó con voz queda:

—¿Quieres que te lleve de vuelta a la habitación?

—No es necesario —murmuró Edward. Contuvo el aliento cuando el dolor en sus sienes se intensificó—. Todavía no. —Volvió a mirar a Wilkins, que fruncía el ceño mientras volvía a leer la carta del general.

—¿Qué ocurre? —preguntó Edward.

El mayor se rascó la barbilla.

—¿Por qué iba Garth...? —Negó con la cabeza—. No tiene importancia.

—No, adelante —se apresuró a decir Cecilia—. Dígame.

El mayor Wilkins vaciló, como si tratara de pensar en la mejor manera de expresar sus pensamientos.

—Me parece una información extraña —declaró por fin.

—¿A qué se refiere? —preguntó Cecilia.

—No es lo que suele escribirse en una carta a la familia de un soldado —respondió el mayor. Miró a Edward para que lo confirmara.

—Supongo que no —respondió Edward, frotándose todavía las sienes. No lo aliviaba mucho, pero parecía que no podía dejar de hacerlo—. Nunca he escrito una carta de este tipo.

—Pero has dicho que había algo extraño en la carta —le recordó Cecilia.

—Nada en concreto —le dijo Edward—. Solo que parece falsa. Conozco al general Garth. No podría decir por qué, pero no suena como algo que él hubiera escrito.

—Yo *sí* he escrito cartas parecidas —dijo el mayor Wilkins—. Muchas.

—¿Y...? —insistió Cecilia.

El mayor inspiró profundamente.

—Yo nunca habría escrito que un hombre está herido, pero que su herida no es grave. Eso no hay forma de saberlo. La carta tarda un mes en llegar a destino. En ese tiempo podría ocurrir cualquier cosa.

Mientras Cecilia asentía, el mayor continuó.

—He visto a más hombres morir por una infección que por sus heridas. El mes pasado perdí a un hombre por una ampolla. —Miró a Edward con expresión de incredulidad—. ¡Una ampolla!

Edward miró rápidamente a Cecilia. Permanecía inmóvil, una auténtica muestra del estoicismo británico. Pero había angustia en sus ojos, y tuvo la horrible sensación de que, si la tocaba, si tan solo ponía un dedo en su brazo, se desmoronaría.

Sin embargo, estaba desesperado por abrazarla. Quería abrazarla con tanta fuerza que no pudiera desmoronarse. Abrazarla durante tanto tiempo que las preocupaciones y miedos abandonaran su cuerpo y entraran en el suyo.

Quería absorber su dolor.

Quería ser su fortaleza.

Así sería, juró. Se recuperaría. Sanaría. Sería el marido que ella se merecía. El marido que merecía ser.

—Fue en el pie —seguía diciendo el mayor, ajeno a la angustia de Cecilia—. Las medias debieron rozar la herida. Había marchado por un pantano. Allí es imposible mantener los pies secos, como sabrán.

Cecilia se esforzó por mover la cabeza en un gesto cordial.

El mayor Wilkins apoyó la mano en su jarro de cerveza, pero no lo alzó. Pareció flaquear, como si el recuerdo aún tuviera la capacidad de afectarlo.

—La maldita ampolla debió haberse abierto, porque un día después estaba infectada, y a la siguiente semana el soldado había muerto.

Cecilia tragó saliva.

—Lamento mucho su pérdida. —Se miró las manos, recogidas sobre la mesa, y Edward tuvo la clara sensación de que ella trataba de evitar que temblaran. Como si la única manera de hacerlo fuese fijar la mirada en sus dedos y buscar señales de debilidad.

Era tan fuerte, su esposa. Edward se preguntó si ella se daría cuenta de que lo era.

El mayor pestañeó, como si su pésame lo sorprendiera.

—Gracias —respondió con torpeza—. Ha sido... Bueno, ha sido una pérdida.

—Todos lo son —dijo Edward con voz queda, y por un momento él y el mayor, con quien poco tenía en común, fueron compañeros de armas.

Pasaron varios segundos durante los cuales ninguno habló. Por fin el mayor Wilkins se aclaró la garganta y dijo:

—¿Puedo quedarme con esto? —Levantó la carta del general Garth.

Cecilia apenas se movió, pero Edward vio la agitación en sus ojos color verde claro. Volvió hacia atrás la barbilla en un movimiento casi imperceptible, y su labio tembló antes de que ella lo mordiera. La carta del general era la única conexión que tenía con su hermano, y era evidente que no quería desprenderse de ella.

—Deja que se la lleve —dijo cuando ella lo miró para pedirle orientación. Wilkins podía ser tosco, pero era un buen soldado, y necesitaba la carta si quería ahondar algo en su búsqueda de Thomas.

—La trataré con mucho cuidado —le aseguró Wilkins. Metió la carta en un bolsillo interior de su chaqueta y le dio una palmadita—. Le doy mi palabra.

—Gracias —dijo Cecilia—. Le pido disculpas si he sido desagradecida. Valoro mucho su ayuda.

Un sentimiento muy cortés, pensó Edward, especialmente teniendo en cuenta la absoluta falta de colaboración del mayor hasta entonces.

—Muy bien. Ya me iré. —El mayor Wilkins se puso de pie e inclinó la cabeza con educación hacia Cecilia antes de volverse hacia Edward—. Espero que su herida mejore.

Edward le respondió con un movimiento de cabeza.

—Perdóneme por no levantarme. —De pronto se sintió un poco mareado y tuvo la horrible sensación de que podría echarse a vomitar si intentaba ponerse de pie.

—Claro, claro —respondió el mayor con su habitual brusquedad—. No se preocupe.

—¡Espere! —exclamó Cecilia, levantándose con dificultad cuando Wilkins se volvía para irse.

Este ladeó la cabeza en su dirección.

—¿Señora?

—¿Puede llevarme a Haarlem mañana?

—¿Qué? —Al diablo con su estómago, Edward se levantó al oírla.

—Me gustaría visitar esa enfermería —dijo Cecilia al mayor.

—Yo te llevaré —intervino Edward.

—No creo que estés en condiciones...

—*Yo* te llevaré.

Wilkins miró a Edward y a Cecilia, y luego a Edward con expresión divertida, antes de encogerse de hombros.

—No puedo oponerme a los deseos de un marido.

—¡Pero debo ir! —protestó Cecilia—. Thomas podría estar...

—Ya hemos determinado que es muy improbable que se encuentre en Haarlem —dijo Edward. Se aferró al borde de la mesa, esperando no llamar la atención. Había sentido un poco de vértigo al ponerse de pie de pronto.

—Pero él pudo estar allí —insistió Cecilia—. Y si es así, alguien se acordará de él.

—Yo te llevaré —repitió Edward. Haarlem estaba a solo dieciséis kilómetros de distancia, pero desde que los británicos perdieron (y luego recuperado) el territorio en 1776, era más un puesto salvaje que el pueblo holandés que había sido. No era lugar para que una mujer anduviera sola, y aunque no dudaba de la capacidad del mayor Wilkins para proteger a Cecilia, no podía evitar pensar que, como su marido, tenía la obligación de velar por su seguridad.

—Si me lo permiten, me retiraré —dijo el mayor Wilkins, con otra reverencia a Cecilia.

Ella asintió con un movimiento seco de cabeza. Sin embargo, Edward estaba seguro de que su enfado no estaba dirigido al mayor. De hecho, apenas Wilkins se retiró, se volvió hacia Edward y dijo entre dientes:

—Debo ir a esa enfermería.

—E irás. —Él volvió a sentarse—. Solo que no será mañana.

—Pero...

—Nada cambiará en un día —la interrumpió él, demasiado exhausto para discutir con ella—. Wilkins está haciendo indagaciones. Él conseguirá mucha más información del agregado del general Garth que la que obtengamos nosotros yendo al norte de la isla.

—Seguramente sería mejor si ambos investigáramos —dijo ella, volviéndose a sentar junto a él.

—No te lo discutiré —dijo. Cerró los ojos un instante para evadir la fatiga que lo asaltó de pronto. Con un suspiro, continuó—: No perderemos nada con esperar uno o dos días. Te lo prometo.

—¿Cómo puedes prometerlo?

¡Por Dios, qué insistente era! Edward hubiera admirado su tenacidad de no haber estado tan enfermo.

—Está bien —replicó—. No puedo prometerlo. No sé, el Ejército Continental podría llegar mañana y matarnos a todos antes de tener la oportunidad de investigar en la enfermería. Pero te prometo que, con todo lo que sé (admito que no es mucho, pero es más de lo que sabes tú), unos días no marcarán una gran diferencia.

Ella lo miró estupefacta. A él se le ocurrió que, quizá, no debió haberse casado con una mujer con unos ojos tan extraordinarios. Porque cuando lo miraba con insistencia, necesitaba hasta la última gota de fortaleza para no revolverse en su asiento.

Si hubiera sido un filósofo, hubiera pensado que ella tenía la capacidad de ver su alma.

—El mayor Wilkins podría haberme llevado —replicó ella, desafiante.

Él se esforzó por no gruñir.

—¿De verdad quieres pasar el día con el mayor Wilkins?

—Por supuesto que no, pero...

—¿Qué pasará si debes pasar la noche allí? ¿Has considerado esa posibilidad?

—He cruzado el Atlántico por mi cuenta, Edward. Estoy segura de que puedo soportar una noche en Haarlem.

—Pero no deberías tener que hacerlo —replicó Edward—. Te has casado conmigo, Cecilia. ¡Por el amor de Dios, déjame protegerte!

—Pero no puedes.

Edward se revolvió en su asiento. Sus palabras habían sido dulces, pero si le hubiese dado un puñetazo en el cuello, el golpe no habría sido tan certero.

—Lo siento —dijo ella rápidamente—. Lo siento mucho. No he querido...

—Sé lo que has querido decir.

—No, no creo que lo sepas.

Su malhumor, que había estado conteniendo, comenzó a explotar.

—Tienes razón —dijo él con aspereza—. No lo sé. ¿Y sabes por qué? Porque no te *conozco*. Estoy casado contigo, o eso me han dicho...

Ella se estremeció.

—... y aunque puedo imaginar todo tipo de razones por las cuales nos hemos casado, no puedo recordar ni una de ellas.

Ella no dijo nada, ni se movió, salvo por un minúsculo temblor en sus labios.

—*Eres* mi esposa, ¿verdad? —preguntó, pero su tono fue tan desagradable que anuló la pregunta de inmediato—. Discúlpame —murmuró—. Fue innecesario.

Ella lo observó unos segundos más. Su rostro no dejaba adivinar lo que estaba pensando. Pero se puso pálida, muy pálida, al responder:

—Creo que deberías descansar.

—Ya sé que debería descansar —replicó él, malhumorado—. ¿Crees que no siento lo que sucede en mi cabeza? Es como si alguien golpeara mi cráneo con un martillo. Una y otra vez.

Ella se inclinó sobre la mesa y tomó su mano.

—No me encuentro bien —dijo él. Cuatro simples palabras, tan difíciles de pronunciar para un hombre. Sin embargo, se sintió mucho mejor al decirlas.

No, mejor no. Aliviado. Lo que, supuso, era una forma de decir *mejor*.

—Estás haciéndolo muy bien —repuso ella—. No olvides que solo ha pasado un día desde que te despertaste.

Él la miró con los ojos entrecerrados.

—No digas que Roma no se construyó en un día.

—Jamás lo haría —prometió ella, y él pudo percibir la sonrisa en su voz.

—Me sentía mejor esta tarde —declaró él. Su voz sonó frágil, casi infantil a sus oídos.

—¿Mejor? ¿O que habías mejorado?

—Que había mejorado —admitió él—. Aunque cuando te besé...

Edward sonrió. Cuando la besó, se había sentido casi entero.

Cecilia se puso de pie y tomó su brazo con suavidad.

—Vayamos arriba.

Él no tuvo energías para resistirse.

—Pediré que lleven la cena a la habitación —anunció ella mientras subían la escalera.

—No mucho —dijo él—. Mi estómago... No sé si podré retener algo.

Ella lo miró fijamente. Puede que evaluara qué tono de verde tenía su piel.

—Caldo —dijo—. Debes comer algo. De lo contrario, nunca recuperarás fuerzas.

Él asintió. Podía tomar caldo.

—Y quizás un poco de láudano —añadió ella con voz queda.

—Una cantidad pequeña.

—Muy pequeña, lo prometo.

Cuando llegaron a la parte superior de la escalera, él metió la mano en el bolsillo de su chaqueta y sacó la llave. Sin hablar se la entregó a ella y se apoyó contra la pared mientras ella abría la puerta.

—Te ayudaré con tus botas —dijo ella. Edward observó que lo había llevado dentro y lo había hecho sentar en la cama sin que él se diera cuenta—. Te recuerdo que no debes esforzarte en exceso —dijo mientras le quitaba una bota—, pero sé que lo de hoy fue por Thomas.

—Y por ti —añadió él.

Las manos de ella se quedaron quietas, pero solo por un momento. Él ni siquiera lo habría notado si no hubiese estado tan pendiente de su contacto.

—Gracias —dijo ella. Estiró la mano hacia su talón, agarró la otra bota y tironeó con fuerza antes de quitarla. Edward se metió bajo las sábanas mientras ella acomodaba las botas en un rincón—. Prepararé el láudano —dijo.

Él cerró los ojos. No tenía sueño, pero la cabeza le dolía menos cuando tenía los ojos cerrados.

—Me pregunto si no deberías haberte quedado en el hospital otro día más. —La voz de ella se oía más cerca ahora, y él oyó que agitaba líquido en una botella.

—No —dijo él—. Prefiero estar aquí contigo.

Otra vez ella permaneció quieta. No fue necesario verla para saberlo.

—El hospital era insoportable —dijo—. Algunos de los hombres... —No sabía hasta dónde contarle ni cuánto sabría ya. ¿Había pasado la noche a su lado mientras él estaba inconsciente? ¿Sabía qué significaba tratar de dormir mientras, al otro lado de la habitación, un hombre agonizaba y llamaba a gritos a su madre?

—Estoy de acuerdo contigo —dijo ella, moviéndolo para que se pusiera en una posición más erguida—. Este es un lugar mucho más agradable para recuperarse. Pero el médico está en el hospital.

—¿Eso crees? —preguntó él con una sonrisa pícara—. Apuesto a que está abajo, tomándose una cerveza. O quizás en el Fraunces. Allí la cerveza es mejor, dicen.

—Hablando de bebidas —anunció Cecilia, con una deliciosa mezcla de sensatez y buen humor en su voz—, aquí tienes el láudano.

—Bastante más potente que una cerveza —dijo Edward, abriendo los ojos. La habitación ya no estaba tan luminosa; Cecilia había cerrado las cortinas.

Ella sostuvo la taza en sus labios, pero él negó con la cabeza y dijo:

—Puedo hacerlo solo.

—Es una dosis muy pequeña —prometió ella.

—¿El médico te dio instrucciones?

—Sí, y tengo cierta experiencia con el medicamento. Mi padre a veces sufría depresión.

—No lo sabía —murmuró él.

—Solo de vez en cuando.

Edward se bebió el medicamento, haciendo una mueca por su sabor amargo.

—Es horrible, lo sé —dijo ella, pero no sonó muy comprensiva.

—Pensaba que el alcohol lo haría soportable.

Ella sonrió.

—Creo que lo único que lo hace soportable es la promesa de que te aliviará.

Edward se frotó las sienes.

—Me duele mucho, Cecilia.

—Lo sé.

—Solo quiero volver a sentirme bien.

Los labios de ella temblaron.

—Todos queremos eso.

Él bostezó, aunque lógicamente era demasiado pronto para que el medicamento hubiese hecho efecto.

—Aún no me has dicho... —dijo él, volviendo a deslizarse bajo las mantas.

—¿El qué?

—Mmm... —hizo un ruido agudo y gracioso mientras pensaba—. Todo.

—Todo, ¿eh? Eres muy ambicioso.

—Tenemos tiempo.

—¿Sí? —Ahora ella parecía divertida.

Él asintió, y se dio cuenta de que la droga debía haber hecho efecto porque tenía una sensación muy extraña: estaba demasiado cansado para bostezar. Sin embargo, pudo pronunciar algunas palabras.

—Estamos casados —dijo—. Tenemos el resto de nuestra vida.

8

Edward Rokesby se parece a un hombre, eso es lo que parece. De verdad, Cecilia, deberías saber que no debes pedirme que describa a otro hombre. Tiene el cabello castaño. ¿Qué más puedo decirte?

Y, para que lo sepas, muestro tu miniatura a todo el mundo. Sé que no suelo ser tan sentimental como te gustaría, pero te amo, querida hermana, y estoy orgulloso de que seas mi hermana. Además, recibo muchas más cartas de tu parte que otros hombres de aquí, y me gusta darles envidia.

En especial Edward sufre del monstruo de la envidia cada vez que traen el correo. Tiene tres hermanos y una hermana, y en lo que se refiere a correspondencia, les ganas a todos.

DE THOMAS HARCOURT
A SU HERMANA CECILIA

Tres horas más tarde, Cecilia todavía se sentía agobiada por las palabras de Edward.

Estamos casados.

Tenemos el resto de nuestra vida.

Sentada en una pequeña mesa, en un rincón de su habitación, en el Devil's Head, apoyó la frente entre sus manos. Tenía que decirle la verdad. Tenía que contárselo todo.

Pero ¿cómo?

Y más exactamente: ¿cuándo?

Se había dicho a sí misma que debía esperar hasta después de su reunión con el mayor Wilkins. Y eso ya había sucedido, pero ahora Edward parecía haber empeorado. No podía disgustarlo ahora. Él todavía la necesitaba.

¡Ay, deja ya de mentirte!, estuvo a punto de decir en voz alta. Él no la necesitaba. Ella quizás hacía que su recuperación fuera más placentera y, tal vez, también más rápida, pero si ella de pronto desapareciera de su vida, él estaría bien.

La había necesitado mientras estaba inconsciente. Ahora que se había despertado, ella no era tan esencial.

Cecilia miró a Edward, que dormía plácidamente en su cama. El cabello oscuro había caído sobre su frente. Necesitaba un corte de pelo, pero descubrió que así le gustaba, alborotado y salvaje. Le daba un aire algo desenfadado, totalmente opuesto a su personalidad. Esos mechones rebeldes le recordaban que este hombre honorable también tenía un sentido del humor pícaro e irónico, que él también podía ser víctima de la frustración y de la ira.

No era perfecto.

Era *real*.

Y de alguna forma eso la hizo sentirse aún peor.

Te lo compensaré, le prometió.

Ella se ganaría su perdón.

Sin embargo, se le hacía cada vez más difícil imaginar cómo iba a ser eso posible. El férreo sentido del honor de Edward (el mismo que la había convencido de que no podía revelar su mentira antes de reunirse con el mayor Wilkins) significaba que estaba atrapada en una nueva disyuntiva.

Él creía que la había puesto en una situación comprometida.

Podrían no estar compartiendo la cama, pero compartían una habitación. Cuando Edward supiera que ella no era su esposa, insistiría en casarse con ella. Por encima de todo era un caballero, y su honor de caballero jamás le permitiría hacer otra cosa.

Y aunque Cecilia no podía dejar de soñar (solo un poco) con una vida como la señora de Edward Rokesby, ¿cómo podría vivir consigo misma si hacía que se casara con ella de verdad?

Él estaría resentido con ella. No, la odiaría.

No, no la odiaría, jamás se lo perdonaría.

Cecilia suspiró. De todos modos, él nunca la perdonaría.

—¿Cecilia?

Cecilia se sobresaltó.

—Estás despierto.

Edward esbozó una sonrisa soñolienta.

—Apenas.

Cecilia se puso de pie y cruzó la corta distancia hasta la cama. Edward se había dormido completamente vestido, pero una hora después de su siesta le pareció que estaba incómodo y le quitó el pañuelo del cuello. Era evidente que el láudano había hecho efecto, ya que él apenas se movió durante sus maniobras.

—¿Cómo te sientes? —le preguntó.

Él frunció el ceño, y a Cecilia le pareció una buena señal que tuviera que pensarlo.

—Mejor —respondió, y luego se corrigió con una pequeña mueca en los labios—. Mejorado.

—¿Tienes hambre?

Eso también tuvo que pensarlo.

—Sí, aunque no estoy seguro de que la comida le siente bien a mi estómago.

—Prueba con un poco de caldo —sugirió ella. Se puso de pie y tomó la pequeña sopera que había traído de la cocina hacía diez minutos—. Aún está tibio.

Él se incorporó en la cama y se sentó.

—¿He dormido mucho tiempo?

—Casi tres horas. El láudano no tardó en hacer efecto.

—Tres horas —murmuró él, sorprendido. Frunció el ceño mientras pestañeaba.

—¿Estás tratando de decidir si aún te duele la cabeza? —preguntó Cecilia con una sonrisa.

—No —respondió él sin rodeos—. No hay duda de que todavía me duele.

—Ah. —No estaba segura de qué responder a eso, así que solo añadió—: Lo siento.

—Sin embargo, el dolor es diferente.

Ella colocó la sopera en la mesa que había junto a la cama y se sentó junto a él.

—¿Diferente?

—Es menos punzante, creo. Es más que nada un dolor sordo.

—Seguramente eso es mejor.

Se tocó un poco las sienes y murmuró:

—Eso creo.

—¿Necesitas ayuda? —preguntó Cecilia, señalando la sopa.

Él esbozó una leve sonrisa.

—Puedo arreglármelas, aunque me vendría bien una cuchara.

—¡Ah! —Cecilia se puso de pie de un salto—. Lo siento mucho. ¿Sabes? Creo que se han olvidado de darme una.

—No importa. Puedo beberla. —Se llevó la sopera a los labios y dio un sorbo.

—¿Está buena? —preguntó Cecilia cuando él dio un suspiro de satisfacción.

—Muy buena. Gracias por traerla.

Ella esperó a que él diera unos sorbos más y luego dijo:

—Realmente tienes mejor aspecto que el que tenías en la reunión con el mayor Wilkins. —Luego pensó que quizás él creería que intentaba convencerlo de llevarla a Haarlem lo más pronto posible, así que añadió—: Pero no tan bueno como para ir al norte mañana.

A él, el comentario le pareció divertido.

—Tal vez al día siguiente.

—No creo que sea posible —admitió ella. Soltó un suspiro—. He tenido tiempo de reflexionar sobre nuestra reunión con el mayor Wilkins. Él ha dicho que haría indagaciones en la enfermería de Haarlem. Sigo queriendo ir personalmente, pero por el momento eso es suficiente. —Tragó saliva, y sin saber a quién de los dos quería tranquilizar, añadió—: Seré paciente.

¿Qué alternativa le quedaba?

Él colocó la sopera en la mesa y tomó su mano.

—Quiero encontrar a Thomas tanto como tú.

—Lo sé. —Cecilia bajó la mirada a sus dedos entrelazados. Era extraño lo bien que se veían juntas. Las manos de él eran grandes y cuadradas, su piel bronceada y áspera por el trabajo. Las de ella... ya no eran tan blancas y delicadas, pero Cecilia se sentía orgullosa de sus nuevas callosidades. Parecían indicar que ella era capaz, que podía hacerse cargo de su propio destino. Vio fuerza en sus manos; una fuerza que no sabía que tenía.

—Lo encontraremos —aseguró Edward.

Ella alzó la mirada.

—Es posible que no lo encontremos.

Los ojos de él, de un color casi azul marino bajo la tenue luz, se posaron en los de ella.

—Debo ser realista —dijo ella.

—Realista, sí —observó él—, pero no fatalista.

—No. —Ella esbozó una leve sonrisa—. No lo soy.

Por lo menos, aún no.

No hablaron durante un rato y el silencio, que fue cordial al principio, se volvió pesado e incómodo cuando Cecilia se dio cuenta de que Edward trataba de pensar en la mejor manera de abordar un tema incómodo. Por fin, después de aclararse la garganta varias veces, dijo:

—Quisiera saber más sobre nuestra boda.

A Cecilia el corazón le dio un vuelco. Sabía que ese momento llegaría; sin embargo, durante un breve instante no pudo respirar.

—No pongo en duda tu palabra —le aseguró—. Eres la hermana de Thomas, y espero que no pienses que soy demasiado atrevido si te digo que, desde hace mucho tiempo, siento que te conozco por las cartas que le escribías.

Ella tuvo que apartar la mirada.

—Pero me gustaría saber cómo fue todo.

Cecilia tragó saliva. Había tenido varios días para inventar una historia, pero pensar una mentira no era lo mismo que decirla en voz alta.

—Fue deseo de Thomas —dijo. Eso era cierto o, por lo menos, eso suponía. Sin duda su hermano querría ver a su mejor amigo casado con su hermana—. Estaba preocupado por mí —añadió.

—¿Por la muerte de tu padre?

—Él todavía no sabe nada —respondió Cecilia con sinceridad—. Pero sé que, desde hace tiempo, se preocupaba por mi futuro.

—También a mí me lo mencionó —confirmó Edward.

Ella levantó la mirada, sorprendida.

—¿De verdad?

—Perdona, no deseo hablar mal de los muertos, pero Thomas me había dado a entender que tu padre estaba menos preocupado por tu futuro que por su presente.

Cecilia tragó saliva. Su padre había sido un buen hombre, pero también sumamente egoísta. De todos modos, ella lo amaba. Y sabía que su padre la había amado a su manera.

—Yo velé por el bienestar de mi padre —expresó, escogiendo las palabras como si caminara a través de un campo de flores. También había habido buenas épocas, y eran esas las que ella deseaba recoger como en un ramillete—. Y él me dio determinación en la vida.

Edward la había estado observando atentamente mientras hablaba, y cuando ella lo miró a los ojos vio algo parecido al orgullo. Sin duda, mezclado con escepticismo. Él sabía lo que quería decir con sus palabras, pero la admiró por pronunciarlas.

—De todos modos —continuó ella, tratando de aligerar el tono—, Thomas sabía que mi padre estaba enfermo.

Edward ladeó la cabeza.

—Creí que habías dicho que fue una muerte repentina.

—Lo fue —se apresuró a decir Cecilia—. Es decir, creo que a menudo es así. Algo muy lento, y luego muy rápido.

Él calló.

—O, quizá, no —añadió. ¡Dios mío! Sonaba como una idiota, pero no parecía capaz de cerrar la boca—. No tengo mucha experiencia con personas moribundas. Ninguna, en realidad, excepto mi padre.

—Tampoco yo —respondió Edward—. No de muerte natural al menos.

Cecilia lo observó. Su mirada se había oscurecido.

—El campo de batalla no cuenta como muerte natural —dijo con voz queda.

—No, por supuesto que no. —Cecilia ni siquiera quería imaginarse lo que él habría visto. La muerte de un hombre joven, en la flor de la vida, era muy distinta al fallecimiento de un hombre de la edad de su padre.

Edward tomó otro sorbo de sopa, y Cecilia lo interpretó como una señal de que debía continuar con su relato.

—Luego mi primo pidió mi mano —dijo.

—A juzgar por tu tono interpreto que no fue una propuesta grata.

Cecilia torció sus labios.

—No.

—¿Tu padre no lo rechazó? Un momento. —La mano de Edward se alzó unos centímetros con el dedo índice flexionado, como se hace para plantear un argumento en una conversación—. ¿Fue antes o después de su muerte?

—Antes —respondió Cecilia. El corazón le dio un vuelco. Ahí empezaban las mentiras. Horace se había convertido en una amenaza después de la muerte de su padre, y Thomas nunca se había enterado de que este había empezado a presionar a Cecilia para que se casara con él.

—Por supuesto. Así debió haber sido porque... —Edward frunció el ceño, deshizo su mano de la de ella y se frotó la barbilla—. Quizá sea mi cabeza que va lenta, pero no tengo clara la línea temporal. Quizá necesite que me la escribas.

—De acuerdo —dijo Cecilia, pero la culpa golpeaba en su interior como un tambor. No podía creer que permitiera que pensara que él era la razón de que la historia fuera tan difícil de seguir. Intentó sonreír, pero no estaba segura de haber conseguido más que torcer los labios—. Yo tampoco puedo creerlo.

—¿Cómo dices?

Debería haber sabido que tendría que explicar ese comentario.

—No puedo creer que esté aquí. En Nueva York.

—Conmigo.

Ella lo miró, ese hombre honorable y generoso al que no merecía.

—Contigo.

Él tomó su mano y la llevó a sus labios. A Cecilia se le derritió un poco el corazón, aunque su conciencia sollozaba. ¡Maldición! ¿Por qué tenía que ser tan amable?

Inspiró profundamente.

—Marswell está sujeta a una cesión, y Horace la heredará si algo le sucede a Thomas.

—¿Por eso te ha propuesto matrimonio?

Ella le clavó la mirada.

—No creerás que lo he abrumado con mi encanto y mi belleza natural, ¿verdad?

—No, esa sería la razón por la cual *yo* te propondría matrimonio. —Edward comenzó a sonreír, pero rápidamente hizo una mueca—. Te he propuesto matrimonio, ¿verdad?

—Algo así. Ehhh... —Sintió que le ardía el rostro—. Fue más bien... ehhh... —Solo se le ocurrió una respuesta—. En realidad, Thomas se ocupó de la mayoría de las gestiones.

Edward no parecía feliz con ese desenlace.

—No pudo suceder de otra forma —señaló Cecilia.

—¿Dónde fue la ceremonia?

Ella ya había pensado en esa pregunta.

—En el barco —respondió.

—¿De verdad? —Parecía francamente confundido con todo eso—. Entonces, ¿cómo he podido...?

—No estoy segura —dijo Cecilia.

—Pero si tú estabas en el barco, ¿*cuándo* yo...?

—Justo antes de partir hacia Connecticut —mintió Cecilia.

—¿Celebré la ceremonia tres meses antes que tú?

—No es necesario que se realicen al mismo tiempo —indicó Cecilia, consciente de que se estaba cavando una fosa. Tenía más excusas preparadas: que el vicario de su pueblo se había negado a celebrar un matrimonio por poderes, o que ella no había querido decir sus votos hasta que fuera absolutamente necesario, para que Edward pudiera anular el matrimonio si cambiaba de opinión. Pero antes de decidirse a pronunciar otra mentira, se dio cuenta de que él estaba acariciando su dedo, en el sitio donde debería haber un anillo.

—Ni siquiera tienes anillo —observó.

—No lo necesito —se apresuró a decir ella.

Él frunció el entrecejo.

—Sí que necesitas un anillo.

—Pero eso puede esperar.

Luego, con un rápido movimiento, que Cecilia no creía que él pudiera hacer en su estado actual, se incorporó en la cama y tocó su mejilla.

—Bésame —dijo.

—¿Qué? —gritó Cecilia.

—Bésame.

—Estás loco.

—Es posible —respondió él con tono amable—, pero creo que cualquier hombre en su sano juicio querría besarte.

—Cualquier hombre —repitió ella, todavía tratando de entender la situación.

—Quizá no. —Fingió estar pensando—. Creo que soy un tipo celoso. Así que seguramente sería una tontería que lo intentaran.

Ella negó con la cabeza. Luego puso los ojos en blanco. Luego hizo ambas cosas.

—Necesitas descansar.

—Primero, un beso.

—¡Edward!

Él imitó su tono a la perfección.

—¡Cecilia!

Ella lo miró boquiabierta.

—¿Me estás mirando con ojos de corderito?

—¿Funciona?

Sí.

—No.

Edward resopló.

—No mientes demasiado bien, ¿verdad?

Ah, no tenía ni idea.

—Termina tu caldo —le ordenó, tratando sin éxito de parecer severa.

—¿Quieres decir que no tengo fuerzas para besarte?

—¡Dios mío, eres insufrible!

Una de sus cejas se elevó en un arco de perfecta arrogancia.

—Porque te advierto de que me lo tomaré como un desafío.

Ella apretó los labios en un intento inútil por reprimir una sonrisa.

—¿Qué bicho te ha picado?

Él se encogió de hombros.

—Felicidad.

Solo una palabra fue suficiente para quitarle el aliento. Debajo de su facha-da honorable, Edward Rokesby tenía una gran veta de picardía. Supuso que no debía sorprenderse tanto. Ya se había dado cuenta en sus cartas.

Lo único que había necesitado para liberarla era un poco de alegría.

—Bésame —repitió él.

—Debes descansar.

—Acabo de dormir una siesta de tres horas. Estoy totalmente despierto.

—Un beso —se oyó decir a sí misma, aunque su intuición le advertía de que no debía aceptar.

—Solo uno —aceptó él, y luego añadió—: Estoy mintiendo, por supuesto.

—No estoy segura de que cuente como mentira si lo confiesas.

Él se tocó la mejilla como recordatorio.

Cecilia se mordió el labio inferior. Seguramente un beso no tenía nada de malo. Y encima en la mejilla. Se inclinó.

Él movió la cabeza. Los labios de ella rozaron los de él.

—¡Me has engañado!

La mano de él se posó en su nuca.

—¿De verdad?

—Sabes que sí.

—¿Te has dado cuenta —murmuró él, su aliento tibio y seductor en las comisuras de sus labios— de que cuando hablas sobre mis labios parece que me estés besando?

Ella estuvo a punto de gemir. No tenía fuerzas para resistirse a él. No cuando era de ese modo: gracioso y tierno. Además, era evidente que se alegraba de haberse despertado casado con ella.

Y ahora sus labios rozaban los de ella y los acariciaban, en un beso que debió haber parecido casto. Pero no había nada inocente en la manera en que el cuerpo de ella se apoyaba sobre el suyo, ávido de más. Había estado medio enamorada de ese hombre antes de conocerlo siquiera, y ahora su cuerpo reconocía lo que su cabeza no deseaba admitir: que lo deseaba desesperadamente, en todos los aspectos.

Si no hubiera estado enfermo, si no se hubiera sentido aún tan débil, solo Dios sabía qué hubiera sucedido. Porque no estaba segura de poder evitar que consumaran un matrimonio que no existía.

—*Tú* eres la mejor medicina —murmuró Edward.

—No descartes el láudano —trató de bromear ella.

Necesitaba relajar la atmósfera.

—No lo descarto —dijo él, apartándose lo suficiente para mirarla a los ojos—. Gracias por insistir en que lo tomara. Creo que ha sido de gran ayuda.

—De nada —respondió Cecilia, un poco vacilante. El cambio de tema la desorientaba.

Él acarició su mejilla.

—En parte por ese motivo he dicho que eres la mejor medicina. Hablé con el personal del hospital, ¿sabes? Ayer, después de que te fueras.

Ella negó con la cabeza. No estaba segura de adónde quería ir a parar.

—Me contaron lo bien que cuidaste de mí. Me dijeron que insististe en que recibiera una atención mejor de la que habría recibido de otro modo.

—P... por supuesto —farfulló ella. Eso no tenía nada que ver con ser su esposa. Lo habría hecho de todos modos.

—Uno de ellos llegó a decir que no creía que hubiese despertado de no ser por ti.

—Estoy segura de que no es verdad —replicó, ya que eso no había sido gracias a ella. Y no podía permitir que él pensara que estaba en deuda.

—Es gracioso —murmuró—. No recuerdo haber pensado demasiado sobre la boda. Lo cierto es que no recuerdo haber pensado sobre *estar* casado. Pero creo que me gusta.

Los ojos de Cecilia comenzaron a inundarse de lágrimas. Él estiró su mano y se las secó.

—No llores —murmuró él.

—No lloro —respondió ella, aunque no era cierto.

Él sonrió con indulgencia.

—Creo que esta es la primera vez que beso a una chica y le hago llorar.

—Georgie Porgie —murmuró ella, agradecida por la distracción.

A él pareció hacerle gracia.

—Es mi segundo nombre.

Ella se apartó, ya que necesitaba poner un poco de distancia entre ambos. Pero la mano de él recorrió la mejilla de ella hasta su hombro, y luego hasta su brazo y su mano. Él no quería soltarla, y ella sabía que, en el fondo de su corazón, ella tampoco quería.

—Se hace tarde —dijo él.

Ella miró a la ventana. Había cerrado las cortinas hacía un rato, pero podía ver entre los bordes que el día ya había terminado y que era de noche.

—¿Dormirás esta noche? —le preguntó él.

Ella sabía lo que le quería preguntar. Si dormiría en la cama con él.

—No es necesario que estés incómoda —añadió—. Por más que lo desee, no estoy en condiciones de hacerte el amor.

A Cecilia se le encendió el rostro. No pudo evitarlo.

—Creí que habías dicho que no estabas cansado —murmuró.

—Yo no. Pero tú sí lo estás.

Tenía razón. Estaba exhausta. Habría dormido cuando él dormía, pero sentía que debía vigilarlo. Tenía tan mal aspecto cuando lo había acostado durante la tarde. Casi peor que cuando estaba en el hospital.

Si algo le ocurría, después de todo lo sucedido...

No soportaba pensarlo siquiera.

—¿Has comido? —le preguntó él.

Ella asintió. Había comido algo ligero cuando había bajado a buscar el caldo.

—Bien. No queremos que la enfermera se convierta en paciente. Te aseguro que no sería tan eficiente como tú. —Su rostro se puso serio—. Debes descansar.

Ella lo sabía. Pero no sabía cómo podía hacerlo.

—Estoy seguro de que querrás privacidad —dijo él, y su rostro se turbó. Cecilia se sintió un poco mejor al saber que él también se daba cuenta de lo extraño de la situación.

—Te doy mi palabra de que me daré la vuelta —prometió.

Ella lo miró fijamente.

—Mientras te pones el camisón —explicó él.

—Ah, por supuesto. —¡Cielos! Era una idiota.

—Incluso me taparé la cabeza con las mantas.

Ella se puso de pie muy despacio.

—No será necesario.

Hubo una pausa elocuente, y luego él dijo con voz ronca:

—Podría serlo.

Cecilia soltó una pequeña exclamación al oírlo, y luego corrió hacia el armario donde había guardado las pocas prendas que formaban su equipaje. Había llevado un solo camisón, un vestido resistente de algodón blanco sin encaje ni volantes. No era el tipo de cosas que una dama incluiría en su ajuar.

—Solo iré al rincón —indicó.

—Ya estoy debajo de las mantas.

Y así era. Mientras ella buscaba su camisón, él se había acurrucado y se había tapado con la manta.

Cecilia se habría echado a reír de no haber estado tan atormentada.

Con movimientos rápidos y eficientes, se despojó de su ropa y se puso el camisón. La cubría de pies a cabeza, igual que cualquiera de sus vestidos de día y, claro está, más que un vestido de noche; sin embargo, se sintió totalmente expuesta.

Normalmente se cepillaba el cabello cincuenta veces antes de irse a dormir, pero en ese momento le pareció excesivo, especialmente cuando él estaba tapado con una manta. Así que, en cambio, se hizo una trenza. En cuanto a sus dientes... Miró el cepillo y el polvo que había traído de Inglaterra, y luego a la cama. Edward no se había movido.

—Esta noche no me lavaré los dientes —dijo. Quizás así él estaría menos dispuesto a besarla por la mañana.

Dejó el cepillo en el armario y corrió hacia el otro extremo de la cama. Con cuidado para no desarreglarla, levantó la manta y se metió dentro.

—Ya puedes abrir los ojos —anunció.

Él se destapó la cara.

—Estás muy lejos —dijo él.

Cecilia metió la pierna derecha, que colgaba de un lado de la cama.

—Creo que es lo mejor —dijo. Se inclinó hacia delante, sopló la vela y la oscuridad inundó la habitación.

Sin embargo, no logró estar menos pendiente del hombre acostado a su lado.

—Buenas noches, Cecilia —dijo él.

—Buenas noches. —Cambió de posición, girando torpemente sobre su costado, de espaldas a él. Así dormía ella generalmente, sobre su lado derecho, con las manos plegadas bajo su mejilla, como si rezara. Sin embargo, esa noche no se sentía cómoda, y tampoco era una posición natural.

No conseguiría dormirse nunca. Nunca.

Y, sin embargo, consiguió dormirse.

9

Por favor, saluda de mi parte al teniente Rokesby y dile que, si sus hermanos no
le escriben tan a menudo como yo, será solo porque su vida es mucho más emo-
cionante que la mía. Derbyshire es cualquier cosa menos divertido en esta época
del año. Pero ¿qué estoy diciendo? Derbyshire es cualquier cosa menos divertido
siempre. Entonces, es lo mejor que yo prefiera llevar una vida tranquila.

DE CECILIA HARCOURT
A SU HERMANO THOMAS

A la mañana siguiente, Edward se despertó muy poco a poco. No quería abandonar un sueño sumamente agradable. Estaba en una cama, algo de por sí curioso; estaba seguro de que no había dormido en una cama como la gente normal en varios meses. Y hacía calor. Agradable, no tan caluroso como durante esos agobiantes veranos de Nueva York.

Era gracioso, pero parecía que no ocurría nada en su sueño; era solo la sensación. Parecía estar en una nube. Incluso su propio cuerpo parecía ansioso por disfrutar de las felices sensaciones. Se había despertado duro, como de costumbre, pero sin esa frustración de saber que nada cambiaría. Porque en su sueño estaba acurrucado sobre un trasero muy agradable, cálido y redondo, con una seductora y pequeña hendidura que lo recibía en un abrazo acogedor y femenino.

Su mano se ahuecó para acariciar una de sus nalgas.

Suspiró. Era la perfección.

Siempre le habían gustado las mujeres, las suaves curvas de sus cuerpos, el contraste entre su piel pálida y la de él. Nunca había sido un bribón ni tampoco promiscuo. Años atrás, su padre lo había llevado aparte y le había inculcado el temor a Dios y a la sífilis. Y si bien Edward había frecuentado burdeles con sus amigos, nunca había probado sus placeres. Era mucho más seguro, y, en su opinión, también más placentero, relacionarse con una mujer conocida. Viudas discretas, en su mayor parte. Alguna que otra cantante de ópera.

Sin embargo, en las colonias americanas no abundaban las viudas discretas ni las cantantes de ópera, y hacía mucho tiempo que no se enredaba tan agradablemente entre un par de piernas femeninas.

Le gustaba mucho la sensación de una mujer cálida junto a él.

Debajo de él.

Alrededor de él.

La atrajo hacia sí, a la mujer perfecta de sus sueños, y entonces...

Se despertó.

De verdad.

¡Cielo santo!

No era una mujer misteriosa e irreal la que tenía entre sus brazos; era Cecilia, y su camisón se había subido durante la noche y mostraba su desnudo y atractivo trasero.

Él tenía puesta casi toda su ropa, pues se había dormido dos veces vestido, pero su pene exigía espacio; no podía culparlo, apretado como estaba contra el trasero de Cecilia.

Sin duda, ningún hombre se había encontrado jamás en una situación tan exquisitamente frustrante. Ella era su *esposa*. Claro que tenía todo el derecho de abrazarla, darle la vuelta y empezar a besarla hasta volverla loca de deseo. Comenzaría con su boca, luego seguiría por su elegante cuello hasta el hueco de su clavícula.

Desde allí se acortaría la distancia hasta sus senos, que él aún no había visto pero que estaba seguro tenían el tamaño perfecto y adecuado para sus manos. No estaba seguro de cómo lo sabía, salvo que todo lo demás respecto a ella había resultado perfecto, entonces, ¿por qué no eso?

Además, tenía la sensación de que, en un momento de la noche anterior, había puesto su mano sobre uno de esos pechos. Su alma parecía recordarlo, aunque no su cabeza.

Sin embargo, le había prometido que no se aprovecharía de la proximidad forzada. Se había prometido a sí mismo que le daría una noche de bodas apropiada, y no algo improvisado y apresurado, con un marido sin fuerzas ni resistencia.

Cuando le hiciera el amor, ella tendría todo el romance que se merecía.

De modo que ahora debía resolver cómo despegarse de ella sin despertarla. Aun cuando cada fibra masculina de su ser se negaba.

Algunas fibras estaban más en desacuerdo que otras.

Lo primero es lo primero, se dijo a sí mismo. Debía mover su mano.

Dio un gruñido: no quería mover su mano.

Pero en ese momento Cecilia emitió un leve sonido como si fuera a despertarse, y eso pareció espabilarlo. Con un movimiento lento y cuidadoso, él retiró su mano y llevó la palma a su cadera.

Ella murmuró algo en sueños, algo muy parecido a «tostadas» y luego lanzó un suspiro y se acomodó entre las almohadas.

Desastre evitado. Edward pudo respirar de nuevo.

Ahora tenía que quitar el brazo de debajo de ella. No era tarea fácil, ya que ella parecía estar usando la mano de él como una especie de juguete, y la apretaba contra su mejilla como si fuera una manta o su muñeca favorita.

Edward dio un pequeño tirón. Ella no se movió.

Tiró con un poco más de fuerza, pero se quedó inmóvil cuando ella lanzó un gruñido irritado y soñoliento, y se aferró más a su mano.

Un gruñido irritado y soñoliento. ¿Existía eso?

Muy bien, se dijo a sí mismo, era hora de hacer las cosas en serio. Con un incómodo movimiento de su cuerpo apretó el colchón con su brazo, formando un hueco lo bastante grande como para deslizar el brazo por debajo de ella sin molestarla.

¡Al fin libre! Edward comenzó a retroceder, centímetro a centímetro... No, mejor dicho, no pasó de los primeros cinco centímetros. Parecía que no había sido él quien había invadido la cama durante la noche, sino Cecilia. Y parecía que ella no hacía las cosas a medias, ya que él prácticamente colgaba de la cama.

No le quedaba otro remedio: tendría que levantarse y comenzar el día.

¿El día? Miró por la ventana. Más bien el amanecer. No le sorprendía, supuso, ya que se habían ido a dormir muy temprano la noche anterior.

Mirando a Cecilia una última vez para asegurarse de que dormía profundamente, Edward bajó las piernas por un lado de la cama y se levantó. No se sintió tan débil como el día anterior. Era lógico. Aunque solo había cenado caldo, pudo tomar un almuerzo apropiado cuando llegaron al Devil's Head. Era sorprendente lo mucho que podía beneficiar a un hombre un trozo de carne y unas patatas.

También se sentía mejor de la cabeza, aunque una voz interior le advertía de que no hiciera movimientos repentinos ni bruscos. Claro que el viaje de dieciséis kilómetros a Haárlem estaba descartado, pero al menos Cecilia estaba de acuerdo en eso. Sinceramente, no creía que tuvieran novedades de Thomas en el puesto del norte; sin embargo, la acompañaría hasta allí en cuanto pudiera. Mientras tanto, continuarían ahí la investigación.

No descansaría hasta saber qué le había ocurrido a Thomas. Edward se lo debía a su amigo.

Y ahora también a Cecilia.

Moviéndose con lentitud, cruzó la corta distancia hasta la ventana y corrió las cortinas unos centímetros. El sol salía en el Nuevo Mundo y pintaba el cielo con gruesas pinceladas anaranjadas y rosadas. Pensó en su familia en Inglaterra. Ya habrían comenzado su día. ¿Estarían tomando el almuerzo? ¿El clima sería lo bastante cálido como para cabalgar por las extensas tierras de Crake House? ¿O la primavera aún persistiría en Inglaterra e impregnaría el aire de frío y viento?

Echaba de menos su hogar, los vastos prados de césped y setos, la fría neblina de la mañana. Echaba de menos los rosales de su madre, aunque nunca le había gustado su empalagoso aroma. ¿Había echado de menos su hogar antes? No lo creía, aunque, quizás, ese sentimiento había crecido en él durante los meses transcurridos desde que había perdido la memoria.

O, tal vez, era algo nuevo. Ahora tenía una esposa, y Dios mediante, pronto vendrían los hijos. Nunca había pensado tener una familia ahí, en las colonias. Siempre se había imaginado en Kent, establecido en una casa propia, no demasiado lejos del resto de los Rokesby.

Pero en esas fantasías nunca había pensado en una mujer en particular. No había cortejado a nadie seriamente, aunque todo el mundo parecía creer que, tarde o temprano, se casaría con su vecina, Billie Bridgerton. Nunca se había molestado en rechazar esa idea, ni tampoco Billie, pero ambos serían un desastre como marido y mujer. Eran casi hermanos como para pensar siquiera en casarse.

Se rio entre dientes al pensar en ella. Eran salvajes de niños, él y Billie, junto a su hermano Andrew y su hermana Mary. Era un milagro que hubiesen llegado a la adultez en buen estado de salud. Él se había dislocado un hombro y le habían roto un diente de leche antes de cumplir ocho años. Andrew siempre se estaba metiendo en un lío u otro. La única que había salido inmune a las constantes lesiones era Mary, aunque eso se debía, probablemente, no tanto a la casualidad como a su mayor sensatez.

Y, por supuesto, George. George nunca había puesto a prueba la paciencia de su madre con fracturas y hematomas. Sin embargo, él era varios años mayor que los demás. Había tenido cosas mucho más importantes que hacer en lugar de corretear con sus hermanos menores.

¿A Cecilia le caería bien su familia? Pensaba que sí, y sabía que ella les caería bien a ellos. Esperaba que no echara de menos Derbyshire, aunque, de todos modos, no parecía tener mucho que la atara a ese lugar. Thomas no expresaba gran afecto por su pueblo; a Edward no le hubiera sorprendido que su amigo decidiera quedarse en el ejército y arrendara Marswell ahora que era el propietario.

Claro que, primero, tenían que encontrarlo.

En su fuero interno, Edward no era optimista. Ponía buena cara frente a Cecilia, pero había muchas cosas en la desaparición de Thomas que no presagiaban un buen final.

Sin embargo, su propia historia estaba repleta de hechos inverosímiles y extraños: pérdida de memoria, una nueva esposa. ¿Quién podía saber si Thomas no tendría la misma suerte?

Las cálidas tonalidades del cielo comenzaban a disiparse y Edward soltó la cortina. Debía vestirse o, mejor dicho, *volver* a vestirse, antes de que Cecilia se despertara. Lo más probable es que no se molestara en buscar otro par de pantalones, pero sí una camisa limpia. Habían puesto su baúl cerca del armario, de modo que cruzó la habitación en silencio y lo abrió, contento de ver que sus pertenencias parecían intactas. Había traído en su mayor parte ropa y utensilios, pero también algunos artículos personales. Un delgado volumen de poesía que siempre le había gustado, un gracioso conejito de madera que él y Andrew habían tallado cuando eran pequeños.

Sonrió, y de pronto quiso volver a ver el conejito. Cada uno había decidido tallar la mitad, y el resultado había sido el roedor más deforme y retorcido que pudiera existir. Billie había dicho que si los conejos se hubieran parecido a ese, habrían sido depredadores, porque el resto de animales se habrían desmayado del susto.

—Entonces —anunció Billie, con el dramatismo que la caracterizaba— saldrían a despedazar a sus presas con sus sanguinarios dientes...

Era en ese *preciso* momento que la madre de Edward intervenía en la conversación y le ponía fin, diciendo que los conejos eran *criaturas de Dios* y que Billie debía...

Entonces Edward había puesto el conejo de madera frente a la cara de su madre, y esta había dado un grito agudo de tal magnitud que los niños la habían imitado durante semanas.

Sin embargo, ninguno de ellos lo había logrado. Ni siquiera Mary, y ella sí que gritaba. (Con tantos hermanos, había aprendido desde pequeña.)

Edward buscó entre sus cosas, entre las camisas, los pantalones y las medias que había aprendido a remendar por sí mismo. Buscó con la mano el borde irregular del conejo, pero rozó un pequeño paquete de papel, atado cuidadosamente con un trozo de cordel. Eran cartas. Había guardado todas las cartas que había recibido de casa, aunque su montón no podía compararse con el de Thomas. Sin embargo, esa pequeña pila representaba a todos sus seres queridos: su madre, con su letra grande y elegante; su padre, que nunca escribía mucho pero que, en cierto modo, lograba transmitir sus sentimientos. Había una sola carta de Andrew. Edward suponía que podía perdonarlo; su hermano estaba en la Marina, y aunque era difícil que el correo le llegara a Edward en Nueva York, debía de ser aún más difícil de despachar desde donde fuera que Andrew estaba destinado.

Con una sonrisa nostálgica continuó revisando el montón de cartas. Billie era una pésima corresponsal, pero le había enviado algunas notas. Su hermana Mary era mucho mejor, y en sus cartas había incluido algunos garabatos de su hermano menor, Nicholas, de quien Edward se avergonzaba decir que apenas conocía. La diferencia de edad era muy grande, y con vidas tan ocupadas, parecía que nunca estaban en el mismo lugar al mismo tiempo.

Pero fue en el fondo del montón, escondida entre dos cartas de su madre, donde Edward encontró la carta más preciada de su colección.

Cecilia.

Ella nunca le había escrito directamente; ambos sabían que eso hubiera sido inapropiado. Sin embargo, incluía una nota para él al pie de la mayoría de cartas que enviaba a su hermano, y Edward había llegado a esperar esas misivas con un anhelo tan profundo que nunca habría confesado.

Thomas decía: «Ha llegado una carta de mi hermana», y Edward ni siquiera levantaba la mirada al responder: «Ah, qué bien, espero que se encuentre bien». Pero su corazón latía con más fuerza y le faltaba el aire, y cuando Thomas leía por encima las palabras de Cecilia, Edward lo observaba de reojo y trataba de no gritar: «¡Léeme la maldita parte que está dirigida a mí!».

No, realmente no podía confesar cuánto había anhelado las cartas de Cecilia.

Y luego, un día, mientras Thomas había salido y Edward descansaba en la habitación que compartían, se había encontrado pensando en ella. No tenía nada de anormal. Pensaba en la hermana de su mejor amigo mucho más de lo que se hubiera esperado, teniendo en cuenta que no se conocían personalmente. Pero había pasado más de un mes desde su última carta, un lapso de tiempo demasiado largo, y Edward había comenzado a preocuparse por ella, aunque sabía que, casi seguro, la demora se debía a los vientos y a las corrientes del océano. El correo transatlántico era de todo menos confiable.

Sin embargo, mientras yacía en la cama, se había dado cuenta de que no recordaba exactamente lo que había escrito ella en su última carta, y por algún motivo necesitaba saberlo. ¿Había dicho que la entrometida del pueblo era autoritaria y exaltada? No lo recordaba y era importante. El significado podía ser diferente, y...

Sin darse cuenta, estaba revolviendo las cosas de Thomas, buscando las cartas de Cecilia para poder volver a leer las cuatro líneas que había incluido para él.

Solo después de terminar pensó que había cometido un grave abuso a la privacidad de su amigo.

Desde el principio había sabido que era patético.

Pero una vez comenzó, no pudo detenerse. Edward espiaba las cartas de Cecilia cada vez que Thomas se ausentaba. Era su vergonzoso y furtivo secreto, y cuando se enteró de que lo enviaban a Connecticut robó dos de las hojas, aquellas en las que la página final estaba dedicada a él casi por completo. Thomas perdería muy poco de las palabras de su hermana, y Edward ganaría...

Bueno, había pensado que ganaría un poco de cordura, para ser sincero. Quizás un poco de esperanza.

Finalmente había llevado consigo solo una de las cartas a Connecticut y había optado por dejar la otra a resguardo en su baúl. Al parecer había sido un plan prudente. Según el personal del hospital, no llevaba consigo ni papeles ni objetos cuando lo encontraron en la bahía de Kip. Solo Dios sabía dónde estaría en ese momento la carta de Cecilia. En el fondo de un lago, seguramente, o quizá sería combustible para una fogata. Edward esperaba que la hubiera encontrado un pájaro para construir su nido.

Pensó que a Cecilia le habría gustado esa idea.

Y a él también. Casi le restaba dolor a la pérdida.

Él había creído que la tenía a resguardo, siempre en el bolsillo de su chaqueta. Era extraño que...

Se quedó inmóvil. Hasta ahí recordaba desde que se había despertado. Nada sobre lo que había hecho o dicho, solo que llevaba una carta de su esposa en el bolsillo de su chaqueta.

¿Sería su esposa entonces? ¿Cuál *era* la fecha de su boda? Se lo había preguntado el día anterior, pero se habían ido de tema y luego (claro que la culpa era suya) él le había pedido que le diera un beso.

Si no tenía respuestas, él era el único culpable.

Esa carta, sin embargo (la que tenía entre sus manos), era la más querida para él. Era la primera vez que ella le había escrito expresamente. No contenía nada muy personal; era como si ella, por instinto, hubiese sabido que lo que él más necesitaba era normalidad. Había llenado la página de detalles mundanos, encantadores gracias a su perspectiva irónica.

Edward miró por encima del hombro para asegurarse de que Cecilia siguiera durmiendo, y luego desplegó cuidadosamente la carta.

Estimado capitán Rokesby:

Su descripción de las flores silvestres en las colonias me ha hecho añorar la primavera, que aquí, en Derbyshire, está perdiendo su encarnizada batalla con el invierno. No, miento. La batalla no es encarnizada. El invierno ha aplastado a la primavera como a un insecto. Ni siquiera tenemos el placer de tener nieve fresca y pulverulenta. Las precipitaciones que hemos cosechado se han derretido en una nieve fangosa y desagradable, y me temo que he destrozado dos zapatos en esta estación. Pero no un par de zapatos,

no señor, sino dos zapatos. El izquierdo de mis zapatos y la derecha
de mis botas. Mi alma austera desea que forme un par con los
zapatos buenos, pero me temo que soy demasiado vanidosa para el
conjunto, por no mencionar que perdería el equilibrio. El tacón de mi
bota es dos centímetros y medio más alto que el de mis zapatos, y
estoy segura de que me tropezaré a cada instante, me caeré de la
escalera y quizá romperé una ventana. Pregúntele a Thomas sobre
aquella vez que me tropecé con la alfombra en nuestro salón. Allí
comenzó una triste cascada de calamidades. Le pido que se cuide y
que también cuide a Thomas, y le pediré a él que haga lo mismo.
Pensaré en usted a menudo y lo recordaré en mis oraciones.

Su amiga,
Cecilia Harcourt

Edward observó la elegante letra durante varios segundos después de leer toda la carta, mientras con su dedo índice acariciaba las curvas de su nombre. *Su amiga,* había escrito ella. Sin duda era lo que ella había sido, aun antes de conocerla.

Su amiga.

Y ahora, su esposa.

A su espalda oyó los inconfundibles sonidos de Cecilia al despertarse. Se apresuró a doblar la carta para volver a guardarla en el montón de cartas de su familia.

—¿Edward? —Oyó que decía. Su voz aún era pastosa y soñolienta, como si en cualquier momento fuera a bostezar.

—Buenos días —saludó él, dándose la vuelta.

—¿Qué leías?

Edward se dio una palmada en el muslo.

—Solo una carta de mi familia.

—Ah. —Permaneció en silencio durante un momento y luego añadió con voz queda—: Debes de echar mucho de menos a tu familia.

—Yo... Sí —respondió él. Y en ese momento volvió a sentirse como un novato frente a la bella muchacha del otro lado del salón, a la que nadie se atrevía a hablar. Era ridículo, una absoluta locura. Él era un hombre adulto, y desde hacía más de una década no había ninguna mujer que lo asustara hasta el punto de quedarse mudo. Sin embargo, sintió que lo habían sorprendido con las manos en la masa.

Si ella descubría que él había robado sus cartas...

Sintió mucha vergüenza de solo pensarlo.

—¿Ocurre algo? —preguntó ella.

—No, no, por supuesto que no. —Él volvió a meter el montón de cartas en su baúl—. Solo..., ya sabes..., pensaba en mi hogar.

Cecilia asintió mientras se incorporaba en la cama y se tapaba con las sábanas con recato.

—No los veo desde hace... ¡Ay! —Edward soltó una sarta de improperios cuando chocó el dedo gordo del pie con un lado del baúl. Estaba tan ansioso por ocultar la prueba de su tonto enamoramiento que no había prestado atención hacia dónde iba.

—¿Te encuentras bien? —preguntó, muy sorprendida ante su reacción.

Edward volvió a maldecir y luego, de inmediato, le pidió perdón. Hacía tanto tiempo que no estaba en presencia de una dama... Había olvidado sus modales.

—No te disculpes —repuso ella—. No hay nada más horrible que golpearse los dedos del pie. Solo desearía poder insultar cuando me ocurre lo mismo.

—Billie lo hace —aseguró él.

—¿Quién?

—¡Ay, perdona! Billie Bridgerton. Mi vecina.

Parecía que todavía pensaba en ella. Quizá porque había estado revisando esas cartas de su familia.

—Ah, sí. La has mencionado.

—¿Sí? —preguntó él distraídamente. Billie y él eran muy buenos amigos; de hecho, se habían criado juntos. Jamás había existido una niña tan poco femenina; estaba seguro de no haberse dado cuenta de que era una niña hasta tener ocho años.

Se echó a reír al recordar.

Cecilia apartó la mirada.

—No imagino por qué te la he mencionado en mis cartas —dijo Edward.

—No lo has hecho —explicó Cecilia—. Ha sido Thomas.

—¿Thomas? —Le pareció extraño.

Ella se encogió de hombros con indiferencia.

—Debes de habérsela mencionado a él.

—Supongo que sí. —Volvió a buscar en el baúl y sacó una camisa limpia. Esa era la razón por la que había abierto el maldito baúl.

—Si me disculpas... —dijo él antes de quitarse la camisa y ponerse la limpia.

—¡Ah! —exclamó Cecilia—. Tienes una cicatriz.

Él la miró por encima del hombro.

—¿Qué?

—Tienes una cicatriz en la espalda. Nunca antes la había visto. —Frunció el ceño—. Supongo que no la podría haber visto. Mientras cuidaba de ti nunca... Bueno, no importa. —Pasó un momento y luego le preguntó—: ¿Cómo te la hiciste?

Él se estiró y señaló hacia su omóplato izquierdo.

—¿Esta?

—Sí.

—Me caí de un árbol.

—¿Hace poco?

Él la miró con ironía. ¡Menuda idea!

—Tenía nueve años.

El dato pareció interesarle y cambió de posición, sentada de piernas cruzadas bajo las mantas.

—¿Qué ocurrió?

—Me caí de un árbol.

Ella gruñó.

—Seguramente no es esa toda la historia.

—En realidad, no —dijo él encogiéndose de hombros—. Durante dos años he mentido diciendo que mi hermano me había empujado, pero en realidad perdí el equilibrio. Choqué contra una rama al caer, que atravesó mi camisa.

Ella se rio entre dientes.

—Debes de haberle amargado la vida a tu madre.

—A mi madre y a quienquiera que remendara la camisa. Aunque me imagino que esa camisa era irreparable.

—Mejor una camisa que un brazo o una pierna.

—Ah, esos también los destrocé.

—¡Santo cielo!

Él le sonrió.

—Billie se rompió los dos brazos.

Cecilia abrió los ojos como platos.

—¿Al mismo tiempo?

—Afortunadamente no, pero Andrew y yo nos divertíamos mucho imaginando que se había roto los dos. Cuando se rompió el segundo brazo atamos el sano en un cabestrillo, solo para ver cómo se las arreglaba.

—¿Y ella lo permitió?

—¿Permitirnos? Fue ella quien lo sugirió.

—Parece una persona muy peculiar —comentó Cecilia con amabilidad.

—¿Billie? —Sacudió la cabeza—. No hay otra como ella, de eso no cabe duda.

Cecilia agachó la cabeza hacia la cama y toqueteó distraídamente las mantas. Parecía estar haciendo algún tipo de dibujo en su cabeza.

—¿Y qué hace ella ahora? —preguntó.

—No tengo ni idea —respondió él con pesar. Le dolía estar tan alejado de su familia. No tenía noticias de ellos desde hacía más de cuatro meses. Y ellos, seguramente, pensarían que estaba muerto.

—Lo siento —dijo Cecilia—. No debí haber preguntado. No he pensado.

—Está bien —repuso él. Por supuesto que no era culpa suya—. Aunque me pregunto... ¿habré recibido correspondencia durante mi ausencia? Creo probable que mi familia me haya escrito antes de recibir noticias de mi desaparición.

—No lo sé. Pero podemos preguntar.

Edward miró sus puños y abrochó primero el izquierdo y luego el derecho.

—¿Te escribían a menudo? —Ella sonrió, pero pareció una sonrisa forzada. O quizá solo estaba cansada.

—¿Mi familia?

Ella asintió.

—Y tus amigos.

—Ninguno tan a menudo como tú le escribías a Thomas —respondió él con tristeza—. Eso me daba mucha envidia. A todos nos la daba.

—¿De verdad? —Esta vez una sonrisa iluminó su rostro.

—De verdad —confirmó él—. Thomas recibía más correo que yo, y tú eras su única corresponsal.

—No puede ser cierto.

—Te aseguro que sí. Bueno, quizá no si cuentas a mi madre —admitió—. Pero no sería justo.

Ella se echó a reír.

—¿A qué te refieres?

—Las madres tienen la *obligación* de escribirles a sus hijos, ¿no crees? Pero los hermanos y amigos..., pues no es necesario que sean tan diligentes.

—Nuestro padre nunca le escribió a Thomas —dijo Cecilia—. A veces me pedía que le transmitiera sus saludos, pero eso era todo. —No sonó disgustada, ni siquiera resignada. De pronto Edward tuvo una imagen de su amigo, tallando un palo en uno de los campamentos que compartían. A menudo Thomas soltaba aforismos, y uno de sus favoritos era: «Cambia lo que puedas y acepta lo que no puedas».

El aforismo parecía resumir bastante bien a la hermana de Thomas.

La miró y se puso a observarla un momento. Era una mujer de asombrosa fortaleza y elegancia. Se preguntó si ella lo sabría.

Edward volvió a tocar sus puños, aunque ya estaban sujetos y bien puestos. Las ganas de mirarla eran demasiado fuertes. La avergonzaría o, más probablemente, se avergonzaría a sí mismo. Sin embargo, quería contemplarla. Deseaba *absorberla*. Quería conocer todos sus secretos y deseos, y también sus anécdotas cotidianas, los fragmentos de su pasado que se acomodaban a ella como piezas de un rompecabezas.

¡Qué extraño era desear *conocer* a otra persona, por dentro y por fuera! No recordaba haber querido eso nunca antes.

—Te he contado sobre mi niñez —dijo. Buscó en su baúl un pañuelo limpio y se dispuso a hacerle un nudo—. Cuéntame sobre la tuya.

—¿Qué quieres saber? —preguntó ella. Parecía algo sorprendida, quizá le hacía algo de gracia.

—¿Jugabas mucho afuera?

—No me he roto ningún brazo, si es eso lo que quieres saber.

—No era eso, pero me alegra saberlo.

—No todas podemos ser como Billie —bromeó.

Él hizo un gesto de sorpresa y se volvió hacia ella, seguro de haber escuchado mal.

—¿Qué has dicho?

—Nada —respondió Cecilia, negando con la cabeza para indicar que no valía la pena hablar sobre ello—. Ha sido una tontería. Y no, no jugaba mucho afuera. No como vosotros, por lo menos. Prefería quedarme dentro y leer.

—¿Poesía? ¿Prosa?

—Cualquier cosa que cayera en mis manos. A Thomas le gustaba llamarme «ratón de biblioteca».

—Más bien un león de biblioteca.

Ella se echó a reír.

—¿Por qué dices eso?

—Porque eres demasiado valiente para ser un simple ratón.

Cecilia miró al techo y pareció sentir un poco de vergüenza. Y quizá también algo de orgullo.

—Estoy segura de que eres la única persona que me considera valiente.

—Has cruzado un océano para salvar a tu hermano. En mi opinión, es la mejor definición de valentía.

—Quizá. —Pero la chispa desapareció de su voz.

Él la observó con curiosidad.

—¿Por qué te has puesto tan triste de pronto?

—Es solo que... —Pensó un instante y suspiró—. Cuando me dirigía a Liverpool, desde donde zarpé, no sé si fue mi amor por Thomas lo que me impulsó a seguir adelante.

Edward caminó hasta la cama y se sentó en el borde, ofreciendo su apoyo silencioso.

—Creo... creo que fue la desesperación. —Ella volvió su rostro hacia el suyo, y Edward supo que la mirada de ella quedaría grabada en su alma para siempre. No era tristeza, ni tampoco miedo. Era algo peor: resignación, como si hubiese buscado en su interior y hubiese encontrado un vacío—. Me he sentido muy sola —admitió—. Y asustada. No sé si...

No terminó la frase de inmediato. Edward permaneció en silencio para animarla a seguir hablando.

—No sé si habría venido de no haberme sentido tan sola —dijo por fin—. Me gustaría creer que solo pensaba en Thomas y en cuánto necesitaba mi ayuda, pero me pregunto si no sería *yo* la que necesitaba partir.

Edward permaneció sentado en el borde de la cama.

—Eso no es ninguna deshonra.

Ella levantó la mirada.

—¿No?

—No —respondió él con fervor, tomándola de las manos—. Eres valiente y tienes un corazón leal y bello. No es ninguna deshonra tener miedos y preocupaciones.

Sin embargo, ella no lo miraba a los ojos.

—Y no estás sola —juró—. Te lo prometo. Jamás estarás sola.

Él esperó a que ella hiciera algún comentario sobre su declaración, pero ella calló. Se daba cuenta de que se esforzaba por recobrar la calma. Lentamente su respiración se regularizó, y con delicadeza apartó una de sus manos de la de él para enjugar las lágrimas de sus pestañas.

Luego dijo:

—Quisiera vestirme.

Evidentemente, lo estaba invitando a marcharse.

—Por supuesto —dijo él, tratando de ignorar la desilusión que sentía en el corazón.

Ella asintió levemente y murmuró su gratitud, mientras él se ponía de pie y caminaba hacia la puerta.

—Edward —lo llamó ella.

Él se giró, mientras en su interior surgía una ridícula llama de esperanza.

—Tus botas —le recordó.

Edward miró hacia abajo. Todavía tenía puestas las medias. Asintió secamente (pero con eso no logró tapar el rubor de su cuello) y tomó las botas antes de salir al pasillo.

Podía ponerse las malditas botas en la escalera.

10

En este momento, una vida sin sobresaltos suena maravillosa. La fecha de partida se acerca, y no espero con muchas ansias el viaje en barco. ¿Sabías que tardaremos por lo menos cinco semanas en llegar a América del Norte? Me han dicho que el viaje de vuelta es más corto, ya que los vientos soplan de Oeste a Este, y así impulsan a los barcos. Pero es poco consuelo. No nos han dado una fecha de vuelta.

Edward me pide que te salude y que no te diga que es un pésimo marinero.

DE THOMAS HARCOURT
A SU HERMANA CECILIA

Cuando Cecilia encontró a Edward en el comedor principal del Devil's Head, estaba desayunando. Y tenía puestas sus botas.

—Ah, no te levantes —dijo ella cuando él empujó su silla para hacerlo—. Por favor.

Edward permaneció quieto apenas un momento y luego asintió. Cecilia se dio cuenta de que le costaba dejar de lado sus modales de caballero. Pero estaba enfermo. Se estaba recuperando, pero seguía enfermo. Seguramente tenía derecho a ahorrar energías las veces que pudiera.

Y ella tenía la obligación de garantizar que así fuera. Era la deuda que debía pagar. Quizás él no sabía que ella estaba en deuda, pero así era. Cecilia se aprovechaba de su amabilidad y de su buen nombre. Lo menos que podía hacer era ayudarlo a recuperarse.

Cecilia se sentó enfrente, feliz al ver que parecía comer más que el día anterior. Estaba convencida de que su debilidad se debía no tanto a la lesión en su cabeza como al hecho de que hacía una semana que no comía.

Objetivo para ese día: asegurarse de que Edward comiera adecuadamente.

Sin duda era un objetivo más fácil que el del día anterior: dejar de mentir tanto.

—¿Disfrutas de tu comida? —preguntó con educación. No lo conocía lo suficiente como para distinguir sus estados de ánimo, pero se había marchado de la habitación con prisa, sin ponerse las botas siquiera. Claro que ella le había dicho que quería vestirse (lo cual, supuestamente, implicaba que quería estar sola), pero no había sido una petición insensata.

Él plegó el periódico que había estado leyendo, empujó un plato con beicon y huevos hacia ella y dijo:

—Está delicioso, gracias.

—¿Hay té? —preguntó ella esperanzada.

—Me temo que esta mañana, no. Sin embargo —dijo señalando con la cabeza un papel que había cerca de su plato—, hemos recibido una invitación.

Cecilia tardó un momento en entender lo que debió haber sido una simple afirmación.

—¿Una invitación? —repitió—. ¿A qué?

Y, más exactamente, ¿de quién? Hasta donde ella sabía, las únicas personas enteradas de que ella y Edward estaban casados eran algunos oficiales del ejército, el médico y el hombre de la limpieza en la iglesia-hospital.

O más bien, eran las únicas personas que *creían* saber.

Intentó simular una sonrisa. La trama se complicaba cada vez más con cada minuto que pasaba.

—¿Te sientes mal? —preguntó Edward.

—No —respondió ella demasiado rápidamente—. Me encuentro bien. ¿Por qué lo preguntas?

—Tienes una expresión muy extraña en el rostro —explicó.

Cecilia se aclaró la garganta.

—Solo tengo hambre, supongo. —¡Por todos los cielos! Era una pésima mentirosa.

—Es del gobernador Tryon —explicó Edward, y deslizó la invitación por la mesa—. Va a celebrar un baile.

—¿Un baile? ¿En este momento? —Cecilia negó con la cabeza, asombrada. La señora de la panadería le había dicho que todavía había vida social en Nueva York, pero parecía extraño, con tantas batallas librándose en los alrededores.

—Su hija cumple dieciocho años. Me han dicho que no ha querido dejar pasar la ocasión.

Cecilia tomó el papel vitela (¡por todos los cielos!, ¿dónde se conseguía papel vitela en Nueva York?) y finalmente se dispuso a leer el texto. Efectivamente, el honorable capitán Rokesby y su esposa estaban invitados a una fiesta dentro de tres días.

Cecilia dijo lo primero que le vino a la cabeza:

—No tengo nada que ponerme.

Edward se encogió de hombros.

—Ya encontraremos algo.

Cecilia puso los ojos en blanco. ¡Qué hombre!

—¿En tres días?

—No faltarán costureras necesitadas de dinero.

—Dinero que no tengo.

Él la miró como si estuviera loca.

—Pero yo sí. Y, por lo tanto, tú también lo tienes.

Cecilia no podía refutar ese argumento, aunque se sentía como una mercenaria, así que murmuró:

—Podrían habernos avisado con más tiempo.

Edward ladeó la cabeza mientras pensaba.

—Supongo que las invitaciones se habrán despachado hace algún tiempo. Hasta hace poco estuve en paradero desconocido.

—Claro —se apresuró a decir ella. ¡Dios mío! ¿Qué iba a *hacer*? No podía asistir a un baile ofrecido por el gobernador real de Nueva York. Se decía a sí misma que el único modo de librarse de esta farsa era que nadie se enterara.

Mordió con fuerza la parte interna de su mejilla. Nadie excepto el gobernador, su esposa y cualquier otra persona leal a la corona en la ciudad.

Quienes posiblemente regresaran a Inglaterra.

Allí podrían ver a la familia de Edward.

Y preguntarles por su novia.

¡Cielo santo!

—¿Qué ocurre? —preguntó Edward.

Ella levantó la mirada.

—Has fruncido el ceño.

—¿Sí? —Lo cierto es que se sorprendía de no haber estallado en una carcajada histérica.

Él no respondió afirmativamente, pero su paciente expresión manifestó con mucha claridad: «Sí, así es.»

Cecilia pasó el dedo por la elegante letra de la invitación.

—¿No te parece extraño que me hayan incluido en la invitación?

Él levantó una de sus manos, como diciendo: «¿De qué diablos hablas?»

—Eres mi esposa.

—Sí, pero ¿cómo va a saberlo el gobernador?

Edward cortó un pequeño trozo de su tira de beicon.

—Supongo que lo sabe desde hace meses.

Ella lo miró sin comprender.

Él le devolvió la mirada.

—¿Hay algún motivo que me haya impedido decirle que estamos casados?

—¿Conoces al gobernador? —preguntó, deseando que su voz no hubiese sonado como un grito en la primera palabra.

Él se metió el beicon en la boca y masticó antes de responder:

—Mi madre es amiga de su esposa.

—Tu madre —respondió ella como una boba.

—Creo que hicieron su debut juntas en Londres —explicó Edward. Frunció el ceño durante un momento—. Ella era una heredera extraordinaria.

—¿Tu madre?

—No, la señora Tryon.

—Ah.

—En realidad mi madre también, pero nada comparable a la tía Margaret.

Cecilia se quedó inmóvil.

—¿La *tía*... Margaret?

Él hizo un leve gesto con la mano, como si *eso* fuera a tranquilizarla.

—Es mi madrina.

Cecilia se percató de que sostenía en el aire una cuchara llena de huevos. Su muñeca tembló y la sustancia amarilla cayó en el plato.

—¿La esposa del gobernador es tu madrina? —dijo a duras penas.

Él asintió.

—También de mi hermana. En realidad, no es nuestra tía, pero así la llamamos desde que tengo memoria.

Cecilia asintió con la cabeza, y aunque sabía que tenía los labios entreabiertos no parecía poder cerrarlos.

—¿Te ocurre algo? —preguntó él, sin tener ni idea de lo que sucedía.

Ella tardó un momento en poder hilar una frase.

—¿No se te ha ocurrido comentarme que tu madrina está casada con el gobernador real de Nueva York?

—No ha surgido en la conversación.

—¡Dios mío! —Cecilia volvió a hundirse en su asiento. ¿La trama era complicada? Se volvía más compleja a cada segundo que pasaba. Y si de algo estaba segura era de que no podía asistir a ese baile ni conocer a la madrina de Edward. Una madrina tenía información. Por ejemplo, sabría que Edward había estado *casi* comprometido, y no con Cecilia.

Incluso era posible que conociera a su prometida. Y seguramente querría saber por qué Edward había abandonado una alianza con la familia Bridgerton para casarse con una doña nadie como Cecilia.

—El gobernador —repitió Cecilia, apenas resistiéndose a las ganas de agarrarse la cabeza con las manos.

—Es un hombre normal y corriente —dijo Edward, aunque su comentario no fue de mucha ayuda.

—Lo dice el hijo de un conde.

—Eres una esnob —dijo él riéndose.

Ella se echó atrás, ofendida. No era perfecta, y últimamente ni siquiera era sincera, pero no era una esnob.

—¿Qué quieres decir con eso?

—Piensas mal de él por la posición que ostenta —respondió con la misma sonrisa.

—*No* es verdad. ¡Por todos los cielos, no! Es todo lo contrario. Pienso mal de *mí misma* por la posición que ocupo.

Edward se estiró para tomar más comida.

—No seas tonta.

—Soy una don nadie.

—Eso es totalmente falso —dijo él con firmeza.

—Edward...

—Eres mi esposa.

Eso era totalmente falso. Cecilia tuvo que taparse la boca con una mano para no reírse. O llorar.

O ambas cosas.

—Aunque no estuviésemos casados, serías una invitada apreciada en la fiesta.

—Como el gobernador no sabría que existo, no estaría *invitada* a la fiesta.

—Supongo que sabría quién eres. Tiene muy buena memoria para los nombres, y estoy seguro de que, en algún momento, Thomas mencionó que tenía una hermana.

Cecilia estuvo a punto de atragantarse con los huevos.

—¿Thomas conoce al gobernador?

—Él cenó conmigo en su casa varias veces —respondió Edward a la ligera.

—Por supuesto —declaró ella. Porque... por supuesto.

Tenía que poner fin a todo eso. Estaba perdiendo el control. Era... Era...

—Ahora que lo pienso —murmuró Edward—, él podría ayudarnos.

—¿Cómo dices?

—No sé por qué no lo he pensado antes. —Levantó la mirada y frunció el ceño sobre sus ojos intensamente azules—. Deberíamos pedirle al gobernador Tryon que nos ayude a localizar a Thomas.

—¿Crees que él sabrá algo?

—Estoy casi seguro de que no, pero él sabe cómo aplicar presión a las personas correctas.

Cecilia tragó saliva, tratando de contener lágrimas de frustración. Otra vez. Esa verdad simple e ineludible. Cuando se trataba de su hermano, lo único que importaba era conocer a las personas correctas.

Su inquietud debió de reflejarse en su rostro, porque Edward se inclinó y dio un golpecito en su mano para tranquilizarla.

—No debes sentirte incómoda —dijo—. Eres la hija de un caballero y ahora, la nuera del conde de Manston. Estás en todo tu derecho de asistir a ese baile.

—No es eso —dijo Cecilia, aunque sí, eso era. No tenía experiencia en codearse con oficiales de alto rango. Aunque tampoco tenía experiencia en codearse con hijos de condes, pero parecía estar casada de mentira con uno.

—¿Sabes bailar? —preguntó Edward.

—Claro que sé bailar —dijo ella, casi con rudeza.

—Entonces todo saldrá bien.

Ella lo miró.

—Tú no tienes ni idea, ¿verdad?

Él se reclinó en su silla, y su mejilla izquierda se abultó al empujar la lengua desde dentro. Era algo que hacía a menudo, se dio cuenta. Pero aún no sabía qué significaba.

—Hay muchas cosas de las que no tengo ni idea —respondió él con voz demasiado paciente para ser benévola—. Los acontecimientos de los últimos tres meses, por ejemplo. Cómo he llegado a tener un chichón del tamaño de un huevo en mi cabeza. Cómo he llegado a estar casado *contigo*.

Cecilia dejó de respirar.

—Pero lo que *sí* sé —continuó— es que me dará mucho placer comprarte un vestido bonito y asistir a un acontecimiento frívolo contigo de mi brazo. —Se inclinó hacia delante, con los ojos brillantes de una furia extraña e indescifrable—. Será algo normal e inofensivo, ¡bendito sea Dios! ¿Tienes idea de lo mucho que ansío las cosas benditas, inofensivas y normales?

Cecilia calló.

—Eso me ha parecido —murmuró él—. Así que te compraré un vestido, ¿de acuerdo?

Ella asintió. ¿Qué otra cosa podía hacer?

Resultó que no era tan fácil encargar un vestido de fiesta para dentro de tres días. Una de las costureras incluso lloró al oír cuánto dinero Edward estaba dispuesto a pagar. No estaba en condiciones de aceptar, le respondió entre lágrimas. No sin otras cuarenta personas que la ayudaran.

—¿Podría tomar las medidas? —preguntó Edward.

—¿Con qué propósito? —preguntó Cecilia, exasperada.

—Hágame el favor —respondió él, tras lo cual la dejó en el Devil's Head mientras hacía una visita a su madrina. A ella siempre le habían gustado las cosas bonitas, tanto para ella como para su hija, y Edward estaba seguro de que podría convencerla de que le diera uno de sus vestidos.

El gobernador y la señora Tryon vivían junto a su hija en una casa alquilada en las afueras de la ciudad (excepto una visita a Inglaterra) desde que la mansión del gobernador se había incendiado por completo en 1773. Edward no estaba en Nueva York cuando ocurrió, pero se había enterado por su madre, quien a su vez se había enterado a través de Margaret Tryon. Habían perdido todas sus pertenencias, y habían estado a punto de perder también a su hija. La pequeña Margaret (la llamaban May para diferenciarla de su madre) solo había sobrevivido gracias a la inteligencia de su institutriz, quien la había arrojado desde la ventana del segundo piso a un banco de nieve.

Edward inspiró profundamente cuando el mayordomo lo hizo entrar al vestíbulo. Tendría que mantener la calma. Margaret Tryon no era ninguna tonta, y no tenía sentido siquiera fingir que gozaba de buena salud. De hecho, las primeras palabras que salieron de su boca apenas entró en su sala fueron:

—Tienes un aspecto horrible.

—Sincera como siempre, tía Margaret —respondió Edward.

Ella se encogió de un solo hombro como era su costumbre (una reminiscencia de sus días entre los franceses, según decía ella, aunque Edward no estaba seguro de cuándo había estado exactamente su madrina entre franceses) y luego ofreció su mejilla para que le diera un beso, cosa que él hizo con diligencia.

Ella se echó atrás y lo observó con mirada sagaz.

—No estaría cumpliendo mis deberes de madrina si no señalara que estás pálido, tienes los ojos hundidos y has perdido más de seis kilos.

Él demoró un momento su respuesta para digerir esas palabras y luego dijo:

—Usted está radiante.

El comentario la hizo sonreír.

—Siempre has sido un niño encantador.

Edward se abstuvo de señalar que ya tenía treinta y tantos años. Estaba seguro de que las madrinas podían decir que sus ahijados eran niños y niñas hasta la muerte.

Margaret hizo sonar la campana para pedir el té, luego lo miró fijamente y le dijo:

—Estoy muy enfadada contigo.

Él enarcó una ceja mientras tomaba asiento frente a ella.

—Esperaba tu visita. Hace más de una semana que regresaste a Nueva York, ¿no es cierto?

—Pasé los primeros ocho días inconsciente —repuso él gentilmente.

—Ah. —Su madrina apretó los labios, tragando sus emociones—. No lo sabía.

—Me imagino que a eso se debe mi mal aspecto, como bien ha dicho usted.

Ella lo observó un largo rato y luego dijo:

—La próxima vez que escriba a tu madre no le daré una descripción detallada de tu semblante. O por lo menos no exacta.

—Se lo agradezco —respondió Edward con sinceridad.

—Bien —dijo Margaret. Golpeteó los dedos en el brazo de su sillón, algo que hacía a menudo cuando no se sentía cómoda con sus propias muestras de emoción—. ¿Cómo te encuentras?

—Mejor que ayer. —Supuso que era algo por lo cual debía estar agradecido.

Sin embargo, su madrina no quedó conforme con la respuesta.

—Eso podría significar cualquier cosa.

Edward pensó en su actual estado de salud. El dolor sordo en la cabeza se había vuelto tan constante que casi lo ignoraba. Lo más preocupante era la debilidad. Había tenido que detenerse lo que le había parecido un minuto entero después de subir el medio tramo de escaleras que conducía a la puerta principal de su madrina. No solo para recuperar el aliento. Había necesitado tiempo para reunir energías y hacer funcionar sus piernas. Además, la visita a la modista con Cecilia lo había dejado totalmente destrozado. Le había pagado al conductor el doble para que tomara un camino (muy) largo desde el Devil's Head hasta la casa de los Tryon, para poder cerrar los ojos y no mover ni un músculo durante todo el viaje.

Sin embargo, no era necesario que la tía Margaret conociera esos detalles. Esbozó una leve sonrisa y dijo:

—Estoy caminando sin ayuda, y ese es un avance.

Ella enarcó las cejas.

—Todavía estoy exhausto —admitió— y me duele la cabeza. Pero estoy mejorando y estoy con vida, así que intento no quejarme.

Su madrina asintió lentamente.

—Muy estoico de tu parte. Tienes mi aprobación.

Pero antes de que él pudiera siquiera asentir, ella cambió rápidamente de tema:

—No me has dicho que te habías casado.

—Se lo he comunicado a muy pocas personas.

Ella entrecerró los ojos.

—Dime a quiénes.

—Pues, en cuanto a eso... —Edward exhaló mientras trataba de pensar cuál era la mejor manera de explicarle su situación actual a la única persona de América del Norte que lo conocía desde antes de llegar al continente. Además, la única persona que conocía a su madre, un hecho seguramente mucho más relevante.

Margaret Tryon esperó pacientemente diez segundos y luego dijo:

—Venga, dímelo.

Edward esbozó una sonrisa al oírla. Su madrina era famosa por su franqueza.

—Parece que he perdido una parte de mi memoria.

Ella abrió la boca y se inclinó hacia delante. Edward se habría felicitado a sí mismo por haber roto su imperturbable coraza, si su propia lesión no hubiera sido la causa de dicha fisura.

—Fascinante —declaró ella, con ojos brillantes que se debían a su interés académico—. Jamás había oído cosa semejante. Bueno, no, perdona, por supuesto que conocía otros casos. Pero siempre se trataba de alguien que conocía a una persona que creía conocer a alguien que había oído que otra persona una vez había dicho que alguien... Ya sabes a qué me refiero.

Edward la observó un momento y se limitó a responder:

—Claro.

—¿Cuánto has olvidado?

—Alrededor de tres o cuatro meses según mis cálculos. Es difícil —añadió, encogiéndose de hombros—, pues no puedo señalar mi último recuerdo.

Margaret se recostó en su asiento.

—Fascinante —repitió.

—No lo es tanto cuando es tu propia memoria la que se ha perdido.

—Estoy segura de que sí. Discúlpame. Pero debes confesar que, si se tratara de otra persona, estarías fascinado.

Edward no estaba seguro de ello, pero creía sin dudarlo que ella sí lo estaba. Su madrina siempre había tenido interés en las cosas académicas y científicas, hasta el extremo de que otros solían criticarla por ser poco femenina. Como era previsible, la tía Margaret selo había tomado como un cumplido.

—Dime —repuso ella con más dulzura—. ¿En qué puedo ayudarte?

—¿En cuanto a mi memoria? Me temo que en nada. Pero mi esposa necesita un vestido.

—¿Para el baile? Por supuesto que sí. Puedo darle alguno de los míos. O alguno de May —añadió—. Tendrá que hacerle unos ajustes, claro está, pero tienes dinero suficiente para pagarlos.

—Gracias —dijo Edward inclinando la cabeza—. Es exactamente lo que esperaba que me ofreciera.

Margaret hizo un gesto con su mano.

—No es nada. Pero dime, ¿conozco a esa muchacha?

—No, pero creo que ha visto a su hermano, Thomas Harcourt.

—No recuerdo el nombre —murmuró frunciendo el ceño.

—Vino conmigo a cenar aquí. A fines del año pasado, creo.

—¿Tu amigo de cabello rubio? Ah, sí. Un muchacho agradable. Te convenció para que te casaras con su hermana, ¿verdad?

—Eso me han dicho.

Edward lamentó sus palabras apenas salieron de su boca. La tía Margaret se aferró a ellas como un sabueso.

—¿Eso te han *dicho*? ¿Qué diablos significa eso?

—Olvídese de lo que he dicho —pidió Edward. Sabía que no lo olvidaría, pero tenía que intentarlo.

—Explicarás lo que has dicho ahora mismo, Edward Rokesby, o te juro que le escribiré a tu madre y te irá *peor*.

Edward se frotó la frente. Era lo último que le faltaba. Margaret jamás cumpliría esa amenaza; tenía demasiado aprecio por su madre como para preocuparla sin necesidad. Pero tampoco permitiría que él se fuera de su casa sin responder a sus preguntas hasta que quedara conforme. Y dada su actual falta de energía, si el altercado se volvía físico, era probable que ella ganara.

Suspiró.

—¿Recuerda esos meses que le he mencionado? ¿Aquellos que no puedo recordar?

—¿Quieres decir que no recuerdas haberte casado con ella?

Edward abrió la boca, pero solo permaneció así. No podía decidirse a responder.

—¡Dios mío, muchacho! ¿Hubo algún testigo?

Otra vez Edward no tuvo respuesta.

—¿Estás seguro de haberte casado con ella siquiera?

En eso fue terminante.

—Sí.

Su madrina movió los brazos en el aire, como una muestra de exasperación inaudita en ella.

—¿Cómo lo sabes?

—Porque la conozco.

—*¿La conoces?*

Los dedos de Edward se hundieron en el borde de su sillón.

Una sensación de calor y enfado pasó por sus venas, y le costó mantener la voz firme.

—¿Qué está queriendo decir, tía?

—¿Has visto un documento? ¿Habéis consumado el matrimonio?

—Eso no es asunto suyo.

—*Tú* eres asunto mío, y así ha sido desde el día en que, junto a tu madre en la catedral de Canterbury, prometí guiarte por la vida cristiana. ¿O lo has olvidado?

—Confieso que mis recuerdos de ese día son algo confusos.

—¡Edward!

Si ella había perdido la paciencia, él estaba a punto de perderla también. Sin embargo, mantuvo la voz muy baja al decir:

—Debo pedirle que no ponga en duda el honor y la honestidad de mi esposa.

Margaret entrecerró los ojos.

—¿Qué ha hecho? Te ha seducido, ¿verdad? Estás bajo su hechizo.

—¡Basta! —replicó Edward, tratando de ponerse de pie—. ¡Maldición! —gruñó, y se aferró al borde de la mesa para mantener el equilibrio.

—¡Dios mío! Estás peor de lo que creía —observó Margaret. Corrió junto a él y prácticamente volvió a sentarlo en la silla—. Se acabó. Os quedaréis conmigo.

Por un momento Edward sintió la tentación de aceptar. Estarían más cómodos ahí que en el Devil's Head, de eso no había duda. Sin embargo, en el hostal al menos tenían privacidad. Podrían estar rodeados de desconocidos, pero a ellos no les importaba lo que hicieran. Ahí, en la mansión Tryon, examinarían y analizarían todos sus movimientos (y, en especial, los de Cecilia) y luego se los comunicarían a su madre en un informe semanal.

No, no deseaba mudarse con su madrina.

—Estoy muy cómodo en mi alojamiento actual —le indicó—. Agradezco la invitación.

Margaret frunció el ceño, evidentemente disconforme con el comportamiento de su ahijado.

—¿Me permites que te haga una pregunta?

Él asintió.

—¿Cómo lo sabes?

Él esperó que ella se explicara, pero como no lo hizo, preguntó:

—¿Cómo sé el qué?

—¿Cómo sabes que ella te dice la verdad?

Ni siquiera tuvo que pensar la respuesta.

—Porque la *conozco*.

Y así era. Quizás había visto su rostro solo unos días atrás, pero conocía su corazón desde hacía mucho más tiempo. No dudaba de ella. Nunca podría dudar de ella.

—¡Dios mío! —murmuró Margaret—. Te has enamorado.

Edward no respondió. No podía contradecirla.

—Muy bien —dijo Margaret con un suspiro—. ¿Puedes subir la escalera?

Él la miró fijamente. ¿De qué demonios hablaba?

—Sigues necesitando un vestido, ¿verdad? No tengo ni idea de lo que le sentará bien a la flamante señora Rokesby, y preferiría no ordenar a las doncellas que vacíen los armarios en mi sala.

—Ah, sí, por supuesto. Y sí, puedo subir la escalera.

Sin embargo, se sintió agradecido de que esta tuviera barandilla.

11

¡Pobre ~~tenient~~ capitán Rokesby! Espero que la travesía no haya sido tan espan-
tosa como temía. Por lo menos su reciente ascenso será de algún consuelo. ¡Qué
orgullosa estoy de que los dos sean capitanes!

Estamos todos bien en el pueblo. Asistí a la reunión local hace tres noches,
y, como de costumbre, había dos damas por cada caballero. Bailé solo dos pie-
zas. Y la segunda vez fue con el vicario, así que no creo que él pueda contarse
como un caballero.

¡La pobre de tu hermana será una solterona!

Ja, pero no te preocupes. Estoy perfectamente conforme. O, como mínimo,
imperfectamente conforme. ¿Existe eso? Creo que debería existir.

De Cecilia Harcourt
a su hermano Thomas

Y así fue que, la tarde del baile del gobernador, Edward dejó una enorme caja
sobre la cama que compartía (aunque no realmente) con su esposa.

—¿Has comprado algo? —preguntó Cecilia.

—Ábrela y verás.

Ella lo miró con desconfianza mientras se sentaba en el borde del colchón.

—¿Qué es?

—¿Acaso no puedo hacerle un regalo a mi esposa?

Cecilia miró la caja, envuelta con una ancha cinta de color rojo, y luego a él.

—No esperaba un regalo —dijo ella.

—Más razón para dártelo. —Empujó la caja unos centímetros más cerca de
ella—. Ábrelo.

Con sus finas manos, Cecilia tomó la cinta y aflojó el nudo antes de levantar la tapa de la caja.

Soltó un grito ahogado.

Él sonrió. Fue un *buen* grito.

—¿Te gusta? —preguntó, aunque era evidente que sí.

Con la boca abierta de asombro, ella estiró la mano para tocar la suave seda que reposaba en la caja de la modista. Era del color de un mar poco profundo, demasiado azul para hacer juego con sus ojos. Cuando Edward lo vio en el armario de May Tryon, supo que era el vestido adecuado para llevar a la modista para hacer algunos ajustes.

No estaba seguro de que May Tryon supiera que había regalado su vestido de seda; no estaba en casa cuando su madre había abierto las puertas de su armario. Edward había hecho una nota mental para agradecerle su generosidad antes de que lo descubriera por casualidad. Además, si conocía a los Tryon, May llevaría puesto algo nuevo, espectacular y tremendamente caro. No le molestaría haberle dado su vestido a Cecilia.

—¿Dónde lo has conseguido? —quiso saber Cecilia.

—Tengo mis secretos.

Increíblemente, ella no insistió. Por el contrario, sacó el vestido de la caja y se puso de pie para poder sujetarlo frente a ella.

—No tenemos espejo —dijo, aún un poco aturdida.

—Tendrás que confiar en mi mirada, entonces —dijo—. Estás radiante.

La verdad sea dicha, Edward no sabía mucho de moda femenina. La tía Margaret le había advertido de que el vestido elegido no estaba muy de moda, pero para él era lo más bonito que había visto en los salones de baile de Londres.

Sin embargo, no asistía a un salón de baile de Londres *desde hacía años*, y sospechaba que, para Margaret Tryon, la moda se medía en meses, no en años.

—Tiene dos partes —explicó él amablemente—. La... ehhh... parte interior y la parte exterior.

—La enagua y el traje —murmuró Cecilia—. Y un cincho. Son tres partes en realidad.

Edward se aclaró la garganta.

—Claro.

Ella rozó con una mano reverente el bordado de plata, que describía curvas hacia arriba y hacia abajo en toda la falda.

—Sé que debería decir que es demasiado fino —murmuró.

—Por supuesto que no deberías decir eso.

—Nunca he tenido nada tan bonito.

Eso, pensó Edward, era una tragedia de proporciones épicas, pero supuso que decirlo en voz alta podía ser demasiado.

Ella levantó la vista y lo miró de repente, como si se le hubiera ocurrido algo.

—Pensé que no iríamos al baile del gobernador.

—¿Por qué pensaste eso?

Ella frunció la boca en una atractiva mueca.

—Porque no tenía nada que ponerme.

Él sonrió, pues era evidente que ella se había dado cuenta de lo ridículo de sus palabras apenas las había pronunciado.

Cecilia suspiró.

—Debo de ser terriblemente presumida.

—¿Porque te gustan las cosas bonitas? —Él se inclinó hacia ella, apoyando su boca peligrosamente cerca de su oreja—. ¿Qué dice eso de mí, entonces? ¿Que me gusta verte con cosas bonitas?

O sin ellas. ¡Dios mío! Cuando vio a la modista guardar el vestido en su caja, no pudo evitar mirar de cerca los cierres. Esa no iba a ser la noche en que finalmente le hiciera el amor a su esposa, de eso estaba seguro, por más triste que fuera. Aún se encontraba demasiado débil, y era lo bastante vanidoso como para arriesgarse a no estar a la altura.

De todos modos, la deseaba. Y juró que, algún día, iba a quitarle ese vestido y a desenvolverla como ese regalo. La echaría sobre la cama, separaría sus piernas y...

—¿Edward?

Él pestañeó. Cuando volvió a mirarla, parecía un poco preocupada.

—Estás un poco colorado —observó ella. Tocó su frente con el dorso de su mano—. ¿Tienes fiebre?

—Hoy ha hecho mucho calor —mintió él—. ¿No crees?

—No, la verdad es que no.

—Tú no llevas puesta una chaqueta de lana. —Desabotonó su chaqueta escarlata y se la quitó—. Estoy seguro de que estaré mejor si me siento junto a la ventana.

Lo observó con curiosidad, sujetando todavía el vestido frente a ella. Cuando él se sentó en la silla, le preguntó:

—¿No quieres abrir la ventana?

Sin decir palabra, él se inclinó y abrió la ventana de un empujón.

—¿Estás seguro de que te encuentras bien?

—Estoy bien —le aseguró. Se sintió como un tonto. Era probable que también pareciera un tonto, pero valía la pena verle la cara contemplando el nuevo vestido.

—Realmente es muy bonito —dijo ella, mirando el vestido con una expresión casi...

¿Apenada?

No, no podía ser eso.

—¿Ocurre algo? —le preguntó.

—No —respondió ella distraídamente, mirando el vestido todavía—. No. —Pestañeó y luego lo miró a los ojos—. No, por supuesto que no. Solo que... ehhh... necesito...

Él la observó un instante, preguntándose a qué diablos podría deberse su abrupto cambio de expresión.

—¿Cecilia?

—Debo ir a por algo —respondió. Pero sonó más como un anuncio.

—Está bien —dijo él lentamente.

Ella corrió hacia la puerta y se detuvo con los dedos en el picaporte.

—Solo tardaré un momento. O un rato. Pero no mucho tiempo.

—Estaré aquí cuando regreses —dijo él.

Ella asintió con la cabeza, echó una mirada de nostalgia al vestido que ahora estaba sobre la cama y salió de la habitación.

Edward miró la puerta un momento, tratando de encontrarle sentido a lo que acababa de suceder. Su padre siempre le había dicho que las mujeres eran un misterio. Quizá Cecilia creía que debía comprarle un regalo porque él le había dado uno. ¡Qué tontita! Debería haberlo sabido.

Aun así, se puso a pensar qué elegiría ella para él.

Se levantó de su silla, ajustó la ventana para que no estuviera tan abierta y se acostó en la cama. No tenía la intención de quedarse dormido, pero cuando lo hizo...

Tenía una tonta sonrisa en el rostro.

¡Ay, por favor! ¡Ay, por favor! ¡Ay, por favor!

Cecilia bajó por la calle, rogando con toda su alma que el carro de la fruta siguiera en la esquina de Broad Street y Pearl, donde lo había visto esa mañana.

Había pensado que el asunto del baile del gobernador quedó resuelto dos días atrás, cuando no habían podido encontrar una costurera que ajustara un vestido a tiempo. Si no tenía vestido, no podía asistir. Tan simple como eso.

Pero entonces, aquel maldito hombre había tenido que ir y encontrar el vestido más bonito de la historia de los vestidos, y por Dios que deseaba llorar ante la injusticia de la situación, porque realmente quería ponerse ese vestido.

Sin embargo, no podía asistir al baile del gobernador. Simplemente no podía, y punto. Habría demasiadas personas. De ningún modo iba a poder restringir su mentira al pequeño círculo actual si la presentaban a la sociedad de Nueva York.

Cecilia se mordió el labio. Había algo que podía hacer, que garantizaría que no tuviera que asistir al baile del gobernador. Sería espantoso, pero estaba desesperada.

Estaba tan desesperada que estaba dispuesta a comerse una fresa.

Sabía qué pasaría si lo hacía. No sería nada bueno. Primero su piel se llenaría de manchas. Tantas, que el director del puerto declararía cuarentena de viruela si la viera. Y le picaría como un demonio. Aún tenía dos cicatrices en los brazos de la última vez que se había comido una fresa sin querer. Se había rascado hasta sangrar. No había podido evitarlo.

También tendría el estómago revuelto. Y como había comido mucho antes de que Edward llegara con el vestido, la descomposición sería de proporciones épicas.

Durante veinticuatro horas aproximadamente sería el sufrimiento personificado. Un desastre hinchado, irritado y nauseabundo. Y luego volvería a estar bien. Quizás un poco mareada durante unos días, pero se recuperaría. Y si Edward alguna vez la había considerado atractiva...

Bueno. Ella lo curaría de eso.

Corrió hacia la esquina de Pearl Street, buscando con la mirada a lo largo de la calle. El carro de la fruta seguía allí.

¡Gracias a Dios! Cecilia prácticamente corrió los últimos metros y se detuvo frente al carro del señor Hopchurch.

Objetivo para ese día: envenenarse.

¡Cielo santo!

—Buenas tardes —la saludó el hombre. Cecilia decidió que sus ojos no debían de parecer tan enloquecidos como se sentía, porque el hombre no se alejó atemorizado—. ¿Qué le puedo ofrecer?

Cecilia miró la mercancía. El día de venta ya llegaba a su fin, así que no era muy abundante. Algunos calabacines esmirriados, varias mazorcas de maíz que tan bien crecían por ahí. Y en una esquina, la fresa más grande, gorda y espantosamente roja que jamás había visto. Se preguntó por qué seguiría allí y nadie la habría comprado. ¿Acaso todos los clientes sospechaban lo que ella ya sabía? ¿Que la pirámide roja invertida y moteada no era otra cosa que una pequeña bomba de sufrimiento y desesperación?

Tragó saliva. Podía hacerlo.

—Esa fresa es muy grande —dijo, mirándola con aversión. Se le revolvió el estómago de solo mirarla.

—¡Por supuesto! —dijo el señor Hopchurch con entusiasmo—. ¿Alguna vez había visto una tan grande? Mi esposa está muy orgullosa de ella.

—Me la llevaré, por favor —dijo Cecilia, prácticamente ahogándose en sus palabras.

—No puede llevarse solo una —dijo el señor Hopchurch—. Se venden por media docena.

Esa sería la explicación de por qué no la había vendido. Ella asintió con un movimiento patético.

—Deme seis, entonces.

El vendedor estiró la mano y tomó la fresa grande por sus hojas.

—¿Tiene una canasta?

Cecilia miró sus manos. ¡Qué idiota era! No lo había pensado.

—No importa —dijo. No necesitaba seis. No cuando una de ellas era gigantesca—. Le pagaré por seis —le señaló—, pero solo necesito esa.

El señor Hopchurch la miró como si estuviera loca, pero era demasiado sensato como para ponerse a discutir. Tomó su dinero y depositó la gigantesca fresa en sus manos.

—Recién cosechada del huerto. No deje de volver para contarme si le ha gustado.

Cecilia estaba segura de que no iba a gustarle, pero de todos modos asintió y le dio las gracias antes de dirigirse a un lugar tranquilo a la vuelta de la esquina.

¡Dios mío! Ahora tenía que comérsela.

Se preguntó si así se habría sentido la Julieta de Shakespeare justo antes de beber el terrible brebaje. El cuerpo se negaba a ingerir algo que sabía que era venenoso. Y su cuerpo sabía muy bien que esa fresa era casi tan venenosa como la cicuta.

Apoyada en un edificio para sostenerse, alzó la fresa y la sostuvo cerca de su rostro. Y luego, a pesar de las protestas de su estómago, su olfato y, sinceramente, de todo su cuerpo, dio un mordisco.

Esa noche a las siete, Cecilia quería morirse.

Edward lo supo porque ella se lo dijo claramente:

—Me quiero morir.

—No, no es cierto —respondió él, con más pragmatismo del que sentía. Él sabía que ella se pondría bien, que simplemente habría comido pescado en mal estado en la cena, aunque él había comido lo mismo y se encontraba perfectamente.

Pero era un infierno verla sufrir. Ya había vomitado tantas veces que lo único que salía de su estómago era una bilis amarilla. Peor aún, su piel se estaba cubriendo de gruesas manchas rojas.

—Creo que deberíamos llamar a un médico —dijo.

—No —gimió ella—. No te vayas.

Él negó con la cabeza.

—Estás demasiado descompuesta.

Ella agarró su mano con fuerza suficiente para sobresaltarlo.

—No necesito un médico.

—Sí —replicó él—. Lo necesitas.

—No. —Negó con la cabeza y luego gimió.

—¿Qué ocurre?

Cerró los ojos y se quedó muy quieta.

—Me he mareado —murmuró—. No puedo agitar la cabeza.

¿Y ahora tenía vértigo?

—Cecilia, de verdad, creo que...

—Ha sido algo que he comido —lo interrumpió débilmente—. Estoy segura.

Él frunció el ceño. Él había pensado lo mismo, pero empeoraba a cada segundo que pasaba.

—¿Comiste el pescado de la cena?

—¡Aaajjj! —Se tapó los ojos con el brazo, aunque los tenía cerrados—. ¡No digas esa palabra!

—¿Pescado?

—¡Basta!

—¿Qué?

—No hables de comida —murmuró.

Edward se puso a pensar. Quizás había sido algo que había comido. Esperó un momento, más vigilante que preocupado. Ella se había acostado totalmente quieta sobre la ropa de cama, con los brazos a los lados como dos varas rectas. Aún llevaba puesto el vestido rosa que tenía antes, aunque Edward supuso que tendrían que hacerlo lavar. No creía que estuviera manchado de vómito, pero había sudado mucho. Ahora que lo pensaba, debía soltar su corsé, desabrochar los botones o algo para que estuviera más cómoda.

—¿Cecilia?

Ella no se movió.

—¿Cecilia?

—No estoy muerta —le informó.

—No —respondió él, tratando de no sonreír—. Me doy cuenta de que no lo estás.

—Solo me quedo muy quieta —explicó.

Y lo hacía muy bien. Él apenas veía el movimiento de sus labios.

—Si me quedo muy quieta —continuó Cecilia, con voz algo cantarina—, no parece que vaya a...

—¿Vomitar? —la ayudó él.

—Iba a decir «morirme» —dijo ella—. Estoy segura de que volveré a vomitar.

Él le acercó el orinal al instante.

—No ahora mismo —prosiguió, estirando la mano a ciegas para apartar el utensilio—. Pero pronto.

—¿Cuando menos lo espere?

—No. —Soltó una exhalación de cansancio—. Es más probable que sea cuando *yo* menos lo espere.

Edward trató de no reírse. Lo logró, pero tuvo la sensación de que ella lo oyó dar un resoplido. Ya no estaba tan preocupado por ella como lo había estado diez minutos antes. Si ella conservaba su sentido del humor, estaba seguro de que se pondría bien. No sabía la razón, pero había visto suficientes casos de intoxicación como para saber que se curaría: había comido algo que le había sentado mal.

Sin embargo, le preocupaban las manchas. Se alegró de no tener un espejo. A ella no le habría gustado la imagen.

Con sumo cuidado se sentó a un lado de la cama y estiró la mano para tocarle la frente. Pero cuando el colchón se hundió bajo su peso, Cecilia soltó un gruñido. Agitó en el aire uno de sus brazos y clavó los dedos en el muslo de él.

—¡Ay!

—Lo siento.

—No lo sientas —dijo él con una sonrisa.

—Por favor, no muevas la cama.

Él retiró los dedos de ella de su pierna.

—Creía que no te mareabas.

—No me mareo.

—En ese caso, creo que ya sabes cómo nos sentimos el resto de los mortales.

—Era muy feliz sin saberlo.

—Sí —murmuró él cariñosamente—, supongo que sí.

Ella abrió un párpado.

—¿Por qué parece que lo estás disfrutando?

—Ah, no te quepa duda de que no disfruto de esto. Pero coincido contigo en que el tuyo es un feo caso de intoxicación alimentaria. Así que, aunque tienes toda mi compasión, ya no estoy tan preocupado por tu salud.

Ella gruñó. Aparte de las arcadas, posiblemente era el sonido menos femenino que le había oído proferir.

A él le pareció encantador.

—¿Edward?

—¿Sí?

Ella tragó saliva.

—¿Tengo manchas en la cara?

—Me temo que sí.

—Pican.

—Intenta no rascarte —le aconsejó.

—Lo sé.

Él sonrió. Era una conversación deliciosamente trivial.

—¿Te traigo un paño frío?

—Te lo agradecería mucho.

Edward se levantó con mucho cuidado para que el colchón no se moviera demasiado al perder peso. Encontró un paño cerca del lavabo y lo metió en el agua.

—Parece que hoy tienes más fuerzas —oyó que decía Cecilia.

—Creo que sí. —Retorció el paño y volvió a su lado. Era algo extraño. Se sentía más fuerte cuando podía cuidar de ella.

—Lo siento—dijo ella.

—¿Por qué?

Ella suspiró cuando él colocó el paño sobre su frente.

—Sé que querías asistir a la fiesta de tu madrina esta noche.

—Habrá otras fiestas. Además, aunque estoy muy ansioso por hacer alarde de ti, habría sido muy agotador. Y también habría tenido que verte bailar con otros hombres.

Ella levantó la mirada.

—¿Te gusta bailar?

—A veces.

—¿Solo a veces?

Él le tocó la nariz.

—Depende de con quién baile.

Ella sonrió, y por un instante a él le pareció ver un dejo de tristeza en su mirada. Pero desapareció tan pronto que ya no estuvo seguro, y cuando ella volvió a hablar, tenía la mirada cansada pero clara.

—Supongo que eso sucede en muchos aspectos de la vida.

Él acarició su mejilla, agradecido de repente por ese momento. Agradecido por *ella*.

—Supongo que sí —murmuró él.

Miró hacia abajo. Ella se había dormido.

12

No puedo apoyar la pluma en el papel sin que Edward se acerque para asegurar-
me que, si él hubiese estado en la reunión, le habría encantado bailar contigo.
Ah, ahora está enfadado. Creo que le he hecho pasar vergüenza.

Su hermano es una amenaza.

¡Se ha apropiado de mi pluma! Lo perdonaré, aunque solo sea porque esta-
mos encerrados en esta tienda desde hace días. Estoy convencido de que no ha
parado de llover desde 1753.

Estimada señorita Harcourt, le pido que perdone a su hermano. Me temo
que la humedad ha ablandado su cerebro. La lluvia es constante, pero nos ha
traído el regalo de las flores silvestres, algo que jamás había visto. El campo
es una alfombra de colores lavanda y blanco, y no puedo sino pensar que a
usted le gustaría mucho.

De Thomas Harcourt
(y Edward Rokesby)
a Cecilia Harcourt

Pronto Cecilia volvió a ser la misma, con excepción de algunas costras en las piernas, en las zonas donde no pudo evitar rascarse. Reanudó su búsqueda de Thomas, y Edward a menudo la acompañaba. Él había descubierto que el ejercicio suave lo fortalecía, de manera que, cuando el calor no era muy agobiante, se apoyaba en el brazo de ella y caminaban por la ciudad, haciendo recados y preguntas.

Y enamorándose.

Por lo menos *ella* se estaba enamorando. Cecilia no quería preguntarse si él sentiría lo mismo, aunque era evidente que disfrutaba de su compañía.

Y que la deseaba.

Se había acostumbrado a darle un beso antes de irse a dormir. Y también por la mañana, cuando se despertaban. Y, a veces, por la tarde. Con cada contacto, con cada mirada compartida, ella se sentía caer más y más en una fantasía de su propia creación.

Pero, ¡ah!, cómo hubiera deseado que fuese cierta.

Podía ser feliz con ese hombre. Podía ser su esposa y tener sus hijos; podía ser una vida *maravillosa*...

Salvo porque todo era mentira. Y cuando se descubriera, no iba a poder escapar tragándose una fresa.

Objetivo para ese día: dejar de enamorarse.

Ninguno de sus pequeños objetivos había parecido tan inalcanzable. Y tan destinado al sufrimiento.

Ya había pequeñas señales de que Edward estaba recuperando su memoria. Una mañana, mientras se ponía el uniforme, se volvió hacia Cecilia y dijo:

—Hacía mucho tiempo que no hacía esto.

Cecilia, que leía el libro de poesía que él había traído de su casa, levantó la mirada.

—¿Que no hacías qué?

Él permaneció en silencio un momento antes de responder y arrugó la frente, como si siguiera elaborando sus pensamientos.

—Ponerme el uniforme.

Cecilia usó una cinta como señalador y cerró el libro.

—Lo haces todas las mañanas.

—No, antes que eso. —Calló un momento y pestañeó varias veces antes de continuar—: No usaba uniforme en Connecticut.

Ella tragó saliva, tratando de contener su nerviosismo.

—¿Estás seguro?

Él miró hacia abajo y pasó la mano derecha por la lana color escarlata que lo distinguía como soldado del ejército de Su Majestad.

—¿De dónde ha salido esto?

A Cecilia le llevó un momento darse cuenta de a qué se refería.

—¿Tu chaqueta? Estaba en la iglesia.

—Pero no la llevaba puesta cuando me llevaron allí.

Cecilia se sobresaltó al comprender que era una afirmación, no una pregunta.

—No sé —respondió—. No creo. No se me ha ocurrido preguntar.

—No he podido tenerla puesta —decidió Edward—. Estaba demasiado limpia.

—¿Quizás alguien la limpió por ti?

Él negó con la cabeza.

—Debemos preguntarle al coronel Stubbs.

—Por supuesto —afirmó ella.

Él calló, pero Cecilia supo que eso significaba que su mente iba a toda máquina, tratando de encontrarle forma a un rompecabezas al que aún le faltaban demasiadas piezas. Él miraba la ventana sin verla y con la mano golpeaba su pierna; Cecilia esperó hasta que, de pronto, se puso alerta y dijo:

—He recordado algo más.

—¿Qué?

—Ayer, cuando caminábamos por Broad Street. Un gato se frotó contra mí.

Cecilia calló. Si había un gato, ella no lo había visto.

—Hizo eso que hacen los gatos —continúo Edward—, frotar la cara contra mi pierna, y lo he recordado. Había un gato.

—¿En Connecticut?

—Sí. No sé por qué, pero creo... creo que me hacía compañía.

—Un gato —repitió ella.

Él asintió.

—Puede que no signifique nada, pero... —Dejó de hablar y sus ojos volvieron a desenfocarse.

—Significa que estás recordando —murmuró Cecilia en voz baja.

Tardó un momento en espabilarse.

—Sí.

—Al menos es un recuerdo feliz de un gato —repuso ella.

Él la miró socarronamente.

—Podrías haber recordado que te había mordido. O arañado. —Cecilia se apartó de la cama y se puso de pie—. Por el contrario, sabes que un animal te ha hecho compañía cuando estabas solo.

Su voz se quebró y él se acercó a ella.

—Me consuela —admitió.

—¿Porque yo no estaba solo?

Ella asintió.

—Siempre me han gustado los gatos —observó, casi distraídamente—. Ahora todavía más, me imagino.

Él la miró con una leve sonrisa.

—Hagamos un resumen de lo que he recordado. No llevaba puesto uniforme. —Lo señaló en el dorso de su mano—. Había un gato.

—Ayer dijiste que habías estado en un barco —le recordó Cecilia. Estaban cerca del río y el sabor salado del aire había desencadenado un recuerdo. Edward le dijo que había estado en un barco. No un buque, sino algo más pequeño, diseñado para no ir muy lejos de la costa.

—Sin embargo —dijo Cecilia, analizando el tema aún más que el día anterior—, sería lógico que hayas estado en un barco, ¿verdad? ¿De qué otro modo habrías llegado a Manhattan? No hay puente en esta parte de la isla. Y no creo que hayas llegado nadando.

—Es cierto —murmuró él.

Cecilia lo observó un momento y luego no pudo evitar echarse a reír.

—¿Qué ocurre? —preguntó él.

—Tienes esa expresión —dijo ella—. Cada vez que intentas recordar algo.

—¿De verdad? —Hizo una mueca de sarcasmo, pero ella sabía que estaba bromeando.

—Sí, te pones así... —Juntó las cejas y puso los ojos en blanco. Tuvo la sensación de que no lo hacía bien; de hecho, un hombre más irritable hubiera pensado que se estaba burlando de él.

Él la miró fijamente.

—Pareces una demente.

—Creo que lo que quieres decir es que *tú* pareces un demente. —Agitó una de sus manos cerca de su propio rostro—. Yo soy tu espejo.

Él estalló en carcajadas; luego estiró la mano y atrajo a Cecilia hacia sí.

—Estoy seguro de que nunca he visto nada más bello en el espejo.

Cecilia sintió que sonreía, aunque en su cabeza sonó una señal de alarma. Era tan fácil ser feliz con él, tan fácil ser ella misma. Pero esa no era su vida. Y no era su esposa. Era un papel que había tomado prestado, y tarde o temprano tendría que devolverlo.

Sin embargo, por más que se esforzara por no ponerse cómoda en su papel de señora Rokesby, era imposible resistirse a la sonrisa de él. Él la atrajo hacia sí, y luego todavía más, hasta que apoyó su nariz en la de ella.

—¿Te he dicho —dijo él con voz llena de alegría— lo feliz que me hace que estuvieras a mi lado cuando desperté?

Ella abrió la boca y trató de hablar, pero cada palabra que quería decir se quedaba atascada en su garganta. En realidad, él nunca había dicho algo parecido, por lo menos no de forma tan explícita. Negó con la cabeza, sin poder apartar sus ojos de los suyos, ahogándose en la calidez de su mirada color azul brillante.

—De haberlo sabido —continuó—, estoy seguro de que te habría dicho que no vinieras. En realidad, estoy seguro de que te lo habría prohibido. —Su boca se torció, formando algo intermedio entre una mueca y una sonrisa—. Aunque me imagino que eso no te habría detenido.

—No era tu esposa cuando subí a bordo —dijo ella con voz queda. Luego se estremeció al darse cuenta de que eso sería lo más sincero que diría en todo el día.

—No —respondió Edward—. Supongo que no. —Inclinó la cabeza hacia un lado y arrugó la frente como ella lo había estado imitando, pero su mirada permaneció atenta—. ¿Y ahora qué? —preguntó cuando vio que ella lo observaba.

—Nada, solo que *casi* hacías la misma expresión que antes. Tu frente era la misma, pero tus ojos no se pusieron vidriosos.

—Me haces sentir tan atractivo...

Ella se echó a reír.

—No, es interesante. Creo... —Calló, tratando de explicarse en *qué* pensaba—. No intentabas recordar algo esta vez, ¿verdad?

Él negó con la cabeza.

—Solo reflexionaba en las grandes cuestiones de la vida.

—¡Ay, basta! ¿En qué pensabas realmente?

—En realidad, pensaba que debemos averiguar en qué consisten los matrimonios por poderes. Deberíamos conocer la fecha exacta de la unión, ¿no te parece?

Ella intentó responder que sí. No lo logró.

Edward tiró de sus puños, alisando las mangas de manera que su chaqueta quedara lisa sobre su cuerpo.

—Tú hiciste la ceremonia en segundo lugar, así que me imagino que esa fue la fecha en que el capitán celebró esa parte.

Cecilia asintió con un leve gesto, tanto como pudo debido al nudo que tenía en la garganta.

Sin embargo, Edward no pareció advertir su angustia, o si lo notó, debió haber pensado que se había emocionado recordando su boda, porque depositó un breve beso en sus labios, se enderezó y dijo:

—Es hora de empezar el día, supongo. Dentro de unos minutos me reuniré con el coronel Stubbs, y no puedo llegar tarde.

—¿Te reunirás con el coronel Stubbs y no me lo has dicho?

Él arrugó la nariz.

—¿No te lo he dicho? Seguramente se me olvidó.

Cecilia no dudó de él. Edward no tenía secretos con ella. Era muy franco, pensándolo bien, y cuando pedía su opinión tenía en cuenta su respuesta. Suponía que, en cierta medida, no tenía mucha opción; con un vacío tan grande en su memoria, *debía* confiar en su criterio.

Sin embargo... no imaginaba que muchos hombres hicieran lo mismo. Ella siempre se había sentido orgullosa de que su padre hubiera dejado en sus manos la administración de la casa, pero en su corazón sabía que él no lo había hecho porque la creyera capaz. Simplemente, no quería ocuparse él mismo.

—¿Quieres venir? —preguntó Edward.

—¿A una reunión con el coronel? —Cecilia enarcó las cejas—. No creo que quiera que yo esté presente.

—Razón de más para que vengas. Me entero de más cosas cuando está de mal humor.

—En ese caso, ¿cómo puedo negarme?

Edward abrió la puerta, salió y esperó a que ella se adelantara en el pasillo.

—Me parece extraño que no sea más directo —observó Cecilia—. Seguramente querrá que recuperes tu memoria.

—No creo que sea su intención guardar secretos —opinó Edward. Tomó su brazo mientras bajaban la escalera, pero a diferencia de la semana anterior, fue por caballerosidad y no porque necesitara apoyo físico. Era sorprendente lo mucho que había mejorado en solo unos días. La cabeza aún le dolía, y por supuesto tenía lagunas en la memoria, pero su piel había perdido ese tono grisáceo tan preocupante, y aunque aún no estaba preparado para caminar ochenta kilómetros, al menos podía pasar el día sin necesidad de detenerse a descansar.

Cecilia creía que a veces parecía cansado, pero Edward solo decía que se comportaba como todas las esposas.

Aunque sonreía cuando lo decía.

—Creo que es su trabajo guardar secretos —dijo Edward, que seguía hablando del coronel Stubbs.

—Pero, seguramente, no ocultártelos a ti.

—Quizá —respondió Edward encogiéndose ligeramente de hombros—. Pero piensa en lo siguiente: él no sabe dónde he estado ni qué he hecho estos últimos meses. Es probable que el ejército británico aún no quiera confiarme sus secretos.

—¡Pero eso es absurdo!

—Valoro tu apoyo incondicional —dijo él, ofreciéndole una sonrisa irónica cuando llegaron a la planta baja—, pero el coronel Stubbs debe estar seguro de mi lealtad antes de mostrarme sus cartas.

Cecilia no estaba convencida.

—No puedo creer que se atreva a dudar de ti —murmuró. Era tan evidente que el honor y la honestidad de Edward formaban parte de su carácter. No entendía cómo alguien podía no darse cuenta de ello.

El coronel Stubbs estaba de pie junto a la puerta cuando entraron en el comedor; como de costumbre, tenía cara de pocos amigos.

—Rokesby —dijo al verlos, y luego añadió—: Ha venido también su esposa.

—Ella tenía hambre —explicó Edward.

—Claro —respondió el coronel, pero era evidente que estaba irritado, y Cecilia vio que apretaba la mandíbula mientras los conducía a una mesa cercana.

—El desayuno es delicioso aquí —repuso Cecilia con dulzura.

El coronel la miró un momento y gruñó algo que quizás era una respuesta. Luego se volvió a Edward.

—¿Trae alguna novedad? —quiso saber Edward.

—¿Y usted?

—Me temo que no, pero Cecilia me ha ayudado mucho para recuperar mi memoria. Hemos paseado por la ciudad varias veces en busca de pistas.

Cecilia plantó una sonrisa apacible en su rostro.

El coronel Stubbs la ignoró.

—No sé cómo cree que encontrará pistas aquí en Nueva York. El tiempo que pasó en Connecticut es el que debe revisar.

—Ya que lo menciona —expresó Edward con gentileza—, me he preguntado... ¿yo llevaba puesto uniforme?

—¿Qué? —La voz del coronel fue cortante y distraída; evidentemente estaba irritado por el abrupto cambio de tema.

—He tenido un recuerdo muy extraño esta mañana. Es probable que no sea nada relevante, pero mientras me ponía la chaqueta, pensé que hacía mucho tiempo que no lo hacía.

El coronel se limitó a mirarlo fijamente.

—No lo sigo.

—La chaqueta en el hospital... Esta chaqueta —dijo Edward, pasando su mano por la manga—. ¿De dónde ha salido? Evidentemente es mía, pero creo que no la llevaba conmigo.

—Se la he guardado yo —respondió Stubbs de forma cortante—. No era conveniente que en Connecticut lo identificaran como aliado del rey.

—¿Allí no son aliados de la corona? —inquirió Cecilia.

—Hay rebeldes en todas partes —respondió Stubbs, lanzándole una mirada de irritación—. Están diseminados como sal, y son muy difíciles de extirpar.

—¿Extirpar? —repitió Cecilia. Una manera de expresarse perturbadora. No hacía mucho tiempo que estaba en Nueva York, pero hasta ella era capaz de ver que el clima político era más complicado de lo que los periódicos de Inglaterra le hacían creer. Ella era, y siempre sería, una orgullosa súbdita británica, pero era inevitable ver que algunos de los reclamos de los colonos eran legítimos.

Sin embargo, antes de que pudiera seguir hablando (no era su intención), sintió la mano de Edward sobre su pierna debajo de la mesa; con su peso le advertía de que no hablara.

—Le pido disculpas —murmuró Cecilia, mirando con obediencia hacia su falda—. No conocía ese término.

Le *dolía* proferir semejante mentira, pero era evidente que le convenía que el coronel creyera que no era tan inteligente. Y lo último que deseaba era que pensara que *ella* no era leal a la corona.

—¿Podría preguntarle, entonces —inquirió Edward, haciendo avanzar la conversación ágilmente—, si el hecho de no tener uniforme en Connecticut significa que estaba allí en calidad de espía?

—Yo no diría *eso* —resopló el coronel.

—¿Y qué *diría* usted? —preguntó Cecilia, mordiéndose la lengua cuando la mano de Edward volvió a apretar su muslo. Pero le resultaba difícil mantener la boca cerrada. El coronel era tan molesto; soltaba datos aislados y nunca le decía a Edward lo que necesitaba saber.

—Perdón —murmuró. Edward la miró con frialdad, para advertirle una vez más que no interfiriera. Debía dejar de irritar al coronel Stubbs, y no solo por el bien de Edward. El coronel conocía bien a Thomas, y aunque hasta el momento no había sido muy útil, podría serlo en el futuro.

—«Espía» es una palabra muy desagradable —indicó el coronel Stubbs, asintiendo en respuesta a su disculpa—. No es una conversación para tener frente a una dama.

—Un explorador, entonces —sugirió Edward—. ¿Esa sería una descripción más exacta?

Stubbs asintió con un gruñido.

Edward apretó los labios en un gesto difícil de interpretar. No parecía enfadado o, por lo menos, no tanto como se sentía Cecilia. Más bien, tenía la impresión de que estaba revisando la información en su cabeza, ordenándola en cuidadosas pilas para consultar en el futuro. Él tenía una forma muy ordenada de ver el mundo, una característica por la cual su déficit de memoria debía de ser mucho más difícil de sobrellevar.

—Me doy cuenta —dijo Edward, juntando las manos como si meditara su respuesta— de que la suya es una posición muy delicada. Pero si de verdad desea que recuerde los acontecimientos de los últimos meses, deberá ayudarme a recordarlos. —Se inclinó hacia delante—. Estamos del mismo lado.

—Nunca he dudado de su lealtad —expresó el coronel.

Edward asintió con gentileza.

—Pero tampoco puedo proporcionarle la información que deseo escuchar.

—¿Está diciendo que usted *sabe* lo que hacía Edward? —interrumpió Cecilia.

—Cecilia —replicó Edward, con una suave advertencia en su voz.

Advertencia que ella ignoró.

—Si usted sabe qué hacía él, debe decírselo —insistió—. Es una crueldad no hacerlo. Podría ayudarlo a recuperar su memoria.

—Cecilia —repitió Edward, esta vez con enfado.

Pero Cecilia no pudo guardar silencio. Ignorando la advertencia de Edward, clavó la mirada en el coronel Stubbs y dijo:

—Desde luego que, si quiere que él recuerde lo que sucedió en Connecticut, deberá decirle todo lo que *usted* sepa.

El coronel clavó su mirada en la de ella.

—Todo eso está muy bien, señora Rokesby, pero ¿se ha detenido a pensar que cualquier cosa que yo diga podría influir en los recuerdos de su marido? No puedo permitirme colorear sus recuerdos con mi propia información, que podría o no ser precisa.

—Yo... —Cecilia dejó de oponerse al darse cuenta de que el coronel tenía razón. Sin embargo, ¿la tranquilidad de Edward no tenía ningún valor?

Una expresión severa se formó en las comisuras de la boca de Edward.

—Permítame disculparme por mi esposa —dijo.

—No —expresó Cecilia—. Me disculparé personalmente. Lo siento. Para mí es difícil ver la situación desde su punto de vista.

—Usted solo desea el bienestar de su marido —dijo el coronel Stubbs con sorprendente amabilidad.

—Así es —respondió ella con fervor—. Aunque...

El corazón le dio un vuelco. ¿Aunque eso implicara su propia perdición? Estaba viviendo en un castillo de naipes, y apenas Edward recuperara su memoria, todo habría terminado. Casi se echó a reír ante la ironía de la situación. No dejaba de pelear con el coronel por algo que podía romperle el corazón.

Pero no podía evitarlo. Deseaba que él se recuperara. Quería eso más que cualquier otra cosa. Más que...

El corazón le dio un vuelco. ¿Más que encontrar a Thomas?

No. Eso era imposible. Quizás era tan necia como el coronel Stubbs y retenía información que podía ayudar a Edward a recuperar su memoria. Pero Thomas era su hermano. Edward lo entendería.

O eso se repetía a sí misma una y otra vez.

—¿Cecilia?

Oyó la voz de Edward como a través de un largo túnel.

—¿Querida? —Él tomó su mano y comenzó a frotarla—. ¿Te encuentras bien? Tienes las manos heladas.

Lentamente ella volvió al presente, y pestañeó al ver el rostro preocupado de Edward.

—Parecía que te ahogabas —explicó.

Cecilia miró al coronel, que también la observaba con preocupación.

—Lo siento —dijo al darse cuenta de que el sonido de ahogo debió haber sido un sollozo—. No sé qué me ha sucedido.

—No se preocupe —repuso el coronel Stubbs, para sorpresa de Cecilia, y por su aspecto, también de Edward—. Es su esposa. Es así como Dios lo ha deseado, que priorice su bienestar antes que nada.

Cecilia dejó pasar un momento y luego preguntó:

—¿Está usted casado, coronel Stubbs?

—Lo estaba —respondió él simplemente, y a juzgar por su expresión fue fácil adivinar a qué se refería.

—Lo siento —murmuró ella.

El coronel, habitualmente estoico, tragó saliva, y sus ojos brillaron de dolor.

—Han pasado muchos años —dijo—, pero pienso en ella todos los días.

En un impulso Cecilia estiró su mano y tomó la de él.

—Estoy segura de que ella lo sabe —dijo.

El coronel asintió tembloroso, luego lanzó algo parecido a un resoplido mientras recobraba la calma. Cecilia apartó su mano; el momento de conexión había pasado, si se hubiese prolongado habría sido incómodo.

—Debo irme —anunció el coronel Stubbs. Miró a Edward—. Espero que sepa que rezo porque recupere su memoria. Y no solo porque podría tener información crucial para nuestra causa. No sé cómo será no recordar meses enteros, pero me imagino que no será bueno para el alma.

Edward aceptó sus palabras con un gesto, y luego los dos se levantaron.

—Para su información, capitán Rokesby —continuó el coronel—, fue enviado a Connecticut para reunir información sobre los puertos de la zona.

Edward frunció el ceño.

—No tengo conocimientos de cartografía.

—No creo que nadie haya pensado en mapas, aunque eso sin duda sería útil.

—¿Coronel? —preguntó Cecilia, poniéndose de pie. Cuando el coronel se volvió para mirarla, ella le preguntó—: ¿Edward debía investigar algo concreto? ¿O ha sido más bien una incursión general para recopilar datos?

—Me temo que no puedo responderle.

Así que había sido algo concreto. Sin duda tenía más sentido.

—Gracias —dijo con educación, e hizo una reverencia.

El coronel tocó el ala de su sombrero.

—Señora, capitán Rokesby.

Cecilia observó mientras Stubbs se daba la vuelta para irse, pero antes de marcharse se volvió para preguntar:

—¿Tiene noticias de su hermano, señora Rokesby?

—No —respondió—. Pero el mayor Wilkins nos ha ayudado mucho. Le ha pedido a su subalterno que revise los registros del hospital por mí.

—¿Y?

—Nada, me temo. No figuraba en ninguna parte.

El coronel asintió lentamente.

—Si alguien sabe cómo encontrarlo, ese es Wilkins.

—Pronto iremos a Haarlem —añadió Cecilia.

—¿A Haarlem? —Stubbs miró a Edward—. ¿Por qué?

—A la enfermería —explicó Edward—. Sabemos que Thomas estaba herido. Es posible que lo llevaran allí.

—Pero no es probable que lo dejaran allí.

—Alguien podría saber algo de él —dijo Cecilia—. Vale la pena averiguarlo.

—Por supuesto. —El coronel Stubbs volvió a asentir, tanto a ella como a Edward—. Os deseo suerte.

Cecilia observó mientras se retiraba, y apenas el coronel salió, se volvió hacia Edward para decirle:

—Lo siento.

Él enarcó las cejas.

—No debí hablar. Te correspondía a ti hacerle las preguntas, no a mí.

—No te preocupes —respondió Edward—. Al principio estaba contrariado, pero lograste darle la vuelta a la situación. No sabía que él era viudo.

—No sé por qué se lo he preguntado —confesó Cecilia.

Edward sonrió, tomó su mano y le dio una palmadita tranquilizadora.

—Ven, vayamos a sentarnos y comamos. Como has dicho, el desayuno aquí es delicioso.

Cecilia dejó que la condujera de vuelta a la mesa. Se sentía extrañamente temblorosa e insegura. La comida le haría bien. Siempre había sido de las personas que necesitaban un buen desayuno para empezar el día.

—Sin embargo, debo decir —reflexionó Edward mientras se sentaba frente a ella— que me ha gustado tener una defensora tan férrea.

Cecilia levantó la mirada de repente. «Defensora» parecía un cumplido que no se merecía.

—Creo que no te das cuenta de lo fuerte que eres —dijo él.

Ella tragó saliva.

—Gracias.

—¿Vamos hoy a Haarlem?

—¿Hoy? —preguntó con interés—. ¿Estás seguro?

—Me siento mucho mejor. Creo estar en condiciones para ir al norte de la isla.

—Solo si estás seguro...

—Pediré un carruaje después de desayunar. —Hizo un gesto al posadero para indicarle que ya querían comer y volvió su atención a ella—. Concentrémonos en Thomas esta mañana. Si debo serte sincero, quiero descansar de mi propia investigación. Al menos por hoy.

—Gracias —dijo ella—. No creo que averigüemos nada nuevo, pero no podría vivir conmigo misma si al menos no lo intentamos.

—Estoy de acuerdo. Deberíamos... ¡Ah! Beicon. —El rostro de Edward se iluminó cuando el posadero colocó un plato con tostadas y beicon en el centro de la mesa. Ya no estaba caliente, pero a él no le importó, pues tenía un apetito voraz.

—Dime la verdad —dijo mientras mascaba un trozo de beicon con absoluta falta de buenos modales—: ¿no es lo más delicioso que hayas probado jamás?

—¿Lo más delicioso? —preguntó ella sin mucha convicción.

Él agitó la mano.

—Es beicon. ¿Cómo puede ir algo mal en el mundo cuando comes beicon?

—Una filosofía interesante.

Él esbozó una sonrisa pícara.

—En este momento me viene bien.

Cecilia cedió a su broma y tomó un trozo. Si el beicon era el secreto de la felicidad, ¿quién era ella para contradecirlo?

—¿Sabes? —dijo ella con la boca medio llena. Si él podía prescindir de los buenos modales, ella también lo haría—. Lo cierto es que este beicon no es de muy buena calidad.

—Pero te sientes mejor, ¿verdad?

Cecilia dejó de masticar, giró la cabeza hacia un lado y se puso a pensar.

—Tienes razón —admitió.

Otra vez esa sonrisa impertinente.

—Casi siempre tengo razón.

Pero mientras mascaban alegremente su desayuno, ella sabía que no era el beicon el motivo de su felicidad, sino el hombre que tenía enfrente.

¡Si tan solo fuera suyo!

13

Normalmente espero a recibir una carta tuya para escribir la mía, pero como hace varias semanas que no tengo noticias tuyas, Edward insiste en que tome la iniciativa y empiece a escribirte. Sin embargo, no hay mucho que contar. Es sorprendente la cantidad de tiempo que pasamos sin hacer nada. O marchando. Pero supongo que no querrás que llene la página de reflexiones sobre el arte y la ciencia de la marcha.

DE THOMAS HARCOURT
A SU HERMANA CECILIA

Haarlem era exactamente como Edward imaginaba.

La enfermería era tan rudimentaria como el mayor Wilkins les había advertido. Por fortuna, la mayoría de las camas estaban vacías. Cecilia se había horrorizado visiblemente ante las condiciones del lugar.

Habían tardado en dar con el hombre a cargo, y luego un poco más en convencerlo de revisar los registros. Pero como Wilkins les había anticipado, no había ninguna mención a Thomas Harcourt. Cecilia se preguntaba si, quizás, algunos de los pacientes no habrían sido registrados, y Edward no podía culparla realmente por preguntar, ya que el nivel general de limpieza no inspiraba confianza en la organización de la enfermería.

Sin embargo, si había algo en lo que el ejército británico se destacaba era en llevar registros. La lista de pacientes era casi lo único de la enfermería que era impecable. Cada página estaba organizada en columnas precisas, y cada nombre iba acompañado de rango, fecha de llegada, fecha y tipo de salida, y una breve descripción de la lesión o enfermedad. Por eso ahora sabían que el soldado Roger Gunnerly de Cornwall se había recuperado de un absceso en el muslo izquierdo, y que el soldado Henry Witherwax de Manchester había fallecido de un disparo en el abdomen.

Pero de Thomas Harcourt no había noticias.

Fue un día muy largo. Las carreteras entre la ciudad de Nueva York y Haarlem eran espantosas, y el carruaje que habían alquilado no era mucho mejor, pero después de una cena abundante en la taberna Fraunces, ambos se sintieron mejor. El día había sido mucho menos húmedo que el anterior, y hacia la noche soplaba una leve brisa que llevaba el sabor salado del mar, de modo que tomaron el camino largo de vuelta al Devil's Head, andando lentamente por las calles semivacías al sur de la isla de Manhattan. Cecilia tenía su mano metida en el hueco del codo de Edward, y aunque mantenían una distancia adecuada, cada paso parecía acercarlos cada vez más.

Si no hubiesen estado tan lejos de casa, si no hubieran estado en mitad de la guerra, habría sido una noche perfecta.

Caminaron en silencio a lo largo del río, observando cómo las gaviotas se lanzaban tras los peces, y luego Cecilia dijo:

—Desearía...

Pero no terminó de hablar.

—¿Qué desearías? —preguntó Edward.

Tardó un momento en responder, y cuando lo hizo fue con un movimiento lento y triste de cabeza.

—Desearía saber cuándo debo darme por vencida.

Él sabía lo que debía hacer. Si hubiese estado representando un papel en el escenario o hubiera sido protagonista de una novela heroica, le habría dicho que nunca debían darse por vencidos, que sus corazones debían permanecer leales y fuertes y que debían buscar a Thomas hasta que se extinguiera la última pista.

Sin embargo, no iba a mentirle ni a darle falsas esperanzas, así que se limitó a decir:

—No sé.

Como si se hubieran puesto de acuerdo, se detuvieron uno junto al otro, observando el agua bajo la luz del atardecer.

Cecilia fue la primera en hablar.

—Crees que está muerto, ¿verdad?

—Creo... —No quería decirlo, ni siquiera había querido pensarlo—. Creo que seguramente está muerto, sí. —Ella asintió; sus ojos reflejaban más resignación que tristeza. Edward no supo por qué eso le pareció más desgarrador.

—Me pregunto si no sería más fácil —dijo ella— saberlo con certeza.

—No lo sé. La pérdida de la esperanza contra la certeza de la verdad. No es algo fácil de juzgar.

—No. —Ella reflexionó un largo rato, sin quitar la mirada del horizonte. Finalmente, cuando Edward creía que había abandonado el tema de conversación, expresó—: Creo que prefiero saber.

Él asintió, aunque ella no lo estaba mirando.

—Creo que estoy de acuerdo.

Entonces ella se volvió.

—¿Solo lo crees? ¿No estás seguro?

—No.

—Yo tampoco.

—Ha sido un día decepcionante —murmuró él.

—No —replicó ella, sorprendiéndolo—. Para que fuera decepcionante, tendríamos que haber esperado un resultado diferente.

Él la miró. No tuvo necesidad de hacer la pregunta en voz alta.

—Yo sabía que era poco probable que averiguáramos algo de Thomas —explicó—. Pero debíamos intentarlo, ¿verdad?

Él tomó su mano.

—Sí, debíamos intentarlo —coincidió. Y luego recordó algo—: Hoy no me ha dolido la cabeza —anunció.

Los ojos de ella se encendieron de felicidad.

—¿No? Eso es maravilloso. Deberías haber dicho algo.

Él se rascó el cuello distraídamente.

—Creo que me acabo de dar cuenta.

—¡Es maravilloso! —exclamó Cecilia—. ¡Me hace tan feliz! Yo... —Se puso de puntillas y, de forma impulsiva, le dio un beso en la mejilla—. Muy feliz —repitió—. No me gusta verte sufrir.

Él llevó la mano de ella a sus labios.

—No lo soportaría si fuera al revés. —Era verdad. La idea de que ella sufriera era como si un puño helado agarrara su corazón.

Ella soltó una risita.

—Fuiste un buen enfermero la semana pasada, cuando estuve enferma.

—Sí, pero preferiría no volver a hacerlo, así que no te enfermes, ¿de acuerdo?

Ella lo miró con una expresión que pareció casi tímida, y luego se estremeció.

—¿Tienes frío? —preguntó él.

—Un poco.

—Deberíamos volver a casa.

—A casa, ¿verdad?

Él se rio entre dientes ante el comentario.

—Confieso que nunca pensé que viviría en un sitio con nombre de diablo.

—¿Te imaginas —dijo ella, y su rostro comenzó a iluminarse con una sonrisa pícara— una casa en Inglaterra llamada «Finca del Diablo»?

—¿Casa de Lucifer?

—Abadía de Satanás.

Ambos se echaron a reír, y Cecilia incluso miró al cielo.

—¿Buscas relámpagos?

—O eso o una plaga de langostas.

Edward la tomó del brazo y volvió a dirigirla hacia el hostal. No estaban lejos; como mucho a poca distancia de una caminata.

—Ambos somos personas bastante buenas —dijo él, inclinándose como si fuera a compartir un chisme picante—. Creo que estamos a salvo de intervenciones bíblicas.

—Eso espero.

—Creo que podría soportar las langostas —reflexionó él—, pero no puedo responsabilizarme de mi comportamiento si el río se convierte en sangre.

Ella lanzó una carcajada, y luego señaló:

—Por mi parte, me gustaría evitar los forúnculos.

—Y los piojos. —Él se estremeció—. Pequeños bastardos asquerosos, perdona mi lenguaje.

Ella lo miró.

—¿Has tenido piojos?

—Cualquier soldado ha tenido piojos —le señaló—. Son gajes del oficio. Ella parecía sentir asco.

Él se inclinó hacia ella con descaro.

—Ahora estoy limpio.

—Eso espero. Vengo compartiendo una habitación contigo desde hace más de una semana.

—Hablando de eso... —murmuró. Ninguno de los dos había prestado mucha atención, pero ya estaban de vuelta en el Devil's Head.

—Hemos vuelto a casa —bromeó ella.

Él sostuvo la puerta para que ella pasara.

—Por supuesto.

La multitud del salón principal parecía más estridente que de costumbre, de modo que él la tomó de la cintura y la guio con delicadeza por el salón hasta la escalera. Él sabía que no podría encontrar mejor alojamiento que ese; aun así, no era lugar para que una dama tuviera su residencia permanente. Si hubiesen estado en Inglaterra, él nunca habría...

Olvidó el pensamiento. No estaban en Inglaterra. Ahí no se aplicaban las reglas normales.

Normalidad. Ni siquiera recordaba lo que significaba esa palabra. Tenía un bulto en la cabeza que se había tragado tres meses de su memoria, su mejor amigo había desaparecido de tal manera que el ejército no había reparado en su desaparición, y en algún momento del pasado reciente se había casado por poderes con una mujer.

Un matrimonio por poderes. ¡Por todos los cielos! Sus padres estarían horrorizados. Y, a decir verdad, él también. Edward no era tan despreocupado como su hermano menor Andrew, quien desobedecía las reglas solo por divertirse. Cuando se trataba de las cosas importantes de la vida, las hacía como correspondía. Ni siquiera estaba seguro de que un matrimonio por poderes fuera legal en Inglaterra.

Y eso lo hizo pensar en otro tema. Había algo extraño en toda esa situación. Edward no estaba seguro de qué había dicho o hecho Thomas para inducirlo a casarse con Cecilia, pero tenía la sensación de que había algo más de lo que ella le había contado. Puede que hubiera algo más de lo que ella misma sabía, pero nunca sabrían la verdad a menos que Edward recuperara la memoria.

O a menos que encontraran a Thomas.

A esas alturas, Edward no estaba seguro de qué era menos probable.

—¿Edward?

Él pestañeó y centró su atención en Cecilia. Estaba de pie junto a la puerta de la habitación, con una sonrisa divertida en el rostro.

—Tenías otra vez esa mirada —observó—. No la que pones al recordar, sino cuando estás muy concentrado pensando.

A Edward no le sorprendió.

—Muy concentrado pensando en casi nada —mintió, y buscó la llave de la habitación. No quería revelar sus sospechas, al menos todavía no. Edward no dudaba de los motivos de Thomas para concertar ese matrimonio. Su amigo era un buen hombre y sin duda quería lo mejor para su hermana, pero si a ella la hubieran persuadido de casarse con engaños, estaría furiosa.

Quizás Edward debía esforzarse más por descubrir la verdad, pero sinceramente, tenía problemas más graves en ese momento, y, en definitiva, le *gustaba* estar casado con Cecilia.

¿Por qué diablos iba a alterar el feliz equilibrio que habían logrado?

A menos que...

Había un solo motivo por el cual él hubiera modificado la situación.

Quería hacer el amor con su esposa.

Había llegado el momento. *Tenía* que haber llegado. Su deseo..., su necesidad..., amenazaban con explotar desde que la había visto por primera vez.

Quizá fuera porque había descubierto quién era ella cuando conversaba con el coronel Stubbs. Quizá se debiera a que, incluso desde su cama de hospital, él había percibido su preocupación y devoción, pero cuando había abierto los ojos y la había visto por primera vez, sus ojos verdes llenos de inquietud primero, y después de sorpresa, había sentido una increíble liviandad, como si el aire mismo a su alrededor murmurara en su oído:

Es ella.

Ella es la elegida.

Y así, débil como estaba, la había deseado.

Entonces...

Quizá no había recuperado todas sus fuerzas, pero sin duda le bastaban.

La observó. Ella aún sonreía y lo miraba como si tuviese un delicioso secreto, o tal vez como si pensara que *él* lo tenía. De un modo u otro, parecía muy divertida al inclinar la cabeza y preguntarle:

—¿Vas a abrir la puerta?

Él giró la llave en la cerradura.

—¿Aún sigues concentrado pensando en nada? —bromeó ella mientras él abría la puerta para entrar.

No.

Él se preguntó si ella sería consciente de la delicada coreografía que realizaban todas las noches a la hora de dormir. Ella tragaba saliva, nerviosa, él miraba a hurtadillas. Ella se apresuraba a tomar el único libro que compartían, él miraba atentamente la pelusa que se había acumulado (o, más a menudo, que no se había acumulado) en su chaqueta color escarlata. Todas las noches Cecilia hacía sus tareas y hablaba con nerviosismo, y no se quedaba tranquila hasta que él se metía en el lado opuesto de la cama y le daba las buenas noches. Ambos sabían lo que sus palabras significaban realmente.

Esta noche no.

Todavía no.

¿Se daría cuenta ella de que él también esperaba una señal? Una mirada, una caricia..., cualquier cosa que le hiciera saber que ella estaba preparada.

Porque él sí lo estaba. Estaba más que preparado. Y pensó que..., quizás..., ella también lo estaba.

Aunque todavía no lo sabía.

Cuando entraron en la pequeña habitación, Cecilia se apresuró hacia el lavamanos que había sobre la mesa, que ella había pedido que llenaran con agua todas las noches.

—Solo me lavaré la cara —dijo, como si él no supiera lo que ella hacía cuando se mojaba el rostro, como si no siguiese la misma rutina todas las noches.

Mientras ella se lavaba, él empezó a desabrocharse los botones de los puños uno por uno, y luego se sentó en el borde de la cama para quitarse las botas.

—La cena me pareció deliciosa esta noche —dijo Cecilia, mirando rápidamente por encima del hombro antes de buscar el cepillo para el cabello en el armario.

—A mí también —respondió él. La conversación formaba parte del dúo que interpretaban, pasos de una complicada coreografía que los llevaba a meterse a cada uno en su lado de la cama y finalizaba cuando él fingía no despertarse cada mañana con ella entre sus brazos. Ella miraba para ver si la actitud de él era diferente y evaluaba su expresión, sus movimientos.

Él no necesitaba que ella se lo dijera para saberlo.

Los ojos de ella eran como cristal, luminoso y verde claro, y no ocultaban sus emociones. Él estaba convencido de que ella jamás había guardado un secreto. Sin duda se revelaría en su rostro, en esos labios carnosos que parecían no estar nunca quietos. Aun cuando estaba en reposo había signos de movimiento en su expresión. Bajaba la frente, o sus labios se abrían solo el espacio suficiente para respirar. ¿Las demás personas verían esto en ella? Edward suponía que, a simple vista, ella podía parecer serena. Pero si uno dedicaba tiempo a contemplarla, a mirar más allá del rostro ovalado y las facciones proporcionadas captadas en esa miniatura mediocre que Edward había observado tantas veces... Allí se veían. Los movimientos diminutos que danzaban al ritmo de sus pensamientos.

A veces se preguntaba si podría contemplarla siempre, sin aburrirse.

—¿Edward?

Él pestañeó. Estaba sentada frente al pequeño tocador y lo miraba con curiosidad.

—Me estabas observando —dijo. Se había soltado el cabello. No era tan largo como él pensaba que sería, cuando se le habían salido unos mechones de las horquillas en el hospital. Él la había visto cepillarse todas las noches, mientras sus labios contaban en silencio. Era casi fascinante cómo la textura y el brillo parecían cambiar cuando pasaba el cepillo por los mechones.

—¿Edward?

Otra vez lo había sorprendido soñando despierto.

—Perdona —dijo—. Estaba distraído.

—Debes de estar muy cansado.

Él trató de no hacer demasiadas interpretaciones de su comentario.

—*Yo* estoy cansada —afirmó.

Esa frase de tres palabras podía interpretarse de tantas formas... La más simple era: «Ha sido un día muy largo. Estoy cansada.»

Pero él sabía que quería decir algo más. Cecilia siempre se preocupaba por que él no hiciera demasiado esfuerzo, así que, sin duda, también quería decir: «Si yo estoy cansada, tú también lo estarás.»

Y luego estaba la verdad. La verdad más simple y básica: «Si te digo que estoy cansada... Si crees que todavía no estoy preparada...»

—¿Me permites? —murmuró él, haciendo un gesto para tomar el cepillo.

—¿Qué? —Su pulso tembló en su garganta—. Ah, no hay necesidad. Ya casi termino.

—Solo te falta un poco más de la mitad.

En su frente se pintó una arruga de confusión.

—¿Cómo dices?

—Te has pasado el cepillo veintiocho veces. Normalmente lo pasas cincuenta.

Ella abrió la boca, sorprendida. Él no podía arrancar la mirada de sus labios.

—¿Sabes cuántas veces cepillo mi cabello todas las noches?

Él se encogió ligeramente de hombros, aun cuando su cuerpo se estremeció al ver que ella pasaba la lengua por la izquierda del labio superior.

—Eres una criatura de costumbres —repuso él—. Y yo soy observador.

Ella dejó a un lado el cepillo, como si con la interrupción de su rutina pudiese cambiar quién era.

—No sabía que era tan previsible.

—Previsible, no —dijo él estirando su mano para tomar el cepillo de plata—. Eres constante.

—Cons...

—Y antes de que lo preguntes —la interrumpió con dulzura—, es un cumplido.

—No es necesario que me cepilles.

—Por supuesto que sí. Me afeitaste la barba, ¿recuerdas? Es lo menos que puedo hacer.

—Sí, pero no...

—Shhh... —La regañó, luego tomó el cepillo y lo pasó por el cabello ya brillante y desenredado.

—Edward, yo...

—Veintinueve —dijo él antes de que ella terminara de protestar—. Treinta.

Edward hubiera podido señalar el momento preciso en el que ella, por fin, se dio por vencida. Su postura se relajó, y un suave aliento, que no llegó a ser un suspiro, cruzó sus labios.

Él contó para sí: *treinta y dos, treinta y tres* y *treinta y cuatro*.

—Es agradable, ¿verdad?

—Mmm...

Él sonrió. *Treinta y cinco, treinta y seis.* Se preguntó si ella se daría cuenta si se pasaba de cincuenta.

—¿Alguien ha cuidado de ti alguna vez? —preguntó.

Ella bostezó.

—¡Qué pregunta más tonta!

—No creo que lo sea. Todo el mundo merece que lo cuiden. Imagino que algunas personas más que otras.

—Thomas me cuida —respondió ella finalmente—. O me cuidaba. Ha pasado tanto tiempo desde la última vez que lo vi...

Yo te cuidaré, juró Edward.

—Me cuidaste muy bien cuando estuve enfermo —aseguró.

Ella se giró, lo suficiente para que él viera su expresión de desconcierto.

—Por supuesto.

—No todos lo habrían hecho —señaló él.

—Soy tu...

Pero no terminó de hablar.

Cuarenta y dos, cuarenta y tres.

—Eres *casi* mi esposa —dijo él con voz queda.

Solo podía ver el borde de su rostro, ni siquiera su perfil. Pero supo que había dejado de respirar. Percibió el instante en que se quedó inmóvil.

—Cuarenta y ocho —murmuró—. Cuarenta y nueve.

Ella tomó la mano de él y la sujetó. ¿Intentaba prolongar el momento? ¿Congelar el tiempo para no tener que afrontar el paso inevitable hacia la intimidad?

Ella lo deseaba. Él sabía que ella lo deseaba. El deseo se escondía en los suaves gemidos que oía cuando se besaban, dulces acordes que dudaba que ella supiera siquiera que emitía. Él percibía su deseo cuando sus labios se apretaban contra los de él, ingenuos y curiosos.

Tomó la mano de ella, que todavía estaba encima de la suya, y la llevó a su boca.

—Cincuenta —murmuró.

Ella no se movió.

Con pasos suaves y silenciosos él se dio la vuelta hacia ella y pasó sus dedos de una mano a la otra, para poder colocar el cepillo en el pequeño tocador. Otra vez llevó los dedos a sus labios, pero esta vez él dio un breve tirón para que se pusiera de pie.

—Eres tan bella... —susurró, pero las palabras parecían insuficientes. Ella era mucho más que su atractivo rostro, y quería decírselo, pero no era poeta y no sabía cómo hacerlo, especialmente cuando el aire entre ambos se había tornado cálido y ardiente de deseo.

Acarició su mejilla, maravillado al sentir su piel suave y sedosa bajo sus dedos callosos. Ella lo estaba mirando con ojos bien abiertos, y él se daba cuenta de que estaba muy nerviosa, mucho más de lo que esperaba, teniendo en cuenta lo cerca que habían estado la última semana. Pero él nunca había estado con una virgen; quizá todas se comportaban de ese modo.

—No es nuestro primer beso —le recordó, rozando suavemente su boca con la de ella.

Aun así, ella no se movió, pero él juró que podía oír el latido furioso de su corazón. O quizás él escuchaba *a través* de ella, entre su mano y la de ella.

Entre su corazón y el de ella.

¿Se estaría enamorando? No imaginaba qué otra cosa podía provocarle esas sensaciones, como si su vida no hubiese comenzado realmente hasta que vio la sonrisa de ella.

Se *estaba* enamorando de ella. Ya lo estaba desde antes de que se conocieran y quizá nunca recordaría los acontecimientos que habían llevado hasta ese momento; sin embargo, recordaría *ese* momento. Ese beso. Esas caricias.

Esa noche.

—No tengas miedo —murmuró, volviendo a besarla, esta vez tocando los labios de ella con su lengua.

—No tengo miedo —respondió ella con voz extraña, tanto que él se detuvo. Tomó su barbilla, levantó su rostro y buscó en sus ojos algo que ni siquiera podía definir.

Hubiera sido más fácil si hubiera sabido qué buscaba.

—¿Alguien —no quería decirlo— te ha *hecho daño*?

Ella lo miró sin entender, hasta que él respiró profundamente antes de explicarse.

—No —dijo ella de pronto, cuando comprendió a qué se refería justo a tiempo para ahorrarle la explicación—. No —repitió—. Lo juro.

Edward sintió un fuerte alivio, como si fuera algo concreto. Si alguien le hubiese hecho daño, la hubiese violado... A él no le hubiera importado que no fuese virgen, pero tendría que pasarse el resto de su vida buscando al desgraciado.

Su corazón, no, su alma no permitiría otra cosa.

—Seré cuidadoso —prometió, mientras su mano acariciaba el contorno de su garganta hasta la piel desnuda de su clavícula. Aún no se había cambiado el vestido de día por el camisón, de manera que la tela era más rígida, con botones y lazos que estorbaban. No obstante, revelaba una mayor extensión de piel, desde la curva de su hombro hasta la suave prominencia de sus senos.

Él la besó ahí, justo donde el encaje que adornaba el corsé se encontraba con su piel. Ella se estremeció y su cuerpo se arqueó instintivamente hacia él.

—Edward, yo...

Él volvió a besarla, más cerca de la sombra que había entre sus senos.

—No sé si...

Y luego el otro lado, cada beso como una suave bendición, una mera señal de la pasión que él mantenía bajo control.

Los dedos de él encontraron los cierres en la espalda del vestido, y acercó su boca a la de ella mientras lentamente liberaba su cuerpo. Había pensado distraerla con besos, pero el deseo lo había vuelto estúpido a él mismo, y cuando los labios de ella se abrieron bajo los suyos, sintió que se consumía.

Y también ella. Lo que comenzó como un juego rápidamente cobró ritmo, hasta que ambos bebieron uno del otro como si esa fuese su única posibilidad de unión. Edward no tenía ni idea de cómo debía quitarle el vestido sin romperlo; en algún rincón de su cabeza debía de recordar que ella tenía solo dos vestidos en Nueva York y que era necesario mantenerlos enteros.

Tenía puestas unas ligeras enaguas con un lazo suelto al frente, y los dedos de él temblaron mientras tomaba un extremo. Tiró lentamente, observando cómo la lazada se hacía cada vez más pequeña hasta que, por fin, pasó a través del nudo.

Bajó la enagua de su hombro; su respiración se aceleraba a medida que se revelaba cada centímetro de su piel color durazno.

—Es del otro lado —murmuró ella.

—¿Qué? —Hablaba con voz queda; él no estaba seguro de haber entendido.

—La enagua —dijo ella, sin mirarlo directamente a los ojos—. Se quita por la cabeza.

Él dejó la mano inmóvil y sintió que sonreía. Había tratado de ser tan cuidadoso, tan caballero, y ahí estaba ella dándole instrucciones para desvestirla.

Era maravillosa. No, era magnífica, y no podía imaginar cómo había creído que su vida estaba completa antes de ese momento.

Cecilia miró hacia arriba e inclinó la cabeza al preguntar:

—¿Qué ocurre?

Él solo negó con la cabeza.

—Estás sonriendo —acusó ella.

—Así es.

Ahora ella también sonreía.

—¿Por qué?

—Porque eres perfecta.

—Edward, no, yo...

Ella seguía negando con la cabeza cuando él la tomó entre sus brazos. La cama estaba a solo unos pasos de distancia, pero ella era su esposa y él por fin iba a hacerle el amor. Como que se llamaba Edward iba a tomarla entre sus brazos y a llevarla hasta allí.

Él la besó una y otra vez; sus manos exploraron todo su cuerpo, primero a través de la enagua y luego se atrevieron a introducirse bajo el dobladillo. Ella era todo lo que siempre había soñado, receptiva y cálida. Luego sintió que el tobillo de ella se enredaba con su pierna y lo atraía hacia sí, y fue como si todo el mundo hubiese estallado de luz. Ya no era él quien la seducía a ella. Ella también lo deseaba. Quería atraerlo más hacia sí, sentirlo sobre su cuerpo, y el corazón de Edward latía en partes iguales de felicidad y satisfacción.

Él se echó hacia atrás y se sentó lo bastante lejos como para poder quitarse la camisa por encima de su cabeza.

—Te ves diferente —dijo ella, mirándolo con ojos vidriosos de pasión.

Él enarcó las cejas.

—La última vez que te vi —dijo estirando su mano y tocando el pecho de él con las puntas de los dedos— fue el día que saliste del hospital.

Él supuso que era cierto. Ella siempre se daba la vuelta cuando él se cambiaba de ropa. Y él siempre la miraba y se preguntaba qué pensaría ella, si querría girar la cabeza y espiar.

—Mejor, espero —murmuró él.

Ella puso los ojos en blanco al oírlo. Aún no había recuperado el peso perdido, pero sin duda estaba en mejor estado, y cuando él pasaba sus manos por sus brazos, sentía que los músculos volvían a formarse y a recuperar fuerzas lentamente.

Sin embargo, podía con aquello. Sin duda, tenía fuerza suficiente.

—No sabía que los hombres eran tan bellos —murmuró Cecilia.

Él puso sus manos en los hombros de ella, colocándose de modo que estuvieran de frente, y le advirtió:

—Si me haces ruborizar me veré obligado a ejercer mi autoridad de marido.

—¿Tu autoridad de marido? Y eso, ¿qué implica?

—No estoy seguro —admitió él—. Pero sé que has prometido obedecer.

Si él no hubiese estado tan concentrado en su rostro, no habría visto el ligero temblor en su mandíbula. Ni la forma en que tragaba torpemente y se percibía en toda su garganta. Estuvo a punto de burlarse por ello. No conocía a ninguna mujer (por lo menos ninguna que le gustara o a quien respetara) que hubiese aceptado seriamente obedecer a su marido.

Se preguntó si ella habría cruzado los dedos al pronunciar las palabras en el barco. O quizás había encontrado algún modo de evitarlas, la pequeña arpía. Y ahora estaba demasiado avergonzada como para admitirlo.

—Nunca he esperado que me obedezcas —murmuró él, sonriendo mientras se disponía a besarla otra vez—. Simplemente, que estés de acuerdo conmigo en todo.

Ella le dio un empujón en el hombro y él no pudo evitar echarse a reír. Aun cuando se dejó caer a su lado y la atrajo hacia sí, sintió que una alegría silenciosa estremecía su cuerpo y se transmitía al de ella.

¿Alguna vez se había reído en la cama con una mujer? ¡Quién hubiera dicho que sería tan maravilloso!

—Me haces feliz —dijo él. Finalmente siguió su consejo y, mientras ella alzaba los brazos, deslizó la enagua por encima de su cabeza.

Se quedó sin aliento. Ahora estaba desnuda, y aunque las sábanas tapaban la parte inferior de su cuerpo, sus senos estaban al descubierto. Era lo más bello que había visto jamás, pero era más que eso. No era solo que al verla se sentía mareado de deseo. O que estaba seguro de que nunca había estado tan duro de deseo como en ese momento.

Era algo *más*. Algo más profundo.

Algo sublime.

Acarició uno de sus senos, rozando el pezón rosa con el dedo índice. Ella ahogó un grito, y él no pudo evitar un gruñido de orgullo masculino. Le encantó poder provocar su deseo por él, por *eso*. Le encantaba adivinar que estaba húmeda entre sus piernas, que el cuerpo de ella adquiría vida, y que *él* era el autor de todo eso.

—Eres muy bella —murmuró, acomodando sus cuerpos de manera que ella estuvo tendida otra vez de espaldas y él sentado a horcajadas. Pero sin la enagua, la posición era mucho más erótica. Sus senos se aplanaron un poco debido a la gravedad, pero los pezones, rosados como flores, se erguían orgullosos y prácticamente rogaban que los acariciara.

—Podría estar todo el día contemplándote —dijo él.

La respiración de ella se aceleró.

—O quizá no —continuó, inclinándose para rozar con su lengua el pezón derecho—. Creo que no podría mirar sin tocarte.

—Edward —dijo ella con voz ronca.

—O besarte. —Él pasó al otro seno e introdujo la punta en su boca.

Ella se arqueó debajo, y un suave grito se escapó de sus labios mientras él continuaba con su dulce tortura.

—También puedo mordisquearte —murmuró él, volviendo al otro lado, con los dientes esta vez.

—¡Dios mío! —gimió ella—. ¿Qué estás haciendo? Siento...

Él se rio entre dientes.

—Eso espero: que lo sientas.

—No, siento...

Él esperó unos segundos y luego, con voz cargada de deseo, le preguntó:

—¿Lo sientes en otro lugar?

Ella asintió.

Algún día, cuando le hubiese hecho el amor cientos de veces, le haría decir dónde lo sentía. Le haría pronunciar las palabras que provocarían que su erección, ya de por sí considerable, fuera dura como el acero. Pero por el momento, él sería el atrevido. Usaría todas las armas que estaban a su alcance para asegurarse de que, cuando por fin la penetrara, ella estuviese desesperada de necesidad.

Ella sabría lo que significaba que la adoraran. Sabría lo que significaba que la veneraran. Porque él ya sabía que su mayor placer era satisfacer el placer de ella.

Apretó su seno y su mano lo moldeó en una montaña diminuta mientras se inclinaba para apoyar los labios en su oreja.

—¿Dónde lo sientes? —prosiguió, rozándola con los dientes. Rodó hacia un lado y se apoyó en un codo, mientras deslizaba su mano entre el seno y su cadera—. ¿Puede ser aquí?

La respiración de ella se volvió más agitada.

—¿O quizás... —deslizó un dedo por su vientre y le hizo cosquillas en el ombligo— aquí?

Ella se estremeció bajo sus caricias.

—No creo que ese sea el lugar —murmuró, trazando círculos distraídos sobre su piel—. Creo que hablabas de una zona más abajo.

Ella murmuró algo. Podría haber sido su nombre.

Él colocó la palma de la mano en su abdomen, y, con deliberada lentitud, avanzó hacia abajo hasta que sus dedos tocaron la suave mata de vello que protegía su sexo. Sintió que ella permanecía inmóvil, como si no estuviese segura de lo que debía hacer. Él se limitó a sonreír al oír su respiración entrecortada y frenética.

Con ternura abrió sus piernas, mientras sus dedos rozaban su clítoris, hasta que ella se relajó un poco y se abrió aún más a él.

—¿Te gusta? —susurró, sabiendo que la respuesta era afirmativa. Pero cuando ella dijo que sí, se sintió el rey del mundo. El mero hecho de darle placer parecía suficiente para que su corazón se ensanchara de orgullo.

Continuó excitándola, llevándola más y más hacia el clímax, aunque su propio cuerpo pedía a gritos satisfacción. No había sido su intención ocuparse primero del placer de ella, pero cuando había comenzado a acariciarla y había sentido que el cuerpo de ella respondía como un instrumento bajo sus dedos, había sabido lo que debía hacer. Quería que ella llegara al clímax, que llegara al orgasmo y creyera que no había mayor placer.

Y luego quiso enseñarle que sí lo había.

—¿Qué haces? —murmuró ella, pero a él le pareció que la pregunta era retórica. Tenía los ojos cerrados y la cabeza echada hacia atrás, y mientras su cuerpo se arqueaba, apuntando sus senos perfectos al cielo, él pensó que nunca había visto nada tan bello y erótico.

—Te estoy haciendo el amor —respondió.

Ella abrió los ojos.

—Pero...

Él apoyó un dedo en los labios de ella.

—No me interrumpas. —Era una muchacha inteligente; estaba al tanto de lo que sucedía entre un hombre y una mujer, y sabía que algo mucho más grande que los dedos de él penetraría en su interior. Pero también era evidente que nadie le había hablado de las cosas deliciosas que podían hacerse mientras tanto.

—¿Has oído hablar de *la petite morte*? —le preguntó.

Los ojos de ella se nublaron de confusión mientras negaba con la cabeza.

—¿La pequeña muerte?

—Así es como lo llaman los franceses. Es una metáfora, te lo garantizo. Siempre he pensado que era más bien una afirmación de la vida. —Se inclinó e introdujo el pezón de ella en su boca—. O, quizás, una razón para vivir.

Y luego, con toda la picardía que sentía en su alma, miró hacia arriba y murmuró:

—¿Quieres que te enseñe?

14

Echo de menos la época en la que estabas en Londres y nos escribíamos como si conversáramos. Supongo que ahora estamos a merced de las corrientes. Nuestras cartas deben cruzarse en el océano. La señora Pentwhistle ha dicho que creía que era un pensamiento bonito, que las cartas tenían pequeñas manos y se saludaban en mitad del océano. Creo que la señora Pentwhistle ha bebido demasiado vino de comunión del reverendo Pentwhistle.

Por favor, dile al capitán Rokesby que la pequeña flor púrpura prensada que me envió ha llegado en perfectas condiciones. ¿No es sorprendente que un tallo tan pequeño sea lo bastante fuerte como para hacer el viaje desde Massachusetts hasta Derbyshire? Estoy segura de que jamás tendré la oportunidad de agradecérselo personalmente. Te pido que le comuniques que siempre tendrá un significado especial para mí. Es algo excepcional tener un pequeño fragmento de vuestro mundo.

de Cecilia Harcourt
a su hermano Thomas

La pequeña muerte.

Sin duda los franceses habían dado con algo cuando se les ocurrió esa frase. Porque la tensión que se acumulaba en el cuerpo de Cecilia..., la necesidad vibrante e inexorable de algo que no llegaba a entender..., todo parecía conducir a algo que de ningún modo podía sobrevivir.

—Edward —se estremeció—, no puedo...

—Sí puedes —le aseguró él. Pero no fueron sus palabras las que quedaron grabadas en ella, sino su voz, ahogada en su piel mientras los seductores labios de él recorrían sus senos.

Él la había acariciado y besado en partes que ni siquiera ella misma se había atrevido a explorar. Estaba fascinada. No, parecía haberse despertado. Había vivido veintidós años en ese cuerpo y acababa de aprender cuál era su propósito.

—Relájate —murmuró Edward.

¿Estaba loco? Todo eso no tenía nada de relajante, nada que la hiciera desear relajarse. Quería aferrarse y hundir los dedos y, sí, gritar mientras llegaba al abismo.

Salvo porque no sabía cuál era ese abismo ni qué había al otro lado.

—Por favor —rogó, y no le importó no saber por qué estaba rogando. Porque él sí sabía. ¡Dios mío! Ojalá supiera. Si él no sabía, iba a matarlo.

Con su boca y sus dedos, él la transportaba hacia la cima del deseo. Y después, cuando ella alzó sus caderas, rogándole en silencio que continuara, él hundió un dedo en su interior y lamió su seno.

Llegó al orgasmo.

Gritó el nombre de él mientras sus caderas se despegaban de la cama. Cada uno de sus músculos se tensó al unísono. Fue como una sinfonía hecha de una única nota en tensión. Luego, después de que su cuerpo se pusiera rígido como una tabla, finalmente respiró y se dejó caer sobre el colchón.

Edward retiró su dedo y se recostó junto a ella, apoyado sobre su codo. Cuando encontró energía para abrir los ojos, Cecilia vio que él sonreía como un gato satisfecho.

—¿Qué ha sido eso? —dijo, más con su aliento que con su voz.

Él quitó un mechón húmedo de su frente y luego se inclinó para besarla en una ceja.

—*La petite morte* —murmuró él.

—Ah. —Hubo un mundo de admiración en esa única sílaba—. Eso he pensado.

Su respuesta pareció hacerle gracia, pero de un modo adorable que hizo ruborizar de placer a Cecilia. Ella lo hacía sonreír. Ella lo hacía *feliz*. Seguramente, cuando llegara el Juicio Final, sería algo a su favor.

Sin embargo, todavía no habían consumado el matrimonio.

Cecilia cerró los ojos. Tenía que dejar de pensar de ese modo. El matrimonio *no existía*. Eso no era una consumación, era...

—¿Qué sucede?

Ella levantó la vista. Edward la estaba mirando con ojos muy brillantes y azules, aun bajo la débil luz del atardecer.

—¿Cecilia? —Él no parecía preocupado exactamente, pero sabía que algo había cambiado.

—Es solo que estoy... —Le costó decir algo que en realidad fuera verdad, así que manifestó—: abrumada.

Él sonrió apenas, pero fue suficiente para llenar el corazón de Cecilia para siempre.

—Es algo bueno, ¿verdad?

Ella asintió lo mejor que pudo. Era algo bueno, por lo menos, en ese momento. En cuanto a la semana siguiente, o al siguiente mes, cuando su vida probablemente se derrumbara...

Se enfrentaría a eso cuando tuviera que hacerlo.

Él pasó los nudillos por su mejilla en una tierna caricia, y la contempló como si pudiera leer su alma.

—¿En qué estarás pensando...?

¿En qué pensaba? En que lo deseaba. En que lo amaba. En que, aunque sabía que eso estaba mal, ella *sentía* que estaban casados; solo deseaba que fuese cierto, aunque solo fuera por esa noche.

—Bésame —exigió ella, pues en ese momento necesitaba tener el control. Necesitaba estar *presente* en ese momento, y no en las nubes, pensando en el futuro, en un mundo en el que la sonrisa de Edward ya no le perteneciera.

—De pronto te has vuelto autoritaria —bromeó él.

Pero ella no le hizo caso.

—Bésame —repitió, agarrándole la cabeza por detrás con una de sus manos—. Ahora.

Ella lo atrajo hacia sí, y cuando sus labios se fundieron, la avidez de ella se desbordó. Lo besó como si fuese aire, alimento y agua. Lo besó con todo su ser, todo lo que no podía decirle. Fue una declaración y una disculpa; una mujer que se aferraba a la felicidad mientras podía.

Y él respondió con la misma pasión.

Ella no sabía qué le estaba sucediendo, pero sus manos parecían saber lo que tenían que hacer: lo atrajo hacia sí, deslizó su mano hacia el cierre de sus pantalones, que él aún no se había quitado.

Soltó una exclamación de frustración cuando él se apartó y se levantó de la cama para arrancarse esa ofensiva prenda. Pero ella no le quitó los ojos de encima. Y, ¡por todos los cielos!, era bello. Bello y muy, muy grande, lo suficiente como para que ella abriera los ojos con temor.

Él debió de ver su rostro porque se rio entre dientes, y cuando volvió a la cama, su expresión fue entre pícara y salvaje.

—Entrará —murmuró él en su oído.

Su mano se deslizó por el cuerpo de Cecilia hasta el surco de entre sus piernas; fue solo en ese momento que ella se dio cuenta de lo caliente y húmeda que se había puesto. Caliente, húmeda y necesitada. ¿Él le había dado placer deliberadamente? ¿Para que estuviera preparada para él?

Si era así, había surtido efecto, pues sintió una avidez abrumadora de él, la necesidad de que la penetrara, de fundir su cuerpo con el de él y no soltarlo jamás.

Sintió cómo presionaba, solo la punta, y se quedó sin aliento.

—Seré cuidadoso —prometió.

—No sé si quiero que lo seas.

El cuerpo de él se estremeció, y cuando ella levantó la mirada, su mandíbula estaba tensa mientras se esforzaba por no perder el control.

—No digas eso —dijo con esfuerzo.

Ella se arqueó contra él, tratando de acercarse aún más.

—Pero es la verdad.

Él avanzó, y ella sintió que se abría para él.

—¿Te hago daño? —preguntó.

—No —repuso ella—, pero esto es muy... extraño.

—¿Extraño en el buen sentido o en el mal sentido?

Ella pestañeó varias veces, intentando comprender lo que sentía.

—Solo extraño.

—No me gusta mucho esa respuesta —murmuró él. Colocó sus manos detrás de ella y la abrió un poco más, y ella soltó un grito cuando otro centímetro de su virilidad la penetró—. No quiero que esto sea extraño —le dijo al oído—. Creo que tendremos que practicar *muy* a menudo.

Él sonó diferente, casi salvaje, y algo muy femenino en el interior de ella comenzó a brillar. Había sido *ella* quien lo había puesto en ese estado. Ese hombre (ese hombre grande y poderoso) perdía el control y era porque la necesitaba a *ella*.

Cecilia nunca se había sentido tan fuerte.

Sin embargo, las sensaciones no eran como las anteriores. Cuando él había usado solo sus manos y sus labios, la había empujado a una tormenta de deseo y luego la había hecho volar de placer. Ahora más bien parecía que ella debía adaptarse a él, a su tamaño. No era doloroso, pero no resultaba tan agradable como antes. Por lo menos, no para ella.

Pero para Edward... Todo lo que ella había sentido antes, la misma necesidad, ahora la veía reflejada en su rostro. Él lo estaba disfrutando. Y eso fue suficiente para ella.

Pero, aparentemente, no para él, porque frunció el ceño y dejó de moverse.

Ella levantó la mirada, como interrogándolo.

—Hay algo que no va bien —dijo, besándola en la nariz.

—¿No te complazco? —Le había parecido que sí, pero tal vez no.

—Si me complacieras más, creo que me moriría —respondió él con expresión irónica—. Ese no es el problema. Soy yo quien no te complace a ti.

—Lo has hecho. Sabes que sí. —Se ruborizó al decirlo, pero no soportaba que él pensara que no estaba disfrutando.

—¿No crees que puedes recibir placer dos veces?

Cecilia abrió mucho los ojos.

Edward introdujo su mano entre sus cuerpos y encontró el lugar más sensible de su sexualidad.

—¡Ah! —Ella lo había sentido ahí; sin embargo, la sensación era tan intensa que no pudo evitar lanzar un grito de sorpresa.

—Eso me gusta más —murmuró él.

Entonces todo comenzó otra vez. La presión, la necesidad..., eran tan fuertes, que ella no se dio cuenta de que, con cada caricia, él la ensanchaba más. Cada vez que ella creía que no podía haber más, él retrocedía y luego volvía a introducirse, y llegaba hasta los rincones más recónditos de su alma.

No sabía que se podía estar tan cerca de otro ser humano. No sabía que se podía estar tan cerca y desear aún más.

Ella arqueó su espalda y sus manos se aferraron a los hombros de él, hasta que sus cuerpos quedaron alineados.

—¡Dios mío! —suspiró él—, parece que he llegado. —La miró, y ella creyó ver que los ojos de él estaban húmedos antes de que su boca se fundiera con la de ella en un beso tórrido y apasionado.

Entonces comenzó a moverse.

Al principio fueron movimientos lentos y constantes, que creaban una exquisita fricción dentro de ella. Pero luego la respiración de él se transformó en jadeos, y el ritmo que tenía se aceleró. Ella también sintió esa velocidad en su interior, como una carrera hacia un precipicio; sin embargo, no estaba tan perdida como Edward, por lo menos, no antes de que él acomodara su posición e introdujera uno de sus pezones en su boca.

Ella gritó de estupor, ante la conexión imposible entre su seno y su vientre. Pero allí lo sentía... ¡Por todos los cielos! Cuando los dedos de él comenzaron a frotar el otro pezón, sintió esa sensación entre sus piernas, y comenzó a temblar y a tensarse.

—¡Sí! —exclamó ella. Edward gruñó—. ¡Dios mío, sí, apriétame! —Él asió su seno con más fuerza de la que ella hubiera creído que le gustaría, pero le encantó, y con un movimiento repentino, volvió a alcanzar el orgasmo.

—¡Dios mío! —resoplaba Edward—. ¡Dios mío, Dios mío, Dios mío! —Sus movimientos se volvieron demenciales, y siguió empujando. Luego pareció quedarse casi inmóvil en su último empujón, antes de gemir el nombre de Cecilia y desplomarse sobre ella.

—Cecilia —repitió, su voz apenas un susurro—. Cecilia.

—Aquí estoy. —Acarició su espalda, y con las puntas de los dedos trazó círculos a través de la línea de su columna vertebral.

—Cecilia. —Y luego, otra vez—. Cecilia.

A ella le gustó saber que, aparentemente, él no podía pronunciar otra cosa que no fuera su nombre. Solo el cielo sabía que ella no pensaba en nada más que en el nombre de él.

—Te estoy aplastando —murmuró él.

Era verdad, pero no le importaba. Le gustaba sentir su peso.

Él bajó de encima de ella, pero no del todo, y quedaron un poco enredados.

—No quiero dejar de tocarte nunca—dijo. Parecía muy soñoliento.

Ella se dio la vuelta para mirarlo. Tenía los ojos cerrados, y si no se había dormido, pronto lo haría. Su respiración ya comenzaba a ser más constante, y sus pestañas, tan gruesas y oscuras, se posaban sobre sus mejillas.

Se dio cuenta de que nunca lo había visto dormir. Hacía una semana que compartía una cama con él, pero todas las noches ella se metía en su lado y con mucho cuidado le daba la espalda. Escuchaba su respiración, y casi contenía la propia para permanecer quieta y en silencio. Y se repetía que debía estar atenta para saber cuándo se dormía él, pero ella siempre se dormía antes.

Edward siempre estaba levantado a la mañana siguiente, y lo encontraba ya vestido o casi vestido cuando abría los ojos y bostezaba.

Así que eso era algo especial. Él no era nervioso cuando dormía, pero su boca se movía un poco, como si murmurara una oración. Quiso estirar la mano y acariciar su mejilla, pero no quería despertarlo. A pesar de su reciente demostración de fuerza y vitalidad, aún no se había recuperado y necesitaba descansar.

Así que lo contempló y aguardó. Esperó sentir la inevitable culpa que embargaría su corazón. Quiso mentirse a sí misma y convencerse de que él la había seducido hasta perder la cabeza, pero sabía que no era cierto. Sí, se había dejado llevar por la pasión, pero pudo haberlo detenido en cualquier momento. Lo único que debía hacer era abrir la boca y confesar sus pecados.

Se tapó la boca con un puño y ahogó una risa deprimente. Si le hubiese contado la verdad a Edward, él se habría apartado con la velocidad de un rayo. Se habría puesto furioso, y luego la habría arrastrado a una iglesia y se hubiese casado con ella de inmediato. Él era esa clase de hombre.

Pero ella no podía permitir que hiciera eso. Él estaba prácticamente comprometido con esa muchacha en Inglaterra, la que le había mencionado: Billie Bridgerton. Sabía que él le tenía mucho cariño. Siempre sonreía cuando hablaba de ella. Siempre. ¿Y si realmente estaban comprometidos? ¿Y si él le había dado su palabra a ella y lo había olvidado junto con todo lo demás en las últimas semanas?

¿Y si él la amaba? Era posible que también hubiese olvidado eso.

Sin embargo, a pesar de toda la culpa que sentía, no podía llegar a arrepentirse de lo ocurrido. Algún día, lo único que tendría de ese hombre serían sus recuerdos, y como que se llamaba Cecilia, haría que esos recuerdos fueran brillantes.

Y si había un hijo...

Apoyó su mano en su vientre, donde en ese momento podía estar creciendo un hijo de ambos. Y si venía un hijo...

No. No era probable. Su amiga Eliza había estado casada un año entero antes de quedarse embarazada. Y la esposa del vicario, más todavía. Sin embargo, Cecilia sabía que no podía seguir tentando al destino. Tal vez podía decirle a

Edward que tenía miedo de quedarse embarazada tan lejos de casa. No le estaría mintiendo si le dijera que no le gustaba la perspectiva de atravesar el océano con un hijo en el vientre.

O con un niño ya nacido. ¡Cielo santo! El viaje ya había sido lo bastante espantoso. No se había mareado, pero sí se había aburrido, y por momentos había sido horrible. ¿Hacer eso con un bebé?

Se estremeció. Sería un infierno.

—¿Qué sucede?

Giró la cabeza al oír la voz de Edward.

—Creí que estabas dormido.

—Lo estaba —respondió con un bostezo—. O casi. —Una de sus piernas aún la retenía, así que la movió y luego la atrajo hacia sí, con la espalda de ella apoyada en su pecho—. Parecías preocupada —observó.

—No seas tonto.

Él besó la parte de atrás de su cabeza.

—Estabas inquieta por algo. Me he dado cuenta.

—¿Mientras dormías?

—Estaba *casi* dormido —le recordó él—. ¿Estás dolorida?

—No sé —respondió ella con sinceridad.

—Te traeré un paño. —La soltó y salió de la cama. Cecilia giró el cuello y vio que cruzaba la habitación hasta el lavamanos. ¿Cómo podía ser tan espontáneo estando desnudo? ¿Era algo típico de los hombres?

—Aquí tienes —dijo al volver a su lado. Humedeció el paño y, con movimientos delicados, la limpió.

Fue demasiado. Cecilia estuvo a punto de llorar.

Cuando terminó, dejó a un lado el paño y volvió a su posición junto a ella, apoyándose sobre un codo mientras usaba su mano libre para juguetear con su cabello.

—Dime por qué estás preocupada —murmuró.

Ella tragó saliva, juntando fuerzas.

—No quiero quedarme embarazada —dijo.

Él se quedó quieto. Cecilia agradeció que hubiera poca luz en la habitación. No estaba segura de querer observar las emociones que pasarían por los ojos de él.

—Quizá sea demasiado tarde para eso —observó.

—Lo sé. Es solo que...

—¿No quieres ser madre?

—¡Sí! —exclamó, sorprendiéndose por la vehemencia de su respuesta. Porque sí quería. Tener un hijo suyo... Casi lloraba del deseo de tenerlo—. No quiero quedarme embarazada *aquí* —respondió—. En América del Norte. Sé que hay médicos y comadronas, pero en algún momento quiero volver a casa. Y no desearía cruzar el océano con un bebé.

—No —dijo él, arrugando la frente mientras pensaba—. Por supuesto que no.

—Tampoco quiero hacer el viaje estando embarazada —dijo—. ¿Y si ocurriera algo?

—En todos lados ocurren cosas, Cecilia.

—Lo sé. Pero solo pienso que me sentiría más cómoda en casa. En Inglaterra.

Nada de eso era mentira. Pero no era toda la verdad.

Él continuó acariciándole el cabello con movimientos delicados y relajantes.

—Pareces muy angustiada —murmuró.

Ella no supo qué decir.

—No debes preocuparte tanto —dijo—. Como he dicho, quizá sea demasiado tarde, pero podemos tomar precauciones.

—Ah, ¿sí? —Su corazón dio un alegre salto antes de recordar que tenía mayores problemas que ese.

Él sonrió y tomó su barbilla, levantando su cara hacia la de él.

—Por supuesto. Te lo mostraría ahora mismo, pero creo que necesitas descansar. Duerme —dijo—. Todo parecerá más sencillo por la mañana.

No sería así. Pero, de todos modos, se durmió.

15

Te pido mil disculpas. Hace más de un mes que no escribo, pero la verdad sea dicha, no había mucho que escribir. Todo es aburrimiento o batalla, y no quiero escribir sobre ninguna de las dos cosas. Sin embargo, ayer llegamos a Newport, y después de una buena comida y un baño, me siento mejor.

DE THOMAS HARCOURT A SU HERMANA CECILIA

Estimada señorita Harcourt:
Gracias por su amable nota. Ha empezado a hacer más frío, y cuando reciba esta carta, sospecho que nos alegraremos de tener chaquetas de lana. Newport es lo más parecido a una ciudad de lo que hemos visto en un tiempo, y ambos estamos disfrutando de sus comodidades. A Thomas y a mí nos han dado habitaciones en una casa privada, pero nuestros hombres se han alojado en casas de Dios, la mitad en una iglesia y la otra mitad en una sinagoga. Varios temían que Él los castigara por dormir en una casa seglar. No creo que sea más seglar que la taberna que han visitado por la noche, pero no es mi tarea ofrecer consejo religioso. A propósito, espero que la señora Pentwhistle haya dejado el vino. Aunque debo confesar que disfruté de su anécdota sobre el «salmo que ha fracasado rotundamente».

Y porque sé que me lo preguntará, nunca he visitado una sinagoga; se parece bastante a una iglesia, para ser sincero.

DE EDWARD ROKESBY A CECILIA HARCOURT.
ADJUNTO EN LA CARTA DE SU HERMANO

Como de costumbre, a la mañana siguiente Edward despertó antes que Cecilia. Ella no se movió cuando él se bajó de la cama, una prueba de su excepcional fatiga.

Edward sonrió. Se sentía feliz de ser el causante de su cansancio.

También tendría hambre. En general, ella tomaba su comida principal en el desayuno, y aunque en el Devil's Head siempre había huevos por las gallinas que tenían en la parte trasera, Edward pensó en darle un capricho. Algo dulce. Bollos de Chelsea, tal vez. O *speculaas*.

O ambas cosas, ¿por qué no?

Después de vestirse escribió una nota rápida y la dejó sobre la mesa. En ella le informaba de que volvería pronto. Las dos panaderías estaban cerca. Podía ir y volver en menos de una hora si no se encontraba con ningún conocido.

Rooijakkers era la que estaba más cerca, así que caminó hasta allí en primer lugar, sonriendo para sus adentros cuando la campana sonó sobre su cabeza para avisar al propietario de que alguien había entrado. Sin embargo, no era el señor Rooijakkers el que atendía la tienda, sino su pelirroja hija, de la que Cecilia había dicho que se había hecho amiga. Edward también recordaba a la muchacha, de antes de marcharse a Connecticut. Él y Thomas preferían la panadería holandesa a la inglesa, que estaba a la vuelta de la esquina.

Edward sintió que su sonrisa se tornaba melancólica. A Thomas le gustaban mucho los dulces. Igual que a su hermana.

—Buenos días, señor —saludó la muchacha. Se limpió las manos enharinadas en el delantal mientras salía de la habitación trasera.

—Señora —dijo Edward con una pequeña inclinación de barbilla. Ojalá hubiera recordado su nombre. Aunque, por lo menos esa vez, no se perturbó al no recordar. Fuera cual fuese su nombre, no se escondía en la parte oscura de su memoria. Siempre había sido malo para recordar nombres.

—¡Qué agradable volver a verlo, señor! —dijo ella—. Hacía mucho tiempo que no venía.

—Meses —confirmó él—. He estado fuera de la ciudad.

Ella asintió y esbozó una alegre sonrisa.

—Se nos hace difícil tener clientes regulares, con el ejército enviándoos aquí, allí y a todas partes.

—Solo a Connecticut —confirmó él.

Ella se rio entre dientes.

—¿Y cómo está su amigo?

—¿Mi amigo? —repitió Edward, aunque sabía muy bien que debía de referirse a Thomas. Sin embargo, era algo inquietante. Nadie preguntaba más por él, o si alguien lo hacía, era en voz baja y sombría.

—Hace mucho tiempo que no lo veo en realidad —respondió Edward.

—¡Qué lástima! —Ella inclinó la cabeza a un lado en un gesto amistoso—. Por él y por mí. Era uno de mis mejores clientes. Le encantaban los dulces.

—A su hermana también —murmuró Edward.

Ella lo miró con curiosidad.

—Me he casado con su hermana —explicó, sin saber por qué le había contado eso. Quizá porque se sentía feliz al decirlo. Se había casado con Cecilia. Bueno. Ahora se había casado con ella *realmente*.

La hija del señor Rooijakkers se quedó quieta un momento. Frunció sus cejas pelirrojas antes de decir:

—Lo siento, me temo que no recuerdo su nombre...

—Capitán Edward Rokesby, señora. Y sí, conoce a mi flamante esposa. Cecilia.

—¡Por supuesto! Disculpe, no lo había relacionado cuando dijo antes su nombre. Ella se parece bastante a su hermano, ¿no es cierto? No tanto en las facciones, sino...

—En las expresiones, sí —Edward acabó la frase por ella.

Ella sonrió.

—Entonces querrá llevarse *speculaas*.

—Por supuesto. Una docena, por favor.

—Es probable que nunca nos hayan presentado —dijo la panadera mientras se agachaba para tomar una bandeja con galletas de un estante inferior—. Soy la señora Beatrix Leverett.

—Cecilia me ha hablado de usted con mucho cariño. —Esperó pacientemente que la señora Leverett contara las galletas. Estaba ansioso por ver la reacción de Cecilia cuando le llevara el desayuno a la cama. Galletas en la cama, algo aún mejor.

Excepto por las migas. Ese sí sería un problema.

—¿El hermano de la señora Rokesby aún sigue en Connecticut?

Los agradables pensamientos de Edward cesaron de pronto.

—¿Cómo dice?

—El hermano de la señora Rokesby —repitió, levantando la mirada de su tarea—. Creí que había ido a Connecticut con usted.

Edward se quedó muy quieto.

—¿Usted está al tanto de eso?

—¿No debería?

—Thomas ha estado conmigo en Connecticut. —Lo dijo en voz baja, como ensayando la afirmación, probándola como una chaqueta nueva.

¿Le quedaba bien?

—¿No ha sido así? —preguntó la señora Leverett.

—Yo... —¡Diablos! ¿Qué debía decir? No deseaba compartir los detalles de su enfermedad con una casi desconocida, pero si ella tenía información sobre Thomas...

—He tenido dificultades para recordar algunas cosas —explicó finalmente. Se tocó la cabeza, justo debajo del ala de su sombrero. El chichón era mucho más pequeño ahora, pero la piel aún estaba sensible—. Recibí un golpe en la cabeza.

—Ah, lo siento mucho. —Sus ojos se llenaron de compasión—. Debe de ser realmente frustrante.

—Sí —respondió Edward, pero no era de su herida de lo que quería hablar. La miró directamente a los ojos—. Me estaba contando sobre el capitán Harcourt.

La mujer se encogió ligeramente de hombros.

—En realidad no sé nada. Solo que ambos viajaron a Connecticut hace varios meses. Vinieron antes de partir. Para comprar provisiones.

—Provisiones —repitió Edward.

—Usted compró pan —dijo con una risita—. A su amigo le gustaban las cosas dulces. Pero le dije...

—... que las *speculaas* no resistirían el viaje —Edward terminó la frase por ella.

—Sí —confirmó la mujer—. Se rompen con mucha facilidad.

—Eso ocurrió —dijo Edward lentamente—. Hasta la última galleta.

Entonces recordó todo.

—¡Stubbs!

El coronel, sentado en su escritorio, levantó la mirada, visiblemente sobresaltado ante el furioso grito de Edward.

—Capitán Rokesby. ¿Qué demonios sucede?

¿Que qué sucedía? ¿Qué *sucedía*? Edward se esforzó por mantener su furia bajo control. Había salido de la panadería holandesa como un huracán sin su compra y, prácticamente, había corrido por las calles de Nueva York para llegar hasta allí, a la oficina del coronel Stubbs en el edificio que ahora se usaba como cuartel general británico. Sus manos eran puños, su cabeza bullía como si hubiese estado en una batalla y, ¡por todos los cielos!, lo único que le impedía golpear a su oficial superior era la amenaza de un consejo de guerra.

—Usted sabía —dijo Edward con voz temblorosa de furia—. Usted sabía lo que le había ocurrido a Thomas Harcourt.

Stubbs se levantó despacio y su piel se ruborizó debajo del bigote.

—¿A qué se refiere exactamente?

—Él fue a Connecticut conmigo. ¿Por qué diablos no lo mencionó?

—Le dije —respondió Stubbs en tono seco— que no podía arriesgarme a influir en sus recuerdos.

—¡Eso son tonterías y usted lo sabe! —replicó Edward—. Dígame la verdad.

—Es la verdad —dijo Stubbs entre dientes, fue hacia la puerta de la oficina y la cerró—. ¿Cree que me ha gustado mentirle a su esposa?

—Mi esposa —repitió Edward. También había recordado *eso*. No diría que había recuperado toda su memoria, pero sí en su mayor parte, y estaba absolutamente seguro de que no había participado en ninguna ceremonia de matrimonio por poderes. Tampoco Thomas se lo había pedido jamás.

Edward no sabía qué había empujado a Cecilia a mentirle de ese modo, pero solo podía enfrentarse a un maldito desastre a la vez. Su mirada se posó sobre Stubbs con una furia apenas contenida.

—Tiene diez segundos para explicarme por qué mintió sobre Thomas Harcourt.

—¡Por el amor de Dios, Rokesby! —exclamó el coronel, pasándose la mano por el cabello—. ¡No soy un monstruo! Lo último que deseaba era darle falsas esperanzas.

Edward se quedó inmóvil.

—¿*Falsas* esperanzas?

Stubbs lo miró fijamente.

—No lo sabe. —No era una pregunta.

—Creo que ya sabemos que hay muchas cosas que no sé —replicó Edward con voz tensa—. Así que, por favor, ilumíneme.

—El capitán Harcourt está muerto —manifestó el coronel. Negó con la cabeza, y con auténtica tristeza añadió—: Recibió un disparo en el estómago. Lo siento.

—¿Qué? —Edward se tambaleó hacia atrás; sus piernas lograron encontrar una silla en la cual desplomarse—. ¿Cómo? ¿Cuándo?

—En el mes de marzo —respondió Stubbs. Cruzó la habitación, abrió un armario y sacó una licorera con coñac—. Fue apenas una semana después de que usted partiera. Envió un mensaje para que fuéramos a verlo a New Rochelle.

Edward observó las manos temblorosas del coronel mientras servía el líquido color ámbar en dos vasos.

—¿Quién fue?

—Solo yo.

—Fue solo —dijo Edward, con un tono que daba a entender que le parecía difícil de creer.

Stubbs le entregó un vaso.

—Era lo que debía hacerse.

Edward exhaló mientras los recuerdos, extrañamente frescos y antiguos al mismo tiempo, se desplegaban en su memoria. Él y Thomas habían ido juntos a Connecticut con el objetivo de evaluar la viabilidad de un ataque naval en el puerto. Era una orden directa del gobernador Tryon. Había elegido a Edward, según había dicho, porque necesitaba a alguien en quien pudiera confiar sin reservas. Edward había elegido a Thomas por el mismo motivo.

Pero los dos habían viajado juntos solo durante unos días, pues Thomas había vuelto a Nueva York con la información que habían recopilado sobre Norwalk. Edward había continuado hacia el Este rumbo a New Haven.

Y esa fue la última vez que lo vio.

Edward tomó el vaso de coñac y lo vació de un solo trago.

Stubbs hizo lo mismo y luego dijo:

—Entiendo que eso significa que ha recuperado la memoria.

Edward asintió con un movimiento brusco. El coronel querría interrogarlo de inmediato, lo sabía, pero él no diría nada hasta obtener algunas respuestas sobre Thomas.

—¿Por qué le pidió al general Garth que enviara una carta a su familia diciendo que solo estaba herido?

—*Estaba* herido cuando enviamos la carta —respondió el coronel—. Le dispararon dos veces, con unos días de diferencia.

—¿Qué? —Edward trató de entender lo que decía el coronel—. ¿Qué diablos ocurrió?

Stubbs gruñó y pareció desinflarse mientras se inclinaba sobre el escritorio.

—Yo no podía traerlo aquí de vuelta. No hasta estar seguro de su lealtad.

—Thomas Harcourt no era ningún traidor —soltó Edward.

—No había modo de saberlo con seguridad —replicó Stubbs—. ¿Qué diablos se suponía que debía creer? Fui a New Rochelle, tal como él había pedido, y antes de que dijera mi nombre, comenzaron a dispararme.

—A dispararle a él —lo corrigió Edward. Después de todo, había sido a Thomas a quien habían disparado.

Stubbs bebió su coñac (ya era su segundo vaso) y fue a servirse otro.

—No sé a quién diablos le disparaban. No sé, creo que yo era el objetivo y que fallaron. Como sabrá, la mayoría de los colonos son una chusma sin entrenamiento. La mitad no sabe disparar ni a una pared.

Edward tardó un momento en asimilar esa información. Sabía bien que Thomas no era ningún traidor, pero entendía cómo el coronel Stubbs, que no lo conocía tan bien, podía dudar.

—Al capitán Harcourt le dispararon en el hombro —explicó Stubbs con voz grave—. La bala lo atravesó. No fue muy difícil parar la hemorragia, pero sentía mucho dolor.

Edward cerró los ojos y respiró hondo, pero no se tranquilizó. Había visto a demasiados hombres con heridas de bala.

—Lo llevé a Dobbs Ferry —continuó Stubbs—. Hay un pequeño puesto cerca del río. No está detrás de las líneas enemigas, pero cerca.

Edward conocía muy bien Dobbs Ferry. Los británicos lo usaban como punto de encuentro desde la batalla de White Plains hacía casi tres años.

—¿Qué ocurrió después? —preguntó.

El coronel Stubbs lo miró con desánimo.

—Volví a Nueva York.

—¡Lo dejó allí! —replicó Edward con indignación. ¿Qué clase de hombre dejaba a un soldado herido en mitad del monte?

—Él no estaba solo. Dejé a tres hombres montando guardia.

—¿Lo tuvo prisionero?

—Fue por su propia seguridad, entre otras cosas. No sabía si estábamos evitando que se escapara o lo protegíamos de que los rebeldes lo mataran. —Stubbs miró a Edward con impaciencia creciente—. ¡Por el amor de Dios, Rokesby, no soy el enemigo!

Edward contuvo la lengua.

—De todos modos, no podría haber hecho el viaje de vuelta a Nueva York —expresó Stubbs, negando con la cabeza—. Estaba demasiado dolorido.

—Usted podría haberse quedado.

—No, no podía —replicó Stubbs—. Debía volver al cuartel general. Me esperaban. Nadie sabía siquiera que me había ido. Créame, en cuanto encontré una excusa, regresé para buscarlo. Solo fueron dos días. —Tragó saliva, y por primera vez desde la llegada de Edward, palideció—. Cuando llegué, todos estaban muertos.

—¿Todos?

—Harcourt y los tres hombres que lo vigilaban. Todos.

Edward observó el vaso que estaba en su mano. Se había olvidado de que lo tenía. Vio cómo su mano lo apoyaba en la mesa, como si ese movimiento pudiera detener el temblor de sus dedos.

—¿Cómo? —quiso saber.

—No sé. —Stubbs cerró los ojos, con el rostro poblado de recuerdos dolorosos, mientras murmuraba—: Les habían disparado a todos.

Edward sintió la bilis que ascendía desde su estómago.

—¿Fue una ejecución?

—No. —Stubbs negó con la cabeza—. Había habido una pelea.

—¿También Thomas? ¿No estaba bajo vigilancia?

—No lo habíamos atado. Era evidente que él también había estado luchando, aun con su herida, pero... —Stubbs tragó saliva y se dio la vuelta.

—Pero ¿qué?

—Ha sido imposible dilucidar para qué bando luchó.

—Usted lo conocía bien —dijo Edward en voz baja.

—¿Lo conocía yo? ¿Lo conocía usted?

—¡Sí, maldita sea, lo conocía! —Las palabras brotaron de él en un rugido, y esta vez Edward se puso de pie de un salto.

—Pues yo no —replicó Stubbs—. Y es mi maldito trabajo sospechar de todos. —Se sujetó la frente, con el pulgar y el dedo corazón apretados sobre sus sienes—. Estoy tan cansado de todo esto.

Edward retrocedió un paso. Jamás había visto al coronel en ese estado. No creía haber visto jamás a nadie en ese estado.

—¿Sabe usted lo que le provoca a un hombre... —preguntó Stubbs, su voz apenas algo más alta que un murmullo— no confiar en nadie?

Edward calló. Aún estaba muy enojado, lleno de ira, y ya no sabía con quién descargarse. No con Stubbs. Tomó el vaso de coñac de la mano temblorosa del coronel y se dirigió a la licorera, donde sirvió otro trago para ambos. No le importó que fueran apenas las ocho de la mañana. Ninguno de los dos necesitaba pensar con claridad.

Sospechó que ninguno de los dos deseaba pensar con claridad.

—¿Qué ocurrió con sus cuerpos? —preguntó Edward en voz baja.

—Los enterré.

—¿A todos?

El coronel cerró sus ojos.

—No fue un día agradable.

—¿Tiene algún testigo?

Stubbs levantó la mirada de repente.

—¿No confía en mí?

—Perdóneme —dijo Edward, porque sí confiaba en Stubbs. En eso..., en todo, suponía. No sabía cómo el hombre se había guardado todo eso para sí. Debió haberle provocado una úlcera en el estómago.

—Tuve ayuda para cavar las tumbas —dijo Stubbs. Sonaba exhausto. Y devastado—. Le daré los nombres de los hombres que me ayudaron si lo desea.

Edward lo miró un largo rato antes de responder:

—No es necesario. —Pero luego movió un poco la cabeza, como si intentara acomodar sus pensamientos—. ¿Por qué envió esa carta?

Stubbs pestañeó.

—¿Qué carta?

—La del general Garth. En la que decía que Thomas estaba herido. Supongo que lo hizo a petición suya.

—Era verdad cuando la enviamos —respondió el coronel—. Yo quise notificárselo a su familia sin demora. Había un barco que zarpaba del puerto durante la mañana en que lo había dejado en Dobbs Ferry. Cuando pienso en ello ahora... —Se pasó la mano por el cabello, y su cuerpo pareció desinflarse al suspirar—. ¡Me alegré tanto cuando pude despacharla con tanta rapidez!

—¿Nunca pensó en corregir su error y enviar otra carta?

—Había demasiadas preguntas sin respuesta.

—¿Para notificar a su familia? —preguntó Edward, incrédulo.

—Planeaba enviar una carta cuando tuviéramos respuestas —replicó Stubbs con voz tensa—. Por supuesto que no sabía que su hermana cruzaría el Atlántico para venir a buscarlo. Aunque, no sé, quizás ella haya venido por usted.

No era probable.

Stubbs caminó hasta su escritorio y abrió un cajón.

—Tengo su anillo.

Edward vio que el coronel tomaba cuidadosamente una caja, la abría y sacaba un sello.

Stubbs se lo entregó.

—Pensé que su familia querría tenerlo.

Edward observó el círculo de oro que el coronel depositó en la palma de su mano. Sinceramente, no lo reconocía. Nunca había mirado de cerca el sello de Thomas. Pero sabía que Cecilia lo reconocería.

Le rompería el corazón.

Stubbs se aclaró la garganta.

—¿Qué le dirá a su esposa?

Su esposa. Esa palabra otra vez. ¡Maldición! No era su esposa. No sabía qué era, pero no era su esposa.

—¿Rokesby?

Edward levantó la mirada. Más tarde habría tiempo para tratar de entender la deshonestidad de Cecilia. Por el momento, trataría de encontrar en su alma un poco de amabilidad para que ella pudiera llorar a su hermano antes de confrontarla con sus mentiras.

Edward respiró profundamente y miró con intensidad al coronel al responder:

—Le diré que su hermano ha muerto como un héroe. Le diré que usted lamenta no haber podido decirle la verdad cuando ella se lo preguntó, debido a la naturaleza secreta de su importantísima misión —Avanzó un paso hacia el coronel, y luego otro—. Le diré que usted piensa hablar con ella directamente, que se disculpará por el dolor que le ha causado y que le entregará todos los honores póstumos que su hermano recibió.

—Pero no hay ningún...

—Invéntelos —soltó Edward.

Los ojos del coronel se clavaron en los de Edward durante varios segundos, y luego respondió:

—Haré las gestiones para que le entreguen una medalla.

Edward asintió con un movimiento de cabeza y se dirigió a la puerta.

Pero la voz del coronel lo detuvo.

—¿Está seguro de que quiere mentirle?

Edward se volvió lentamente.

—¿Cómo dice?

—Creo que ya no sé mucho de nada —dijo Stubbs con un suspiro—, pero sé sobre el matrimonio. No querrá comenzar con una mentira.

—No me diga.

El coronel lo miró dubitativo.

—¿Hay algo que no me dice, capitán Rokesby?

Edward abrió la puerta de un empujón y salió. Dio por lo menos tres pasos para que el coronel no lo oyera cuando murmuró:

—No tiene ni idea.

16

Hace tanto tiempo que no tengo noticias tuyas... Intento no preocuparme, pero es difícil.

DE CECILIA HARCOURT
A SU HERMANO THOMAS

Cuando Edward no volvió a las nueve, a Cecilia le pareció curioso.

Cuando no volvió a las nueve y media, la curiosidad dejó paso a la preocupación.

Y a las diez, cuando las campanas de la iglesia cercana sonaron con fuerza, volvió a tomar la nota, solo para asegurarse de no haber leído mal la primera vez.

He ido a buscar el desayuno. Regresaré antes de que te despiertes.

Se mordió el labio inferior. Difícilmente podía interpretarse de otra manera.

Empezó a preguntarse si estaría abajo y lo habría abordado algún oficial. Sucedía siempre. Parecía que todo el mundo lo conocía, y la mayoría quería felicitarlo por haber vuelto con vida. Los soldados podían ser muy charlatanes, especialmente cuando estaban aburridos. Y todo el mundo parecía aburrido esos días, aunque muchos señalaban que era preferible eso a estar luchando.

Así que Cecilia se dirigió al salón principal del Devil's Head, preparada para sacar a Edward de una conversación no deseada. Ella le recordaría una *reunión muy importante* y luego, quizá, volverían arriba...

Pero Edward no estaba en el salón principal. Ni en la parte de atrás.

Regresaré antes de que te despiertes.

Era evidente que había habido algún problema. Edward siempre se despertaba antes que ella, pero ella no era ninguna remolona. Él lo sabía. Siempre estaba vestida y lista para desayunar a las ocho y media.

Tuvo ganas de salir a buscarlo, pero *sabía* que, si lo hacía, él regresaría cinco minutos después de que ella se hubiese ido, y él saldría a buscarla, y se pasarían toda la mañana sin cruzarse.

Así que esperó.

—Se ha levantado tarde esta mañana —dijo el posadero cuando la vio de pie e indecisa—. ¿Le traigo algo para comer?

—No, gracias. Mi marido traerá... —Frunció el ceño—. ¿Ha visto al capitán Rokesby esta mañana?

—No desde hace varias horas, señora. Me ha dado los buenos días y luego ha salido. Parecía muy feliz. —El posadero esbozó una media sonrisa mientras secaba un jarro—. Estaba silbando.

Cecilia estaba tan distraída que ni siquiera se avergonzó ante el comentario. Miró hacia la ventana que daba a la calle, aunque tampoco se distinguía más que algunas siluetas borrosas a través del vidrio traslúcido.

—Esperaba que volviera hace un rato —dijo, casi en voz baja.

El posadero se encogió de hombros.

—Vendrá pronto, ya verá. Mientras tanto, ¿está segura de que no necesita nada?

—Sí, pero gracias. Yo...

La puerta principal crujió como de costumbre cuando alguien la abría, y Cecilia se dio la vuelta, segura de que debía de ser Edward.

Pero no.

—Capitán Montby —saludó con una pequeña reverencia al reconocer al joven oficial que les había cedido la habitación la semana anterior. Había estado ausente unos días y había vuelto; ahora se alojaba con otro soldado. Ella le había dado las gracias varias veces por su generosidad, pero él siempre insistía en que era un honor y su obligación como caballero. De todos modos, la mitad de una habitación en el Devil's Head era mejor que lo que recibía la mayoría de los soldados británicos para dormir.

—Señora Rokesby —dijo él, devolviendo el saludo. Inclinó la barbilla y sonrió—, que tenga una buena mañana. ¿Sale a encontrarse con su marido?

Cecilia prestó atención.

—¿Usted sabe dónde está?

El capitán Montby hizo un movimiento vago por encima del hombro.

—Acabo de verlo en la taberna Fraunces.

—¿*Qué?*

Su voz debió haber sido muy chillona, porque el capitán Montby se echó atrás un centímetro antes de responder:

—Eh, sí. Solo he mirado el salón por encima, pero estoy seguro de que era él.

—¿En el Fraunces? ¿Está seguro?

—Eso creo —respondió el capitán, y sus palabras tuvieron el tono de alguien que no desea verse envuelto en una disputa doméstica.

—¿Lo acompañaba alguien?

—No cuando lo vi.

Cecilia apretó los labios mientras se dirigía a la puerta, y se detuvo solo para agradecerle al capitán Montby su ayuda. No imaginaba qué podía estar haciendo Edward en el Fraunces. Aunque hubiese ido a buscar el desayuno (lo cual no tenía ningún sentido, ya que servían lo mismo que en el Devil's Head), ya estaría de vuelta.

Con una comida muy fría.

Y estaba solo. Significaba que..., bueno, sinceramente, no sabía qué significaba.

No estaba *enfadada* con él, se dijo. Él estaba en todo su derecho de ir adonde quisiera. Solo que le había dicho que regresaría pronto. Si ella hubiese sabido que no volvería, podría haber hecho otros planes.

Aunque no estaba segura de qué planes, ya que estaba en un continente extraño donde no conocía a casi nadie. Pero no se trataba de eso.

El Fraunces no estaba lejos del Devil's Head (todas las tabernas locales estaban cerca unas de otras), así que Cecilia solo tardó cinco minutos bajo el sol radiante en alcanzar su destino.

Abrió la pesada puerta de madera y entró. Sus ojos tardaron un momento en adaptarse a la luz tenue y cargada de humo de la taberna. Pestañeó varias veces para aclarar la visión, y allí, no cabía duda, estaba Edward, sentado frente a una mesa al otro lado del salón.

Solo.

Parte de la energía con la que había caminado desapareció, y observó la escena. Algo no iba bien.

La postura de Edward era extraña. Estaba repantigado en una silla, algo que nunca hacía en público, sin importar lo cansado que estuviera, y su mano (que podía ver desde donde estaba parada) estaba contraída como una garra. Si sus uñas no hubieran estado cortadas, habría dejado marcas en la madera de la mesa.

Había un vaso vacío frente a él.

Avanzó con paso vacilante. ¿Había estado bebiendo? Era lo que parecía, aunque, de nuevo, no era propio de él. Ni siquiera era mediodía.

El corazón de Cecilia latió con menos fuerza... y luego se aceleró, mientras el aire a su alrededor se volvía pesado de temor.

Había solo dos cosas que podían alterar tanto a Edward. Dos cosas que podían hacerlo olvidar que había prometido volver a la habitación que compartían en el Devil's Head.

O había recuperado la memoria...

O Thomas estaba muerto.

Edward no se había propuesto emborracharse.

Había salido de la oficina del coronel Stubbs hecho una furia, pero cuando había salido a la calle la ira había desaparecido y se había quedado... sin nada.

Estaba vacío.

Atontado.

Thomas estaba muerto. Cecilia era una mentirosa.

Y él era un maldito tonto.

Se quedó allí parado, inmóvil como una estatua, mirando sin ver el espacio frente al edificio en el que funcionaba el cuartel general de tantos destacados oficiales británicos. No sabía adónde ir. No regresaría al Devil's Head; no estaba preparado para enfrentarse a ella.

¡Santo cielo! Ni siquiera quería pensar en ello en ese momento. Quizá... *tal vez* ella había tenido una buena razón para mentirle, pero él solo... solo...

Inspiró profundamente.

Había tenido tantas oportunidades de contarle la verdad, tantos momentos en los que podía haber roto el silencio pronunciando su nombre con dulzura. Ella podría haberle dicho que había mentido y podría haberle contado por qué, y, ¡maldición!, él la habría perdonado porque estaba tan enamorado de ella que habría arrancado la luna del cielo para hacerla feliz.

Él había *creído* que ella era su esposa.

Que él había jurado honrarla y protegerla.

En cambio, era un depravado de la peor calaña, un verdadero bribón. No importaba que hubiese creído que estaban casados: se había acostado con una mujer virgen y soltera. Y lo peor de todo, era la hermana de su mejor amigo.

Ahora iba a tener que casarse con ella, por supuesto. Quizás ese había sido el plan de ella desde el principio. Excepto que se trataba de *Cecilia*, y él pensaba que la conocía. Antes de conocerla personalmente había creído conocerla.

Se pasó la mano por la frente; colocó los pulgares en los huecos de las sienes. Le dolía la cabeza. Apretó con fuerza para aliviar el dolor, pero no lo logró. Porque, cuando por fin pudo sacar a Cecilia de su cabeza, solo quedó su hermano.

Thomas estaba muerto, y no podía dejar de pensar en ello; en que nadie sabría nunca qué había ocurrido exactamente, cómo había muerto entre desconocidos, bajo sospecha de traición. No podía dejar de pensar en que su amigo había recibido un disparo en el estómago. Era una muerte horrible..., lenta, increíblemente dolorosa.

Y no podía dejar de pensar en que tendría que mentirle a Cecilia. Decirle que había sido algo menos espantoso. Algo rápido e indoloro.

Heroico.

No se le pasó por alto la ironía. Era su turno de mentirle a ella.

Sin embargo, sabía que era su responsabilidad comunicarle la muerte de Thomas. No importaba lo enfadado que estuviera con ella... Y, la verdad sea dicha, no sabía cómo se sentía en ese momento: Thomas había sido su mejor amigo. Aunque Edward jamás hubiese conocido a Cecilia Harcourt, él habría viajado a Derbyshire con el solo propósito de depositar en sus manos el anillo de su hermano.

Pero aún no estaba preparado para verla. No estaba listo para ver otra cosa que no fuera el fondo de otro vaso de coñac. O de vino. O incluso solo de agua, siempre y cuando bebiera solo.

Así que se dirigió a la taberna Fraunces, donde era menos probable ver a algún amigo que en el Devil's Head. No había mucho movimiento por la mañana. Un hombre podía sentarse de espaldas al salón y, si tenía suerte, no hablar durante horas.

Cuando llegó, el tabernero lo miró y en silencio le puso una bebida. Edward ni siquiera estaba seguro de qué le había servido. Algo casero, tal vez ilegal, sin duda fuerte.

Bebió otro trago.

Y permaneció allí sentado en un rincón durante toda la mañana. De vez en cuando alguien venía y reemplazaba su vaso. En algún momento una criada colocó una rebanada de pan crujiente frente a él, supuestamente para absorber el licor. Probó un trozo. Le cayó en el estómago como una piedra.

Volvió a su bebida.

Pero por más que lo intentara, no podía embriagarse hasta perder la razón. Ni siquiera podía olvidar. No importaba las veces que llenaran su vaso. Cerraba los ojos y parpadeaba pesadamente, pensando que esa vez todo se oscurecería, o al menos se volvería gris, y quizá Thomas seguiría estando muerto, pero al menos no estaría pensando en él. Cecilia seguiría siendo una mentirosa, pero tampoco estaría pensando en eso.

Sin embargo, no surtió efecto. No tuvo tanta suerte.

Entonces llegó *ella*.

Ni siquiera tuvo necesidad de levantar la mirada para saber que era ella cuando la puerta se abrió y una franja brillante de luz iluminó el salón. Lo sintió en el aire, con la certeza lúgubre y taciturna de que ese era el peor día de su vida. Y las cosas no iban a mejorar.

Edward levantó la mirada.

Cecilia estaba de pie junto a la puerta, lo bastante cerca de una ventana como para que el sol que se filtraba tocara su cabello como una aureola.

Por supuesto que parecía un ángel.

Él había creído que ella era *su* ángel.

Cecilia no se movió durante varios segundos. Sabía que debía levantarse, pero pensó que el alcohol por fin le estaría haciendo efecto y no confiaba en su equilibrio.

Ni en su criterio. Si se ponía de pie, podría ir hacia ella. Y si iba hacia ella, podría tomarla entre sus brazos.

Después lo lamentaría. Más tarde, cuando pensara con más claridad, lo lamentaría.

Ella dio un paso cauteloso hacia él, y luego otro. Él vio que los labios de ella formaban su nombre, pero no oyó nada. No sabía si era porque ella había murmurado o porque él no quería oír, pero pudo ver en sus ojos que ella sabía que algo iba mal.

Edward metió la mano en su bolsillo.

—¿Qué ha sucedido? —Ella estaba más cerca. No le quedaba más remedio que oírla.

Edward sacó el anillo y lo puso en la mesa.

Los ojos de ella siguieron sus movimientos, y al principio no pareció entender su significado. Luego estiró una mano temblorosa y tomó el anillo entre sus dedos, acercándoselo al rostro para mirarlo más de cerca.

—No —murmuró.

Él permaneció en silencio.

—No. No. No puede ser de él. No es un anillo tan especial. Podría pertenecer a cualquiera. —Volvió a depositar el anillo en la mesa como si le hubiese quemado la piel—. No es de él. Dime que no es de él.

—Lo siento —dijo Edward.

Cecilia continuó negando con la cabeza.

—No —repitió, salvo que esa vez sonó como un animal herido.

—Es suyo, Cecilia —confirmó Edward. Él no se movió para consolarla. Debería haberlo hecho. Lo *habría* hecho si no se hubiese sentido tan muerto por dentro.

—¿Dónde lo has conseguido?

—El coronel Stubbs. —Edward hizo una pausa, tratando de pensar en lo que quería decir. O en lo que no quería decir—. Me ha pedido que lo disculpes. Y ha pedido que te transmita su pésame.

Ella contempló el anillo y luego, como si le hubiesen clavado un alfiler diminuto, levantó la mirada de pronto y preguntó:

—¿Por qué se disculpa?

Era de imaginar que lo preguntaría. Cecilia era inteligente. Era uno de los rasgos que más amaba en ella. Debió haber sabido que ella iba a aferrarse de inmediato a esa parte del relato que no terminaba de encajar.

Edward se aclaró la garganta.

—Ha querido disculparse por no habértelo dicho antes. No podía. Thomas estaba involucrado en algo muy importante. Algo... secreto.

Ella se aferró al respaldo de la silla junto a él, y luego dejó de fingir fortaleza y se sentó.

—¿Así que él lo ha sabido todo este tiempo?

Edward asintió.

—Ocurrió en marzo.

Oyó que ella lanzaba un pequeño grito, un leve sonido, pero lleno de estupor.

—Estuvo sentado a mi lado —dijo con un susurro perplejo—. En la iglesia, cuando aún estabas inconsciente. Estuvo conmigo durante horas uno de esos días. ¿Cómo ha podido hacer eso? Sabía que yo estaba buscando a Thomas. Sabía... —Se llevó la mano a la boca cuando comenzó a respirar con más fuerza—. ¿Cómo ha podido ser tan cruel?

Edward no respondió.

Algo en la mirada de Cecilia se avivó, y el verde claro de sus iris adquirió un tono metálico.

—¿Tú lo sabías?

—No. —Él la miró fijamente—. ¿Cómo iba a saberlo?

—Por supuesto —murmuró ella—. Lo siento. —Permaneció allí sentada un momento, como una estatua de dolor contenido. Edward solo podía imaginar lo que estaría pensando; de vez en cuando ella pestañeaba más rápidamente, o sus labios se movían como si estuviera a punto de hablar.

Por fin él no lo soportó más.

—¿Cecilia?

Ella se volvió lentamente y frunció el ceño al preguntar:

—¿Le han dado sepultura? ¿Un entierro cristiano?

—Sí —respondió él—. El coronel Stubbs ha dicho que se ocupó en persona.

—¿Podría visitarl...?

—No —respondió él con firmeza—. Lo han sepultado en Dobbs Ferry. ¿Sabes dónde queda eso?

Ella asintió.

—Entonces sabrás que es demasiado peligroso para que vayas. Es demasiado peligroso para que vaya *yo*, a menos que el ejército me lo ordene.

Ella asintió de nuevo, pero esta vez con menos énfasis.

—Cecilia... —le advirtió él. ¡Por todos los cielos! No podía ni siquiera pensar en perseguirla en territorio enemigo. El área de Westchester era una especie de tierra de nadie. Por ese motivo se sorprendió tanto cuando el coronel Stubbs le contó que había ido él solo a reunirse con Thomas—. Prométemelo —gruñó Edward, apretando los dedos en el borde de la mesa—. Prométeme que no irás.

Ella lo miró con una expresión casi de confusión.

—Por supuesto que no. No soy una... —Apretó los labios y se tragó lo que iba a decir; en cambio dijo—: No es la clase de cosas que yo haría.

Edward asintió con un movimiento seco de cabeza. Fue lo único que pudo hacer hasta que volviera a respirar con normalidad.

—Me imagino que no hay una lápida —dijo ella tras un instante—. ¿Cómo podría haberla?

Fue una pregunta retórica, pero el dolor de su voz hizo que él respondiera de todos modos.

—El coronel Stubbs ha dicho que dejó un túmulo.

Era mentira, pero sería un consuelo para ella pensar que la tumba de su hermano tenía alguna marca, aunque solo fuera una pequeña pila de piedras.

Alzó su vaso vacío y le dio vueltas entre los dedos. Quedaban algunas gotas en el fondo circular, y observó cómo rodaban de un lado a otro, siguiendo siempre el mismo rastro húmedo. ¿Con cuánta fuerza tendría que agitar el vaso para que se formara uno nuevo? ¿Podría hacer lo mismo con su vida? ¿Bastaría con agitar los hechos con fuerza suficiente para que cambiara el resultado? ¿Y si volvía todo del revés? ¿Qué sucedería entonces?

Pero, aun con todos estos pensamientos, su expresión no cambió. Podía sentir la inmutabilidad en su rostro, una firme quietud desprovista de emoción. Era lo que tenía que hacer. Una sola grieta, y solo Dios sabía lo que podría salir a borbotones.

—Deberías llevarte el anillo —dijo.

Ella asintió ligeramente y lo tomó, pestañeando para quitarse las lágrimas mientras lo observaba. Edward sabía lo que veía. Hasta donde sabía, los Harcourt no tenían escudo de armas, de modo que en la superficie plana del anillo de Thomas solo había una *H* en letra elegante, con una rúbrica en la base.

Entonces Cecilia lo giró y miró dentro. Edward se incorporó un poco, sintiendo curiosidad. No se le había ocurrido buscar una inscripción. Quizá no era el anillo de Thomas. Tal vez el coronel Stubbs había mentido. Quizá...

Un sollozo angustioso explotó en los labios de Cecilia. El sonido fue tan repentino e intenso que pareció sorprenderse de que hubiese salido de ella.

Agarró el anillo en un puño, y pareció que iba a derrumbarse delante de él, apoyando la cabeza en su antebrazo mientras lloraba.

¡Que Dios lo ayudara! Él estiró su mano y tomó la de ella.

Fuera lo que fuese que ella había hecho, por el motivo que fuese, no podía confrontarla ahora.

—Yo sabía... —dijo, jadeando para respirar—. Sabía que seguramente estaría muerto. Pero mi cabeza y mi corazón... me decían cosas distintas. —Levantó la mirada; sus ojos brillaban en un rostro bañado por las lágrimas—. ¿Sabes qué quiero decir?

Él se limitó a asentir, pues no confiaba en poder hacer otra cosa. No estaba seguro de que su cabeza y su corazón volvieran a estar alguna vez de acuerdo.

Edward tomó el anillo, preguntándose cuál sería la inscripción. Se dio la vuelta y el interior del anillo se iluminó con los rayos de sol.

THOMAS HORATIO

—Todos los hombres de mi familia tienen el mismo anillo —explicó Cecilia—. Los nombres de pila están grabados en su interior para poder diferenciarlos.

—Horatio —murmuró Edward—. No lo sabía.

—El abuelo de mi padre se llamaba Horace —dijo. Pareció calmarse. Las conversaciones normales y corrientes parecían calmar a las personas—. Pero mi madre odiaba ese nombre. Y ahora... —Soltó una risa ahogada, y luego se pasó el dorso de la mano por el rostro de una manera no muy elegante. Edward le habría ofrecido un pañuelo si hubiese tenido uno. Pero esa mañana había salido corriendo, ansioso por sorprenderla con algo especial. No imaginaba que se ausentaría más de veinte minutos.

—Mi primo se llama Horace —continuó, y estuvo a punto de poner los ojos en blanco—. El que quería casarse conmigo.

Edward miró sus dedos y se dio cuenta de que había estado jugueteando con el anillo. Lo dejó sobre la mesa.

—Lo detesto —manifestó ella, con tanta intensidad que él levantó la mirada. Sus ojos ardían de ira. Él nunca hubiese creído que en el tono claro de sus ojos pudiera haber tanto enfado, pero luego recordó que, cuando el fuego calienta, el color se vuelve frío.

—Lo odio tanto... —continuó—. De no haber sido por él, yo no habría...
—Aspiró un sollozo ruidoso y repentino. Por su aspecto, la tomó desprevenida.

—¿Qué no habrías hecho? —preguntó Edward en voz baja.

Ella no respondió de inmediato. Por fin tragó saliva y dijo:

—Lo más probable es que no hubiera venido.

—Y no te habrías casado conmigo.

Él levantó la cabeza y la miró fijamente. Si iba a confesarlo todo, ese era el momento. De acuerdo con su historia, ella no había cumplido con su parte del matrimonio por poderes hasta que estuvo a bordo del barco.

—Si no hubieses zarpado a Nueva York —continuó Edward—, ¿cuándo te habrías casado conmigo?

—No lo sé —admitió ella.

—Así que, quizás, ha sido lo mejor. —Él se preguntó si ella escucharía lo que él escuchaba en su propia voz. Era demasiado baja, demasiado suave.

Le estaba tendiendo una trampa. No podía evitarlo.

Ella lo miró con una expresión extraña.

—Si tu primo Horace no te hubiese acosado —continuó Edward—, no estaríamos casados. Aunque supongo... —Dejó las palabras en suspenso deliberadamente, y esperó hasta que ella insistiera en que continuara.

—Supones...

—Supongo que *yo* habría pensado que estábamos casados —dijo—. Después de todo, pasé por la ceremonia por poderes hace meses. Pensándolo bien, todo este tiempo podría haber sido soltero y no haberlo sabido.

Levantó la mirada un instante. *Di algo.*

Pero ella calló.

Edward tomó su vaso y bebió los restos, aunque ya no quedaba mucho para beber.

—¿Qué sucederá ahora? —murmuró ella.

Él se encogió de hombros.

—No estoy seguro.

—¿Él tenía otras pertenencias, además del anillo?

Edward recordó el último día antes de que él y Thomas partieran hacia Connecticut. No sabían cuánto tiempo estarían ausentes, así que el coronel había hecho gestiones para guardar sus pertenencias.

—El coronel Stubbs debería tener sus efectos personales —dijo—. Le pediré que te los envíe.

—Gracias.

—Él tenía una miniatura tuya —soltó Edward.

—¿Cómo dices?

—Una miniatura. Siempre la llevaba consigo. Es decir, no, no la llevaba con él a todas partes ni nada parecido, pero cuando nos mudábamos él siempre se aseguraba de llevarla.

Los labios de Cecilia temblaron en una leve sonrisa.

—Yo también tengo una de él. ¿No te la he mostrado?

Edward negó con la cabeza.

—Ah. Lo siento. Debería haberlo hecho. —Se hundió un poco en su silla; parecía completamente perdida y desamparada—. Las pintaron al mismo tiempo. Creo que yo tenía dieciséis años.

—Sí, pareces más joven en ella.

Por un momento Cecilia pareció confundida, luego pestañeó varias veces y dijo:

—Ya la habías visto, claro. Thomas me dijo que te la había mostrado.

Edward asintió.

—Una o dos veces —mintió. No era necesario que ella supiera cuántas horas había pasado él contemplando su imagen, preguntándose si realmente podía ser tan amable y graciosa como parecía en sus cartas.

—Nunca me ha parecido un buen retrato —dijo ella—. El artista hizo mi cabello demasiado rubio. Y nunca sonrío de ese modo.

No, era verdad. Pero para decirlo tendría que admitir que conocía la pintura mucho mejor de lo que «una o dos veces» sugería.

Cecilia estiró su mano y tomó el anillo. Lo sostuvo en ambas manos, apretado entre los pulgares y los dedos índice.

Lo contempló. Lo contempló durante un tiempo muy largo.

—¿Quieres volver al hostal? —preguntó ella al fin.

Pero no levantó la mirada.

Y como Edward no se atrevía a estar a solas con ella, respondió:

—Necesito estar solo en este momento.

—Por supuesto. —Habló demasiado rápido y se tambaleó al ponerse de pie. El anillo desapareció en su puño—. Yo también necesito estar sola.

Era mentira. Ambos lo sabían.

—Me iré ahora —dijo, haciendo un movimiento innecesario hacia la puerta—. Creo que me gustaría acostarme.

Él asintió.

—Si no te molesta, me quedaré aquí.

Ella hizo un leve gesto hacia el vaso vacío.

—Quizá no deberías...

Él enarcó las cejas, desafiándola a terminar la frase.

—No importa.

Una muchacha inteligente.

Se alejó un paso y luego se detuvo.

—¿Quieres...?

Ese era el momento. Iba a decírselo. Iba a explicárselo todo, y todo saldría bien, y él no se odiaría a sí mismo ni la odiaría a ella, y...

No se dio cuenta de que había empezado a levantarse hasta que sus piernas dieron contra la mesa.

—¿Qué?

Ella negó con la cabeza.

—No importa.

—Dime.

Ella lo miró con una expresión extraña y luego dijo:

—Solo iba a preguntarte si quieres que compre algo en la panadería. Pero creo que prefiero no ver a nadie ahora, así que... Bueno, será mejor que regrese directamente al hostal.

La panadería.

Edward volvió a desplomarse en su asiento y luego, antes de poder contenerse, una risa fuerte y furiosa explotó en su garganta.

Cecilia abrió mucho los ojos.

—Puedo ir, si quieres. Si tienes hambre, puedo...

—No —la interrumpió él—. Ve a casa.

—A casa —repitió ella.

Él sintió que una comisura de su boca se torcía en una sonrisa forzada.

—A la Abadía de Satanás.

Ella asintió y sus labios temblaron, como si no supieran si debían sonreír también.

—A casa —repitió ella. Miró hacia la puerta y luego hacia él—. Está bien.

Pero ella vaciló. Sus ojos se posaron en los de él, a la espera de algo. Con la esperanza de ver algo.

Pero él no le dio nada. No tenía nada para dar.

Así que ella se fue.

Y Edward pidió otro trago.

17

¡Por fin hemos llegado a Nueva York! ¡Ya era hora! Hemos viajado en barco desde Rhode Island, y otra vez Edward ha demostrado ser un pésimo marinero. Le he dicho que es algo justo; es increíblemente bueno en el resto de las cosas que hace.

Ah, ahora me mira con desprecio. Tengo la mala costumbre de decir en voz alta lo que escribo, y a él no le gusta mi descripción. Pero no te preocupes. También es increíblemente bondadoso y no me guarda rencor.

¡Pero me mira! ¡Cómo me mira!

Voy a matar a su hermano.

De Thomas Harcourt
(y Edward Rokesby)
a Cecilia Harcourt

Cecilia caminó de vuelta al Devil's Head totalmente aturdida.

Thomas estaba muerto.

Estaba *muerto*.

Había creído que estaba preparada para ese momento.

A medida que pasaban las semanas sin tener noticias, sabía que las posibilidades de que Thomas apareciera con vida eran cada vez más escasas. Y, sin embargo..., con la prueba del sello en su bolsillo...

Sintió que se desmoronaba.

Ni siquiera podía visitar su tumba. Edward le había dicho que el lugar estaba en las afueras de Manhattan, demasiado cerca del general Washington y sus fuerzas coloniales.

Una mujer más valiente seguramente hubiera ido. Un espíritu más temerario hubiera echado atrás la cabeza, dado un taconazo e insistido en que debía llevar flores al último lugar de descanso de su hermano.

Billie Bridgerton lo hubiera hecho.

Cerró los ojos por un momento y maldijo entre dientes. Tenía que dejar de pensar en la maldita Billie Bridgerton. Se estaba convirtiendo en una obsesión.

Pero ¿acaso no era normal? Edward hablaba de ella *todo el tiempo*.

Bueno, quizá no todo el tiempo, pero sí la había mencionado más de dos veces. Más de... Bueno, Cecilia había recibido más información de la que hubiera deseado sobre la hija mayor de lord Bridgerton. Quizá Edward no se daba cuenta, pero el nombre de ella siempre surgía cada vez que contaba algo sobre su niñez en Kent. Billie Bridgerton administraba las tierras de su padre. Iba de caza con los hombres. Y cuando Cecilia le preguntó a Edward cómo era ella, él le respondió:

—En realidad es bastante bonita. No lo he sabido durante muchos años. Creo que ni siquiera me había dado cuenta de que era una niña hasta que cumplí diez años.

¿Y cuál había sido la respuesta de Cecilia?

—Ah.

Una respuesta muy inteligente y profunda de su parte. *Esa* había sido su elocuente respuesta. Pero Cecilia no podía confesarle que, después de todas las anécdotas que él le había contado sobre la maravillosa y sobrehumana Billie Bridgerton, «que podía montar un caballo de espaldas», se la había imaginado como una amazona de cinco metros de altura y manos grandes, cuello masculino y dientes torcidos.

Aunque los dientes torcidos no se correspondían con las descripciones de Edward, Cecilia ya había aceptado que una pequeña parte de su corazón era mezquina y vengativa y, ¡maldita sea!, ella *quería* imaginarse a Billie Bridgerton con dientes torcidos.

Y cuello masculino.

Pero no, Billie Bridgerton era bonita, y Billie Bridgerton era fuerte, y si el hermano de Billie Bridgerton hubiese muerto, *ella sí* habría viajado a tierra enemiga para asegurarse de que su tumba tuviera un indicador apropiado.

Pero Cecilia, no. El poco valor que tenía lo había utilizado para subir a bordo del *Lady Miranda* y ver cómo Inglaterra desaparecía en el horizonte del

Este. Y si algo había aprendido de sí misma en esos últimos meses, era que ella no era la clase de mujer que se arriesga a ir a un territorio desconocido a menos que la vida de alguien corra peligro.

Lo único que le quedaba por hacer era...

Volver a casa.

Su lugar ya no estaba en Nueva York, de eso estaba segura. Tampoco le pertenecía a Edward. Ni él a ella. Solo había algo que verdaderamente podía unirlos...

Se quedó inmóvil y su mano se posó en su estómago plano, justo arriba de su vientre.

Podía estar embarazada. Era improbable, pero posible.

Y de pronto lo sintió como algo real. Sabía que, seguramente, no estuviera embarazada, pero su corazón parecía reconocer a esa persona nueva, una milagrosa miniatura de Edward, y quizá también de ella, pero en su imaginación el bebé se parecía a él, tenía cabello oscuro y ojos de un color tan azul que competía con el del cielo.

—¿Señorita?

Cecilia levantó la mirada y pestañeó. Solo entonces se dio cuenta de que se había detenido en la mitad de la calle. Una mujer mayor con un sombrero blanco y almidonado la miraba con expresión amable y preocupada.

—¿Se encuentra bien, señorita?

Cecilia asintió y se dispuso a avanzar.

—Le pido disculpas —dijo, moviéndose a un lado de la calle. Estaba sumida en sus pensamientos y no podía concentrarse bien en la buena samaritana que tenía enfrente—. Es solo que... he recibido malas noticias.

La mujer bajó la mirada a la mano de Cecilia, que descansaba sobre su abdomen. Una mano donde no había ningún anillo. Cuando la mujer volvió a mirar a Cecilia, sus ojos se llenaron de una horrible mezcla de compasión y lástima.

—Debo irme —farfulló Cecilia. Prácticamente llegó corriendo al Devil's Head, y también corrió escaleras arriba hasta su habitación. Se arrojó sobre la cama, y esta vez, cuando lloró, sus lágrimas fueron de frustración y tristeza.

Esa mujer había creído que Cecilia estaba embarazada. Soltera y embarazada. Después de observar el dedo vacío de Cecilia, había emitido un juicio. ¡Por Dios, qué ironía!

Edward había querido darle un anillo. Un anillo por un matrimonio que no existía.

Cecilia se echó a reír. Allí mismo, entre lágrimas, sobre la cama, se echó a reír.

Fue un sonido horrible.

Si estaba embarazada, por lo menos, el padre del bebé creía que estaban casados. Todos lo creían.

Excepto esa mujer en la calle.

En un instante Cecilia había pasado de ser una joven dama necesitada de consuelo a una ramera perdida que pronto sería relegada al margen de la sociedad.

Supuso que era una interpretación excesiva de la expresión de una desconocida, pero sabía cómo funcionaba el mundo. Si estaba embarazada, se arruinaría la vida. Jamás la aceptarían en la sociedad educada. Si sus amigas querían permanecer en contacto con ella, tendrían que hacerlo a escondidas, por miedo a manchar su buen nombre.

Unos años atrás, una muchacha de Matlock se había quedado embarazada. Se llamaba Verity Markham; Cecilia no la conocía muy bien. Por lo menos, no sabía más que su nombre. Nadie sabía quién era el padre del bebé, pero eso tenía poca importancia. Apenas había corrido la noticia sobre el embarazo de Verity, el padre de Cecilia le había prohibido ponerse en contacto con ella. A Cecilia le había asombrado su vehemencia; su padre nunca escuchaba los chismes locales. Pero, al parecer, esa era una excepción.

Ella no había desobedecido la orden de su padre. Nunca se le había ocurrido ponerla en duda. Sin embargo, ahora se preguntaba... Si Verity hubiese sido amiga suya, o algo más que una conocida..., ¿habría tenido valentía suficiente para desafiar a su padre? Le hubiese gustado pensar que sí, pero sabía en su corazón que Verity tendría que haber sido una amiga muy entrañable para que ella hiciera algo semejante. No porque fuera cruel; simplemente no habría sabido comportarse de otro modo.

La sociedad tenía sus dictados por un motivo, o al menos ella siempre lo había creído. Quizás era más correcto decir que ella nunca había *reflexionado* sobre los dictados de la sociedad. Simplemente los había cumplido.

Sin embargo, enfrentada a la amenaza de *ser* como esa chica perdida...

Deseó haber sido más amable con ella. Deseó haber visitado a Verity Markham en su casa y haberle tendido su mano. Deseó haberla defendido frente a todos. Verity se había ido del pueblo hacía mucho tiempo; sus padres habían dicho que vivía con una tía abuela en Cornwall, pero nadie en Matlock creía que eso fuera verdad. Cecilia no tenía ni idea de adónde se había marchado Verity, ni siquiera si le habían permitido quedarse con el bebé.

Un sollozo escapó de su garganta, tan sorprendente e intenso que debió taparse la boca con el puño para retenerlo. Podía soportar eso, *tal vez*, si ella fuera la única afectada. Pero tendría un hijo. *Su* hijo. No sabía cómo era ser madre. Apenas sabía qué significaba tener un bebé. Pero sí sabía algo: no podía condenar a su hijo a una vida de ilegitimidad si estaba en su poder evitarlo.

Ya le había robado tantas cosas a Edward: su confianza, hasta su apellido. No podía robarle también a su hijo. Sería de una crueldad excesiva. Él sería un buen padre. No, sería un padre *excelente*. Y le encantaría serlo.

Si estaba embarazada... se lo diría.

Cecilia hizo un juramento. Si estaba embarazada se quedaría. Le contaría todo a Edward, y aceptaría las consecuencias por el bien de su hijo.

Pero si no estaba embarazada (y si sus menstruaciones seguían siendo regulares, lo sabría dentro de una semana), se marcharía. Edward merecía recuperar su vida, la que había planificado y no la que ella le había impuesto.

Le diría todo, pero lo haría en una carta.

Si eso la convertía en una cobarde, que así fuera. Dudaba de que incluso Billie Bridgerton tuviera valentía suficiente para comunicar semejante noticia personalmente.

Pasaron varias horas, pero finalmente Edward se recuperó lo bastante como para volver al Devil's Head.

A Cecilia.

Que no era su esposa.

Hacía rato que había dejado de beber, así que estaba sobrio, o casi. Había tenido tiempo de sobra para convencerse de que ese día no era él quien importaba. Ese era el día de Thomas. Así debía ser. Si la vida de Edward iba a desmoronarse de repente, iba a afrontar sus catástrofes de una en una.

Ese día no iba a sufrir por lo que Cecilia había dicho o hecho, y, por supuesto, no iba a dedicar toda su energía a lo que ella *no había* dicho. No iba a pensar en ello. *No iba* a pensar en ello.

No.

Tenía ganas de gritarle. Quería tomarla por los hombros y zarandearla, y luego rogarle que le dijera por qué.

Quería desentenderse de ella para siempre.

Quería unirse a ella para toda la eternidad.

¡Maldición! No quería *pensar* en eso.

Ese día iba a llorar a su amigo. Iba a ayudar a la mujer que no era su esposa a llorar a su hermano. Porque esa era la clase de hombre que él era.

¡Maldición!

Llegó a la habitación doce, respiró profundamente y apoyó los dedos en el picaporte.

Quizá no tuviera valor suficiente para consolar a Cecilia como debía, pero al menos podía darle algunos días antes de empezar a preguntarle sobre sus mentiras. Él nunca había perdido a nadie tan cercano; Thomas era un amigo entrañable pero no era su hermano, y Edward sabía que su dolor no podía compararse con el de Cecilia. Sin embargo, podía imaginárselo. Si algo le sucediera a Andrew... o a Mary... o incluso a George o a Nicholas, a quienes no se sentía tan cercano...

Estaría devastado.

Además, tenía mucho en qué pensar. Cecilia no se iría a ningún lado; no debía tomar decisiones apresuradas.

Abrió la puerta y pestañeó frente al sol que inundó el oscuro pasillo. Siempre le ocurría lo mismo, pensó como un tonto. *Cada vez* que abría esa maldita puerta lo sorprendía la luz del sol.

—Has vuelto —dijo Cecilia. Estaba sentada en la cama, apoyada contra la cabecera con las piernas estiradas. Aún llevaba puesto su vestido azul. Él supuso que tenía sentido, ya que ni siquiera era hora de cenar.

Tendría que salir de la habitación cuando ella decidiera cambiarse y ponerse ese camisón suyo de algodón blanco que parecía de monja. Seguramente querría privacidad para desvestirse.

Porque no era realmente su esposa.

No había habido ninguna ceremonia de matrimonio por poderes. Él no había firmado ningún documento. Cecilia era la hermana de un querido amigo y nada más.

Pero ¿qué ganaba ella al asegurar que era su esposa? No tenía sentido. Ella no podía saber que él perdería la memoria. Podía decirle al mundo entero que estaba casada con un hombre inconsciente, pero tenía que haber sabido que, cuando despertara, la mentira se descubriría.

A menos que se hubiera arriesgado..., que hubiera apostado su futuro a la posibilidad de que él *no* despertara. Si él moría y todo el mundo creía que estaban casados...

No era algo tan malo ser esposa de un Rokesby.

Sus padres la habrían recibido cuando volviera a Inglaterra. Ellos conocían su amistad con Thomas. ¡Diablos! Habían conocido a Thomas. Incluso había cenado con ellos en Navidad. No tendrían motivo para dudar de la palabra de Cecilia si ella aseguraba que se había casado con su hijo.

Pero todo era muy calculador. Ella no era así.

¿O sí?

Cerró la puerta a sus espaldas y la saludó con un movimiento de cabeza antes de sentarse en la única silla de la habitación para quitarse las botas.

—¿Necesitas ayuda? —preguntó ella.

—No —respondió él, y luego miró hacia abajo para no ver que ella tragaba saliva. Eso hacía en momentos como ese, cuando no estaba segura de lo que quería decir. A él le encantaba observarla, ver la delicada línea de su garganta, la elegante curva de su hombro. Cecilia apretaba los labios cuando tragaba... No era como un beso, pero era tan parecido que él siempre quería inclinarse y besarla.

Esa noche no quería contemplarla.

—Yo...

Edward levantó la mirada bruscamente al oír su voz.

—¿Qué?

Ella solo negó con la cabeza.

—No importa.

Él sintió la mirada de ella y se alegró de que la luz fuera más tenue con la llegada de la noche. Si estaba demasiado oscuro para ver sus ojos, no podría perderse en ellos. Podía ignorar que eran del color de un mar poco profundo, o, cuando la luz aún se teñía con las franjas anaranjadas del amanecer, del color de los primeros brotes de la primavera.

Se quitó las botas y luego se levantó para colocarlas con esmero en el espacio vacío junto al baúl. La habitación se cargó de silencio; Edward sintió que Cecilia lo observaba mientras se ocupaba de sus tareas. Normalmente él hubiese conversado con ella y le habría preguntado qué había hecho durante la tarde o, si habían pasado el día juntos, hubiesen comentado lo que habían visto y hecho. Ella habría recordado algo que le había divertido y él se hubiese reído y luego, cuando colgara su chaqueta en el armario, él se habría sorprendido al sentir un extraño cosquilleo en todo el cuerpo.

Pero solo se hubiese sorprendido un instante, porque era evidente lo que era.

Felicidad.

Amor.

Gracias a Dios que nunca se lo había dicho.

—Yo...

Edward levantó la mirada. Otra vez había hecho lo mismo: empezar una frase con un pronombre y luego callar.

—¿Qué ocurre, Cecilia?

Ella pestañeó al percibir su tono. No fue cruel, pero sí seco.

—No sé qué hacer con el anillo de Thomas —respondió con voz queda.

Ah. Así que eso era lo que había estado a punto de decir. Él se encogió de hombros.

—Podrías colgarlo de una cadena, usarlo como un collar.

Ella acarició la manta raída sobre la que estaba sentada.

—Supongo que sí.

—Podrías guardarlo para tus hijos.

Él se dio cuenta de que había dicho *tus* hijos. No *nuestros* hijos.

¿Se habría dado cuenta ella de su lapsus? Creía que no. Su expresión no había cambiado. Aún se veía pálida y temerosa, exactamente como se esperaría de alguien que acaba de enterarse de que su amado hermano ha muerto.

Fueran cuales fuesen las mentiras de Cecilia, no abarcaban su devoción por Thomas. Él sabía que su devoción era real.

De pronto se sintió como el peor canalla del mundo.

Ella estaba de duelo. Estaba *sufriendo.*

Quería odiarla. Y quizá lo haría en algún momento. Por ahora, no podía hacer otra cosa más que tratar de calmar su dolor.

Con un suspiro de cansancio, caminó hasta la cama y se sentó junto a ella.

—Lo siento —dijo, y le rodeó los hombros con su brazo.

Su cuerpo no se relajó de inmediato. Estaba tensa de tristeza y puede que también de confusión. Él no había actuado como un marido amoroso, y Dios sabía que eso había sido hasta su reunión con el coronel Stubbs esa mañana.

Intentó pensar qué habría ocurrido si la noticia de la muerte de Thomas no hubiese ido acompañada de la revelación de la mentira de Cecilia.

¿Qué habría hecho? ¿Cómo habría reaccionado?

Habría dejado de lado su propio dolor.

La habría consolado, la habría calmado.

La habría abrazado hasta que se durmiera, hasta que sus lágrimas se hubiesen secado, y después habría depositado un dulce beso en su frente antes de taparla con las sábanas.

—¿Cómo puedo ayudarte? —preguntó con voz ronca. Le costó mucho formar las palabras, y al mismo tiempo fue lo único que pudo decir.

—No lo sé. —La voz de ella sonó apagada; había girado el rostro hacia el hueco de su hombro—. ¿Puedes simplemente... quedarte conmigo? ¿Sentarte junto a mí?

Él asintió. Podía hacerlo. Le dolía en el fondo de su corazón, pero podía hacerlo.

Permanecieron así sentados durante horas. Edward trajo una bandeja con la cena, pero ninguno de los dos comió. Salió de la habitación para que ella pudiera cambiarse, y ella volvió el rostro hacia la pared cuando él hizo lo mismo.

Parecía que su única noche de pasión nunca había sucedido.

Todo ese fuego, todo ese milagro... se había extinguido.

De pronto él pensó en lo mucho que odiaba abrir la puerta de la habitación. Parecía que nunca estaba preparado para la explosión de luz que lo recibía.

¡Qué tonto había sido! ¡Qué increíblemente tonto!

18

Esta carta está dirigida a ambos. Me alegro tanto de que os tengáis el uno al otro. El mundo es un lugar más amable cuando las cargas pueden compartirse.

DE CECILIA HARCOURT
A THOMAS HARCOURT
Y EDWARD ROKESBY

A la mañana siguiente Edward se despertó primero.

Siempre lo hacía, pero nunca antes se había sentido tan agradecido por ello. Ya había amanecido, aunque no hacía mucho a juzgar por el haz de luz que se filtraba a través de las cortinas. Del otro lado de la ventana, Nueva York regresaba a la vida, pero los sonidos de la vida cotidiana aún eran intermitentes y callados. Un carro pasaba chirriando, un gallo cacareaba. De vez en cuando alguien saludaba con un grito.

Suficiente para atravesar las gruesas paredes de la posada, pero no para despertar a alguien con un sueño tan profundo como el de Cecilia.

Durante gran parte de su vida, Edward había usado sus mañanas poco ocupadas para levantarse y enfrentarse al día. Siempre le había parecido asombroso cuánto podía llegar a hacerse cuando no había tantas personas alrededor. Sin embargo, más recientemente (o, para ser más exacto, desde que Cecilia había llegado a su vida), aprovechaba la madrugada para pensar con tranquilidad. Era más fácil porque la cama era muy cómoda. Y cálida.

Y porque Cecilia estaba allí.

Ella se acercaba a él durante la noche, y a él le encantaba dedicar algunos minutos a disfrutar de su suave presencia antes de salir de la cama en silencio para vestirse. A veces era el brazo de ella, que aparecía sobre su pecho y sus hombros. A veces su pie, metido curiosamente debajo de su pantorrilla.

Pero siempre salía de la cama antes de que ella se despertara. No estaba seguro del todo de por qué. Quizá porque no estaba preparado para que ella se diera cuenta de lo mucho que él adoraba su cercanía. Tal vez no estaba dispuesto a admitir cuánta paz encontraba él en esos momentos robados.

También estaba el día anterior, cuando había estado tan ansioso por salir a comprarle algo especial en la panadería.

Eso sí que había salido bien.

Sin embargo, esa mañana le costó levantarse. Ella estaba acurrucada contra él, con el rostro escondido cerca de su pecho. Con su brazo él la mantenía en su sitio, lo bastante cerca como para poder sentir su aliento en la piel.

Mientras dormía le había estado acariciando el cabello.

Cuando se dio cuenta de lo que hacía detuvo su mano, pero no se apartó de ella. No se decidía a hacerlo. Si se quedaba totalmente quieto, podía casi imaginar que el día anterior no había ocurrido. Si no abría los ojos, podía llegar a creer que Thomas aún estaba vivo. Y que su matrimonio con Cecilia... era real. El lugar de ella estaba ahí, entre sus brazos, mientras el delicado aroma de su cabello le hacía cosquillas en la nariz. Si él la giraba y buscaba consuelo en su cuerpo, y tenía todo el derecho de hacerlo, sería una bendición.

En cambio, era el hombre que había seducido a una dama inocente.

Y ella era la mujer que lo había puesto en esa situación.

Quería odiarla. A veces pensaba que la odiaba. La mayor parte del tiempo no estaba seguro.

A su lado, Cecilia comenzó a despertarse.

—¿Edward? —murmuró—. ¿Estás despierto?

¿Se consideraba mentira fingir que estaba dormido? Seguramente. Pero en el contexto de las falsedades recientes, era una mentira muy pequeña.

No decidió fingir que estaba dormido. No fue nada tan calculador. Pero cuando oyó sus palabras como una leve brisa sobre su oreja sintió cierto resentimiento en su interior y no quiso responderle.

Simplemente no quiso.

Después, cuando ella murmuró algo sorprendida y se acomodó en una posición más vertical, él empezó a sentir una extraña sensación de poder. Ella creía que estaba dormido.

Ella creía que él era algo que no era.

Era lo mismo que ella le había hecho a él, aunque en una escala mucho menor. Ella no le había dicho la verdad, y al hacerlo, había tenido todo el poder.

Quizá tenía ganas de vengarse. Tal vez se sentía ofendido. Su reacción no fue muy noble, pero le gustó hacerle eso, como ella se lo había hecho a él.

—¿Qué voy a hacer? —oyó que ella murmuraba. Se dio la vuelta de costado, mirando hacia el otro lado, pero su cuerpo permaneció cerca.

Y aún la deseaba.

¿Qué podía ocurrir si no le decía que había recuperado la memoria? Tarde o temprano tendría que revelar la verdad, pero no había razón para hacerlo de inmediato. De todos modos, la mayor parte de lo que recordaba no tenía nada que ver con ella. Estaba el viaje a Connecticut, montado a caballo bajo una lluvia horrible y fría. El momento aterrador en el que un granjero de nombre McClellan lo había sorprendido espiando en el puerto de Norwalk. Edward buscó su arma, pero cuando otros dos hombres salieron de las sombras (resultaron ser los hijos de McClellan), se dio cuenta rápidamente de que era inútil resistirse. Se lo llevaron a punta de pistola y horquilla al establo de los McClellan, donde lo ataron y lo mantuvieron cautivo durante semanas.

Allí fue donde encontró al gato, el que le había contado a Cecilia que creía recordar. Ese montón de pelo enmarañado había sido su única compañía durante veintitrés horas cada día. El pobre se había visto obligado a escuchar la historia de la vida de Edward.

Muchas veces.

No obstante, al gato debió de gustarle la habilidad narrativa de Edward, ya que lo recompensaba con una multitud de pájaros y ratones muertos. Edward intentó apreciar los regalos que tan gentilmente le ofrecía el animal y siempre esperaba a que la pequeña bola de pelo no estuviera mirando para patear los animales muertos hacia la puerta del establo.

El hecho de que el granjero McClellan pisoteara no menos de seis roedores destrozados fue una ventaja adicional. Resultó ser bastante impresionable para alguien que trabajaba con animales todo el día, y, de hecho, los gritos y chillidos que lanzaba cada vez que los diminutos huesos crujían bajo sus botas eran uno de los entretenimientos de Edward.

Sin embargo, McClellan no se molestaba en ir a verlo al establo muy a menudo. En realidad, Edward no sabía qué pensaba hacer con él. Seguramente obtener una recompensa. McClellan y sus hijos no parecían muy devotos de la causa de Washington. Y, sin duda, tampoco eran leales a la corona.

La guerra podía convertir a los hombres en mercenarios, especialmente a los que ya eran codiciosos.

Por fin fue la esposa de McClellan la que liberó a Edward. No fue debido al gran encanto de Edward, aunque él se había esforzado por ser distinguido y educado con las mujeres de la familia. No, la señora McClellan le dijo que estaba harta de compartir la comida de su familia. Había parido nueve hijos, y ninguno se había molestado en morirse durante la infancia. Tenía demasiadas bocas que alimentar.

Edward no señaló que durante su estancia no había recibido mucha comida. No cuando la mujer estaba ocupada soltando las sogas que ataban sus tobillos.

—Espere hasta que se haga de noche antes de marcharse —le advirtió—. Y diríjase hacia el Este. Todos los muchachos estarán en el pueblo.

Ella no le contó por qué iban a ir al centro del pueblo y él no se lo preguntó. Hizo lo que le indicaban y se marchó hacia el Este, aunque era la dirección opuesta a la que debía tomar. Viajando a pie y por la noche, tardó una semana en llegar. Había cruzado el estrecho hasta Long Island y caminado hasta Williamsburg sin incidentes. Entonces...

Edward frunció el ceño hasta que recordó que aún fingía estar dormido. Pero Cecilia no se dio cuenta; todavía miraba hacia el otro lado.

¿Qué *había* ocurrido en Williamsburg? En ese punto su memoria aún era borrosa. Le había dado su chaqueta a un pescador para que lo cruzara al otro lado del río. Había subido al bote...

El pescador debió haberlo golpeado en la cabeza. Edward no estaba seguro de cuál había sido su objetivo. No tenía nada que pudiera robarle.

Ni siquiera la chaqueta.

Supuso que debía estar agradecido de que lo hubiese dejado en la costa de la bahía de Kip. El pescador podría haberlo lanzado al mar. Nadie hubiera sabido jamás qué le había ocurrido.

Se preguntó cuánto tiempo habría esperado su familia para declararlo muerto.

Después se regañó a sí mismo por ser tan morboso. Estaba vivo. Debía sentirse feliz.

Así sería, decidió, aunque no esa mañana. Se había ganado ese derecho.

—¿Edward?

¡Maldición! Su rostro debió haber reflejado sus pensamientos. Abrió los ojos.

—Buenos días —saludó Cecilia. Pero en su tono se percibía cierta prudencia. No era timidez o, por lo menos, él no lo creía. Supuso que era natural que se mostrara tímida e incómoda ahora que habían tenido relaciones sexuales. Debió haberse sentido así la mañana anterior. Probablemente, así habría sido si él no se hubiese marchado antes de que ella se despertara.

—Todavía estabas dormido —dijo. Sonrió, aunque solo levemente—. Nunca te despiertas después que yo.

Él se encogió de hombros.

—Estaba cansado.

—Imagino —dijo ella con dulzura. Miró hacia abajo y luego apartó la mirada. Entonces suspiró y dijo—: Debería levantarme.

—¿Por qué?

Ella pestañeó varias veces y luego dijo:

—Tengo cosas que hacer.

—¿Sí?

—Yo... —Tragó saliva—. Debo. No puedo...

Pero ¿qué tenía que hacer si no era buscar a Thomas? Él era el único motivo por el cual había ido a Nueva York.

Edward esperó, y le rompió el corazón ver cómo contraía el rostro al darse cuenta de que todo lo que había estado haciendo, todos los recados y tareas, habían tenido como único propósito encontrar a su hermano.

Y de pronto ese propósito no existía.

Pero también, recordó Edward, había pasado mucho tiempo cuidándolo a él. Fueran cuales fuesen sus errores, ella lo había cuidado fielmente, tanto en el hospital como fuera de él.

Seguramente le debía la vida.

No podía odiarla. Aun así, quería odiarla.

Cecilia frunció el ceño.

—¿Te encuentras bien?

—¿Por qué lo preguntas?

—No sé. Tenías una expresión extraña.

Él no lo dudó.

Cuando fue evidente que no iba a hablar, Cecilia soltó un pequeño suspiro. Pareció desinflarse.

—De todos modos, debería levantarme. Aunque no tengo nada que hacer.

Nada, no, pensó él.

Estaban en la cama. Había muchas cosas que podían hacer en la cama.

—Puedo mantenerte ocupada —murmuró él.

—¿Qué?

Pero antes de que ella pudiera hablar, él se inclinó y la besó.

Lo hizo sin pensarlo. En realidad, si se *hubiese* detenido a pensar, sin duda, se habría convencido de no hacerlo. Por ese camino se volvería loco y en ese momento parecía que lo único que le quedaba era su cordura.

La besó porque en aquel momento todos sus instintos se lo pedían. Una parte primitiva de él aún creía que ella era su esposa, que estaba en todo su derecho a tocarla de ese modo.

Ella le había dicho que estaban casados. Le había dicho que él había hecho los votos.

Edward había asistido a suficientes bodas para saber de memoria los votos. Sabía lo que él habría dicho.

Con mi cuerpo te venero.

Quería venerarla.

Quería adorarla.

Su mano rodeó la parte trasera de su cabeza y la atrajo hacia él, sujetándola.

Ella no se opuso. No intentó escapar. Por el contrario, sus brazos lo rodearon y ella también lo besó. Ella *sabía* que no estaban casados, pensó con enfado, pero devolvía su pasión con el mismo fervor. Sus labios fueron ávidos, y gimió de deseo mientras su espalda se arqueaba, apretando su cuerpo aún más contra el suyo.

La chispa que se había encendido en él ardió fuera de control. La colocó debajo de él y sus labios recorrieron su cuello, hasta el escote de ese horrible camisón.

Tuvo ganas de arrancárselo a mordiscos.

—¡Edward! —gritó ella, y lo único que pensó era que era *suya*. Ella lo había dicho, ¿quién era él para negarlo?

La quería bajo su dominio, como su esclava.

Levantó el dobladillo del camisón, gruñendo con satisfacción cuando ella abrió sus piernas para él. Él podía ser una bestia, pero cuando su boca encontró su seno a través del delgado algodón de su camisón, los dedos de ella se clavaron en sus hombros con fuerza suficiente como para dejarle la marca. Y los sonidos que emitía...

Eran sonidos de una mujer que quería más.

—Por favor —rogó.

—¿Qué quieres? —Él alzó la mirada. Sonrió como el demonio.

Ella lo miró, confundida.

—Ya lo sabes.

La cabeza de él negó lentamente.

—Tienes que decirlo. —Él tenía puesta su ropa interior, pero cuando se frotó contra ella, supo que ella podía sentir la dureza de su deseo—. Dilo —exigió.

Ella se ruborizó, sabiendo que no era solo por la pasión.

—Te deseo —respondió ella—. Lo sabes. Lo sabes.

—Pues bien —dijo él arrastrando las palabras—. Me tendrás.

Él le quitó el camisón por encima de su cabeza, dejándola desnuda bajo la luz de la mañana. Por un momento él olvidó todo lo sucedido. Su furia..., su urgencia..., todo pareció evaporarse frente a su belleza. Solo podía contemplarla, absorber su perfección.

—Eres tan encantadora —murmuró. Sus besos se volvieron delicados; aún eran desesperados, pero sin la ira que lo había alimentado antes. Saboreó su piel, su esencia salada y dulce al recorrer su hombro y luego sus senos.

Quería poseerla completamente. Quería perderse en ella.

No, quería que *ella* se perdiera. Deseaba llevarla al límite insoportable del placer, y luego quería que traspasara ese límite.

Quería que se olvidara hasta de su nombre.

Con la palma de la mano rozó la punta de su seno, deleitándose cuando se endureció de deseo, pero no se detuvo ahí. Los labios de él recorrieron sus costillas, su vientre, hasta el suave saliente de su cadera.

—¿Edward?

Él la ignoró. Sabía lo que hacía. Sabía que a ella le gustaría.

Y sabía que moriría si no la besaba.

Ella volvió a murmurar su nombre, esta vez con urgencia.

—¿Qué haces?

—Shhh... —dijo él dulcemente, y con sus grandes manos le abrió aún más las piernas. Ella se retorció, acomodándose más cerca de la cara de él. Su cuerpo parecía saber lo que quería, aunque no lo entendiera.

—No puedes mirar ahí —susurró.

La besó justo debajo de su ombligo, porque sabía que se escandalizaría.

—Eres hermosa.

—¡Ahí no!

—No estoy de acuerdo. —Pasó sus dedos por la suave mata de vello, acercándose cada vez más a su ingle, abriéndola para ver su intimidad. Luego sopló suavemente sobre su delicada piel.

Ella soltó un pequeño grito de placer.

Con uno de sus dedos él trazó un círculo sobre su piel.

—¿Te gusta?

—No lo sé.

—Déjame intentar otra cosa —murmuró él— y podrás decidir.

—Yo no... *Ah*...

Edward sonrió. Justo encima de ella. En la misma zona donde había pasado su lengua.

—¿Te gusta? —repitió.

Y ella respondió en un murmullo:

—Sí.

Volvió a lamerla, esta vez profunda y ávidamente; su cuerpo bulló de satisfacción cuando las caderas de ella se despegaron del colchón.

—Tienes que quedarte quieta —susurró él, sabiendo que la atormentaba—. Si quieres hacerlo bien.

—No puedo —dijo ella, jadeante.

—Creo que sí puedes. —Para ayudarla, apoyó las manos entre su torso y sus piernas para aumentar la presión y mantenerla firme.

Entonces la besó. La besó como la besaba en la boca, con fuerza y profundidad. La bebió, y disfrutó de los estremecimientos y temblores del cuerpo de ella debajo del suyo. Estaba ebria de deseo.

Estaba ebria de él. Y a él le encantó.

—¿Deseas esto? —murmuró, alzando la cabeza para que ella pudiera verle la cara.

Y también para torturarla. Solo un poco.

—Sí —jadeó ella—. ¡Sí! No te detengas.

Hizo que sus dedos ocuparan el lugar de su boca, excitándola mientras hablaba para enloquecerla.

—¿Cuánto lo deseas?

Ella no respondió, pero no tuvo necesidad de hacerlo. Él pudo ver la confusión en su rostro.

—¿Cuánto, Cecilia? —preguntó. Volvió a besarla pero enseguida bajó para lamer su clítoris.

—¡Muchísimo! —respondió ella casi en un grito.

Eso era lo que él quería.

Volvió a su tarea, adorándola con su boca.

La adoró en exceso.

La besó hasta que ella llegó al clímax debajo de él, y su cuerpo se alzó de la cama con tanta fuerza que podría haberle apartado. Ella agarró la cabeza de él con dedos desesperados, y la rodeó con sus piernas como si fuera un torno.

Lo sostuvo hasta terminar con él, y él disfrutó de cada instante. Cuando finalmente quedó agotada, él se incorporó y se apoyó sobre sus codos mientras la miraba. Ella tenía los ojos cerrados y temblaba bajo el aire matutino.

—¿Tienes frío? —murmuró. Ella asintió levemente, y él cubrió su cuerpo sudoroso con el suyo. Ella echó la cabeza hacia atrás al sentir el contacto, como si su peso fuese el placer último antes de caer inconsciente. Él la besó a lo largo del cuello, hasta el hueco de su clavícula. Tenía sabor a deseo.

Al deseo de *ella*.

Al de él también.

Metió su mano entre los dos para abrir su ropa interior. Parecía un sacrilegio que algo los separara, aunque fuese una fina capa de tela. Segundos después, la ropa interior se sumaba al camisón a un lado de la cama, y él volvió a colocarse sobre su cálido cuerpo.

Se acomodó en su entrada, se quedó allí y luego avanzó hasta llegar al final.

Se olvidó de todo. Nada existió excepto ese momento, en esa cama. Se movió sin pensarlo, actuó solo por instinto. Ella se movió al ritmo de él, y sus caderas se juntaron en cada embestida. El placer aumentó en el interior, tan intenso y profundo que llegaba a ser casi doloroso, y, de pronto, ella se estremeció, y con pánico en la mirada dijo:

—¡Espera!

Él se detuvo de golpe, y algo parecido al miedo le atravesó el corazón.

—¿Te he hecho daño?

Ella negó con la cabeza.

—No, pero debemos detenernos. Yo... no puedo quedarme embarazada.

Él la miró, tratando de entender lo que decía.

—¿Recuerdas? —Tragó saliva, abatida—. Lo hemos hablado.

Él lo recordó. Sin embargo, antes había significado algo totalmente diferente. Ella había dicho que no quería estar embarazada en el viaje de vuelta a Inglaterra. Y que no quería tener un bebé en Nueva York.

Lo que en realidad había querido decir era que no *podía* tener un bebé. No podía permitírselo. No sin una licencia matrimonial.

Por un momento, él pensó en negarse a su petición. Podía llegar al orgasmo dentro de ella, tratar de crear una nueva vida.

Así ese matrimonio se volvería *real*.

Entonces ella murmuró:

—Por favor.

Él se apartó. Fue contra el instinto de su cuerpo, pero lo hizo. Rodó hacia un lado, lejos de ella, y centró toda su energía simplemente en respirar.

—¿Edward? —Ella lo tocó en el hombro.

Él la apartó.

—Necesito... necesito un momento.

—Sí, por supuesto. —Ella se alejó de él. Sus movimientos nerviosos agitaron el colchón hasta que él oyó que apoyaba los pies en el suelo.

—¿Hay... algo que yo pueda hacer... —preguntó, vacilante. Miró su virilidad, que seguía sobresaliendo con dureza de su cuerpo— para ayudarte?

Él pensó en eso.

—¿Edward?

Ella susurró en medio del silencio, y él se asombró de poder escucharla a pesar de los latidos de su corazón.

—Lo siento —dijo ella.

—No te disculpes —replicó él. No quería oírla. Rodó sobre su espalda y respiró profundamente. Aún estaba duro como una piedra. Había estado tan cerca de llegar al orgasmo dentro de ella, y ahora...

Echó una maldición.

—Quizá debería irme —dijo ella de pronto.

—Puede que sea lo más sensato. —Su tono no fue amable, pero fue lo mejor que pudo decir. Tendría que terminar el trabajo con la mano, y estaba seguro de que eso iría en contra de la tierna sensibilidad de ella.

No podía creer que aún le importara su sensibilidad.

Ella se vistió rápidamente y salió de la habitación como un rayo. Sin embargo, para entonces la urgencia de su situación había disminuido, y no pareció tener sentido ninguna intervención.

Sinceramente, se habría sentido patético.

Se sentó y bajó las piernas por un lado de la cama. Apoyó los codos en las rodillas y la barbilla en las manos. Durante toda su vida había sabido qué hacer. No era perfecto, de ningún modo, pero el camino entre el bien y el mal siempre había estado claramente definido para él.

Anteponía su país a su familia.

Y su familia a él.

¿Y adónde lo había llevado todo eso? Estaba enamorado de un espejismo.

Casado con un fantasma.

No, casado *no*. Tenía que recordar eso. No estaba casado con Cecilia Harcourt. Lo que acababa de suceder...

Ella tenía razón en una cosa. No podía volver a ocurrir. Por lo menos, no hasta que estuvieran casados de verdad.

Él *se casaría* con ella. Era su obligación, o eso se dijo a sí mismo. No tenía demasiado interés en revisar el rincón de su corazón que *quería* casarse con ella. Era el mismo rincón que había estado tan feliz de *estar* casado con ella.

Ese pequeño rincón de su corazón... era crédulo, demasiado confiado. Él no confiaba demasiado en su criterio, especialmente, cuando había otra vocecita que le decía que esperara, que se tomara su tiempo.

Que ella sufriera unos días.

Un grito de frustración brotó de su garganta, hundió los dedos en su cabello y tiró con fuerza. No era su mejor momento.

Con otro gruñido, se puso de pie con esfuerzo y se alejó de la cama. Caminó hacia el armario para agarrar su ropa. A diferencia de Cecilia, él sí tenía cosas que hacer.

La primera de la lista: ir a ver al coronel Stubbs. Edward no creía haberse enterado de nada útil en el puerto de Connecticut, pero él era un soldado hasta la médula, y era su obligación informar de lo que había descubierto. Sin mencionar que debía decirle al coronel dónde había estado durante tanto tiempo. Permanecer atado en un establo en compañía de un gato no era algo especialmente heroico, pero tampoco podía considerarse una traición.

Además, estaba el tema de las pertenencias de Thomas. Su baúl se había guardado junto con el de Edward cuando ambos habían partido hacia Connecticut. Ahora que lo habían declarado muerto oficialmente, debían entregar sus pertenencias a Cecilia.

Edward se preguntó si la miniatura seguiría allí.

Le rugió el estómago y recordó que hacía casi un día que no comía. Seguramente Cecilia había pedido el desayuno. Con suerte, todavía estaría caliente y esperándolo cuando bajara al comedor.

Primero el desayuno, después el coronel Stubbs. Le hacía bien que el día tuviera alguna estructura. Se sentía un poco mejor cuando sabía qué tenía que hacer.

Por el momento, al menos.

19

Por fin vemos las primeras señales de la primavera, y me siento agradecida. Te pido que le des al capitán Rokesby uno de estos azafranes. Espero haberlos planchado correctamente. Me pareció que a ambos os gustaría tener un pequeño trozo de Inglaterra.

DE CECILIA HARCOURT
A SU HERMANO THOMAS

Más tarde esa mañana, Cecilia fue a caminar hasta el puerto. Edward le había dicho durante el desayuno que se reuniría con el coronel Stubbs y que no sabía cuánto tiempo estaría ocupado. Cecilia debía arreglárselas sola, quizá todo el día. Había vuelto a la habitación con la intención de terminar el libro de poemas que había estado leyendo durante la última semana, pero pocos minutos después había decidido que necesitaba salir.

La habitación le parecía demasiado estrecha, las paredes estaban demasiado cerca, y cada vez que intentaba concentrarse en las palabras impresas se le llenaban los ojos de lágrimas.

Estaba sensible.

Por muchas razones.

Por ello, decidió que debía ir a caminar. El aire fresco le haría bien, y sería menos probable que de repente rompiera en lágrimas si había testigos.

Objetivo para ese día: no llorar en público.

Parecía un objetivo factible.

El clima era bueno, no hacía demasiado calor y corría una ligera brisa desde el mar. El aire olía a sal y a algas marinas, una sorpresa agradable considerando la frecuencia con que el viento traía el hedor de los barcos de prisioneros que amarraban a poca distancia de la costa.

Cecilia había estado en Nueva York el tiempo suficiente para aprender algo sobre las rutinas del puerto. Llegaban barcos casi todos los días, pero rara vez transportaban pasajeros civiles. La mayoría eran buques mercantes, que trasladaban los suministros necesarios para el ejército británico. Algunos de ellos se habían modificado para transportar pasajeros de pago; así había viajado Cecilia desde Liverpool. El propósito principal del *Lady Miranda* había sido llevar alimentos y armamento a los soldados apostados en Nueva York. Pero también había transportado catorce pasajeros. No hacía falta decir que Cecilia había llegado a conocer muy bien a la mayoría de los pasajeros durante la travesía de cinco semanas. Tenían poco en común excepto que todos hacían un viaje peligroso por un océano turbulento hacia la asediada área costera de una masa continental en guerra.

Dicho de otro modo, todos estaban locos de remate.

El pensamiento la hizo sonreír. Aún no podía creer que hubiese tenido agallas para cruzar el océano. Sin duda, la había empujado la desesperación y no había tenido muchas opciones; sin embargo...

Estaba orgullosa de sí misma. De eso al menos.

Ese día había varios barcos en el puerto, incluido uno que Cecilia había oído que pertenecía a la misma flota que el *Lady Miranda*. El *Rhiannon*, así se llamaba, había hecho la travesía a Nueva York desde Cork, en Irlanda. La esposa de uno de los oficiales que cenaba en el Devil's Head había viajado en él. Cecilia no la conocía personalmente, pero su llegada a la ciudad había sido motivo de muchos cotilleos. Con la cantidad de chismes que circulaban por el comedor todas las noches, era imposible *no* prestarles atención.

Paseó más cerca de los muelles, usando el palo mayor del *Rhiannon* para guiarse. Conocía el camino, por supuesto, pero se le antojó llegar a destino usando sus rudimentarios conocimientos de navegación. ¿Cuánto tiempo hacía que el *Rhiannon* estaba en Nueva York? Si su memoria no le fallaba, todavía no hacía una semana. Significaba que, seguramente, permanecería en el muelle unos días más antes de emprender el viaje de vuelta. Debían descargar las bodegas y luego volver a llenarlas con un nuevo cargamento. Por no mencionar a los marineros, que sin duda merecían un tiempo en tierra firme después del largo viaje.

Cuando Cecilia llegó al puerto, el mundo pareció abrirse como una flor en primavera. La luz brillante del mediodía se hizo paso, sin el obstáculo de los edificios de tres y cuatro pisos que tapaban el sol. El agua tenía algo que hacía que la tierra pareciera infinita, aun cuando los muelles no estuvieran a mar abierto. Era fácil ver Brooklyn en la distancia, y Cecilia sabía con qué rapidez un barco podía atravesar la bahía y salir al Atlántico.

Era una escena muy bonita, pensó, aunque no se parecía en nada a su país como para dejar una huella imborrable en su corazón. Sin embargo, era agradable, en especial, el modo en que el agua se transformaba en olas coronadas de espuma y luego chocaba impaciente contra el muro de contención.

El océano ahí era gris, pero hacia el horizonte se oscurecía y adquiría un tono azul profundo e intenso. Algunos días, los turbulentos, hasta le había parecido verde. Otro pequeño dato que jamás habría conocido si no hubiese salido de la seguridad de su hogar en Derbyshire. Se alegraba de haber viajado. De verdad. Se marcharía con el corazón roto (por más de un motivo), pero habría valido la pena. Era una mejor persona; no, era una persona *más fuerte*.

Una mejor persona no habría mentido durante tanto tiempo.

Sin embargo, era bueno haber ido. Para sí misma, y quizá también para Edward. Dos días antes de despertar, su fiebre había subido a niveles peligrosos. Ella había permanecido a su lado toda la noche, poniéndole paños fríos sobre la piel. Nunca iba a saber si en realidad le había salvado la vida, pero si así había sido, todo eso había valido la pena.

Tenía que aferrarse a esa idea. Le haría compañía el resto de su vida.

Fue en ese momento cuando se dio cuenta de que ya estaba pensando en marcharse. Bajó la mirada a su cintura. Podía estar embarazada; aún no había tenido pruebas de lo contrario. Sin embargo, era poco probable y sabía que debía prepararse para la logística del viaje.

Por ello su visita al puerto. No había pensado de forma consciente por qué sus pasos la llevaban al mar, pero ahora, al observar a dos estibadores cargar cajones en la bodega del *Rhiannon*, le resultó evidente que había ido a hacer indagaciones.

En cuanto a qué haría una vez que llegara a su país... Suponía que tendría tiempo de sobra en el camarote del barco para pensar en ello.

—¡Buen hombre! —le gritó al marinero que dirigía la carga—. ¿Cuándo zarpa su barco?

Las frondosas cejas del hombre se enarcaron ante su pregunta, luego giró la cabeza hacia el barco y dijo:

—¿Se refiere al *Rhiannon*?

—Sí. ¿Vuelve a Gran Bretaña? —Sabía que muchos barcos se desviaban hacia las Indias Occidentales, aunque creía que, en general, lo hacían en el viaje de *ida* a América del Norte.

—A Irlanda —confirmó el hombre—. A Cork. Zarpamos el viernes por la tarde, si el tiempo lo permite.

—El viernes —murmuró ella en respuesta. Faltaban solo unos días—. ¿Lleva pasajeros? —preguntó, aunque sabía que así había sido en el viaje hacia el Oeste.

—Sí —respondió el hombre con tono brusco—. ¿Busca sitio?

—Podría ser.

Al hombre pareció hacerle gracia su respuesta.

—¿*Podría* ser? ¿No debería saberlo ya?

Cecilia no se dignó a dar una respuesta. En cambio, miró al hombre con frialdad (con la mirada que alguna vez había considerado que debía tener la esposa del hijo de un conde) y esperó a que señalara con la cabeza a otro hombre que estaba más alejado en el terraplén.

—Pregúntele a Timmins. Él sabrá si tenemos espacio.

—Gracias —dijo Cecilia, y se dirigió hacia dos hombres parados cerca de la proa del barco. Uno de ellos tenía las manos en las caderas, y el otro señalaba hacia el ancla. Por sus miradas, Cecilia se dio cuenta de que la conversación no era urgente, así que se acercó y gritó:

—Disculpen, señores. ¿Alguno de ustedes es el señor Timmins?

El hombre que señalaba el ancla se quitó el sombrero.

—Soy yo, señora. ¿En qué puedo ayudarla?

—El caballero de allí —señaló el lugar donde cargaban la mercancía— ha mencionado que quizá tengan espacio para otro pasajero.

—¿Hombre o mujer? —preguntó.

—Mujer —respondió, tragando saliva—. Yo.

Él asintió. Cecilia decidió que el hombre le caía simpático. Su mirada era franca.

—Tenemos espacio para una mujer —le dijo—. Sería un camarote compartido.

—Por supuesto —declaró ella. De todos modos, dudaba de que el dinero le alcanzara para pagar un camarote privado. Incluso uno compartido sería caro, pero había sido cuidadosa con el dinero y guardado el suficiente como para pagar el pasaje de vuelta. Había sido difícil; antes de que Edward despertara, casi no tenía con qué vivir. Nunca había tenido tanta hambre en su vida, pero se había mantenido con una comida al día.

—¿Podría conocer el precio, señor? —preguntó.

El hombre se lo dijo y el corazón le dio un vuelco. O, mejor dicho, se le disparó. Porque el pasaje valía casi el doble de lo que había pagado para ir a Nueva York. Y era más de lo que había ahorrado. No sabía por qué era más caro navegar hacia el Este que rumbo al Oeste.

Los barcos debían de cobrar más, simplemente, porque podían hacerlo. El pueblo de Nueva York era leal a la corona; Cecilia imaginaba que los pasajeros estaban más desesperados por partir de Nueva York que por llegar.

Pero no importaba, ya que no tenía suficiente dinero.

—¿Desea comprar un pasaje? —preguntó el señor Timmins.

—Eh, no —repuso ella—. Por el momento, no.

Pero quizá sí en el siguiente barco. Si apartaba un poco de dinero cada vez que Edward le daba algo para las compras...

Cecilia suspiró. Ya era una mentirosa. Bien podía ser también una ladrona.

El baúl de Thomas era pesado, así que Edward había dispuesto que lo transportaran hasta el Devil's Head por carreta. Sabía que había muchas personas en el salón principal que lo ayudarían a subirlo hasta arriba.

Sin embargo, cuando llegó a la habitación doce, vio que Cecilia no había vuelto. No se sorprendió; no le había dicho que saldría durante el desayuno, pero imaginaba que no querría encerrarse en la habitación todo el día. Sin embargo, sintió cierta decepción al quedarse sentado en la habitación con el baúl de su hermano. Después de todo, era por ella que había ido a buscarlo. Había imaginado una especie de retorno heroico, sosteniendo el baúl de Thomas como un premio.

En cambio, se sentó en la cama y se quedó mirando el maldito arcón, que ocupaba la mitad del espacio de la habitación.

Edward ya había visto su contenido. En la oficina del ejército, el coronel Stubbs había abierto la tapa antes siquiera de que Edward pudiera detenerse a pensar si invadían la privacidad de alguien.

—Debemos asegurarnos de que no falte nada —había dicho Stubbs—. ¿Sabe qué guardaba en él?

—Algo —respondió Edward, aunque conocía el baúl de Thomas más de lo que tenía derecho. Lo había revisado en muchas ocasiones, buscando las cartas de Cecilia para poder releer sus palabras.

A veces ni siquiera las leía. A veces solo se quedaba mirando su letra.

Por momentos era lo único que necesitaba.

¡Por Dios, qué tonto era!

¿Un tonto? Mucho peor.

Porque cuando Stubbs abrió el baúl y le pidió a Edward que inspeccionara el contenido, lo primero que vio fue la miniatura de Cecilia. La que, acababa de darse cuenta, no se parecía a ella. O quizá sí se parecía si uno realmente la *conocía*. No captaba lo alegre de su sonrisa, ni el extraordinario color de sus ojos.

No estaba seguro de que existiera una pintura que captara ese color.

El coronel había vuelto a su escritorio, y cuando Edward levantó la mirada vio que tenía la atención puesta en unos documentos y no en el baúl del otro lado de la oficina.

Edward se metió la miniatura en el bolsillo.

Y ahí se quedó. Ahí estaba cuando Cecilia volvió de su caminata. En el bolsillo de su chaqueta, colgada cuidadosamente en el armario.

Así que ahora Edward era un tonto y un ladrón. Y aunque se sentía como un imbécil, no se arrepentía de sus acciones.

—¡Has traído el baúl de Thomas! —exclamó Cecilia al entrar en la habitación. Tenía el cabello un poco alborotado por el viento, y él se quedó mirando un fino mechón que cayó sobre su mejilla. Formó una onda rubia y suave, mucho más rizada que cuando su cabello estaba suelto.

Qué bonito desafiar a la gravedad.

Y qué pensamiento tan extraño y estúpido.

Se levantó de la cama y se aclaró la garganta antes de hablar.

—El coronel Stubbs ha podido recuperarlo rápidamente.

Ella avanzó vacilante hacia el baúl. Estiró la mano, pero se detuvo antes de tocar el seguro.

—¿Has mirado?

—Sí —respondió él, y asintió con la cabeza—. El coronel Stubbs me ha pedido que me asegurara de que estaba todo en orden.

—¿Y lo estaba?

¿Cómo podía responder a esa pregunta? Si había estado en orden, en ese momento ya no lo estaba, pues la miniatura estaba en su bolsillo.

—Hasta donde he podido ver, sí —respondió finalmente.

Ella tragó saliva; su gesto fue nervioso, triste y nostálgico al mismo tiempo.

Él tuvo ganas de abrazarla. Estuvo a punto de hacerlo; dio un paso, pero se dio cuenta de lo que hacía y se detuvo.

No podía olvidar lo que ella había hecho.

No, no podía *permitirse* olvidar.

No era lo mismo.

Y, sin embargo, al contemplarla, de pie frente al baúl de su hermano muerto con ojos completamente tristes, estiró su mano y tomó la de ella.

—Deberías abrirlo —dijo—. Creo que te ayudará.

Ella asintió agradecida y apartó sus dedos de los de él para poder levantar la tapa con ambas manos.

—Su ropa —murmuró, y tocó la camisa blanca cuidadosamente doblada que estaba arriba de todo—. ¿Qué debería hacer con ella?

Edward no lo sabía.

—A ti no te irán bien —caviló—. Él no era tan ancho de hombros. Además, tus camisas son más finas.

—Ya encontraremos a alguien que las necesite —repuso Edward.

—Sí. Es una buena idea. A él le gustaría. —Luego soltó una risita, negando con la cabeza mientras se quitaba ese mechón rebelde de los ojos—. ¿Qué estoy diciendo? A él no le habría importado.

Edward pestañeó, sorprendido.

—Amo a mi... —Se aclaró la garganta—. *Amaba* a mi hermano, pero él no pensaba demasiado en la difícil situación de las personas pobres. No tenía nada en contra —se apresuró a añadir—, pero no creo que pensara en ellas.

Edward asintió, en gran parte porque no sabía qué otra cosa responder. Puede que él fuera culpable del mismo pecado de indiferencia. La mayoría de los hombres lo eran.

—Pero *yo* me sentiré mejor si encuentro quien use sus camisas —dijo ella con firmeza.

—A él le gustaría eso —dijo Edward, y después aclaró—: hacerte feliz.

Ella esbozó una sonrisa irónica y luego volvió a mirar el baúl.

—Supongo que también tendremos que encontrar a alguien a quien darle su uniforme. Alguien lo necesitará. —Pasó su mano por la chaqueta de Thomas; sus delgados dedos parecieron pálidos sobre la lana color escarlata—. Cuando estaba en el hospital contigo, había otros soldados. Yo... —miró hacia abajo, casi como si estuviera rezando— a veces ayudaba. No tanto como podría haberlo hecho, estoy segura, pero no quería desatenderte a ti.

Edward se dispuso a darle las gracias, pero antes de poder hacerlo ella enderezó los hombros y continuó hablando con voz más animada.

—He visto sus uniformes. Algunos ni siquiera tenían arreglo. Así que, seguramente, alguien lo necesitará.

Sus palabras tenían un tono de pregunta, por lo que Edward asintió. Se esperaba que los soldados mantuvieran sus uniformes en perfectas condiciones, algo complicado considerando el tiempo que pasaban entre el barro del campo.

Y los disparos que recibían.

Era un fastidio zurcir los agujeros de bala, pero las heridas de bayoneta eran imposibles. En la piel y en la tela, supuso él, pero se concentró en la tela; era la única manera de mantener la cordura.

Era amable por su parte regalarle el uniforme de Thomas a otro soldado. Muchas familias hubieran querido conservarlo, como un símbolo tangible de heroísmo y deber.

Edward tragó saliva y retrocedió un paso. De pronto tuvo la necesidad de poner distancia entre los dos. No la entendía. Y odiaba no poder mantener su ira. Había pasado solo un día. Solo veinticuatro horas desde que había recuperado la memoria en una ráfaga de colores, luces, palabras y lugares... Ninguno de ellos incluía a Cecilia Harcourt.

Ella no era su esposa. Y él debería haber estado enfadado. Tenía derecho a estar enfadado.

Pero no podía hacerle las preguntas (las que le taladraban la cabeza) en ese momento.

No cuando revisaba amorosamente el baúl de su hermano. No cuando giraba la cara, tratando de ocultar el movimiento de su mano para secarse las lágrimas.

Dejó a un lado la chaqueta de Thomas y luego hurgó un poco más.

—¿Crees que habrá guardado mis cartas?

—Sé que las guardó.

Ella levantó la mirada un momento.

—Ah, claro. Ya has revisado el baúl.

No era por eso que lo sabía, pero no era necesario que ella lo supiera.

Edward se sentó sobre el borde de la cama y observó cómo ella continuaba explorando las pertenencias de Thomas. En algún momento se había arrodillado para estar más cómoda, y ahora hacía su trabajo con una sonrisa en el rostro, que él pensó que nunca más vería.

O quizá pensó que era él quien nunca volvería a tener tantas ganas de ver su sonrisa.

Aún estaba enamorado de ella.

En contra del buen criterio, en contra de su propia cordura, seguía enamorado de ella.

Suspiró.

Ella levantó la mirada.

—¿Ocurre algo?

Sí.

—No.

Pero ella había vuelto a mirar el baúl antes de que él respondiera a su pregunta. Él dudó... Si no se hubiese dado la vuelta, si lo hubiese mirado a la cara...

¿Habría visto ella la verdad en sus ojos?

Estuvo a punto de suspirar otra vez.

Ella hizo un ruido curioso, *mmm*, y él se inclinó hacia delante para ver mejor qué estaba haciendo.

—¿Qué ocurre? —preguntó.

Ella frunció el ceño mientras metía las manos entre las camisas y los pantalones perfectamente doblados.

—No encuentro la miniatura.

Edward abrió la boca, pero no dijo nada. Tuvo intención de hacerlo. Pensó que había estado a punto de hablar, pero no pudo poner voz a sus *palabras*.

Él quería esa maldita pintura. Que lo llamaran tirano o ladrón. Quería conservarla.

—Quizá se la llevó consigo a Connecticut —dijo Cecilia—. Supongo que es un gesto bonito.

—Siempre has estado en sus pensamientos —repuso Edward.

Ella levantó la mirada.

—Es muy dulce por tu parte.

—Es la verdad. Hablaba tanto de ti que yo sentía que te conocía.

Algo en los ojos de ella se encendió, aun cuando miraron a lo lejos.

—¿No es gracioso? —dijo ella con voz queda—. A mí me ocurría lo mismo contigo.

Él se preguntó si debía decirle que había recuperado la memoria. Era lo correcto; por todas las razones que hacían de él un caballero, sabía que eso debía hacer.

—¡Ah! —exclamó ella, e interrumpió sus pensamientos. Se puso de pie de un salto—. Casi lo había olvidado. Nunca te he mostrado mi miniatura de Thomas, ¿verdad?

No era necesario que Edward respondiera; ella ya había comenzado a buscar en su único bolso. Aunque era grande, Edward se sorprendió de que hubiese hecho el viaje a Nueva York con tan pocas pertenencias.

—Aquí está —anunció, sacando el pequeño camafeo. Lo observó con una sonrisa nostálgica y se lo entregó—. ¿Qué te parece?

—Me doy cuenta de que es el mismo artista —dijo sin pensar.

Ella volvió hacia atrás la barbilla, sorprendida.

—¿También recuerdas la otra?

—A Thomas le gustaba mostrársela a la gente. —Era verdad; a Thomas le gustaba mostrarle la miniatura de Cecilia a sus amigos. Pero no era ese el motivo por el cual Edward la recordaba tan bien.

—¿De verdad? —Sus ojos se iluminaron de felicidad—. Es muy... No sé lo que es. Dulce, supongo. Es bueno saber que me echaba de menos.

Edward asintió, aunque ella no lo estaba mirando. Cecilia había vuelto a su tarea y revisaba cuidadosamente los efectos de su hermano. Edward se sintió muy extraño e incómodo, como si fuera un espectador.

No le gustó.

—Mmm, ¿qué es esto? —murmuró.

Él se inclinó hacia delante para mirar mejor.

Cecilia extrajo un pequeño monedero y se dio la vuelta para mirar a Edward.

—¿Habrá guardado dinero en su baúl?

Edward no tenía ni idea.

—Ábrelo y lo sabrás.

Ella lo hizo, y ante su evidente sorpresa encontró varias monedas de oro.

—¡Dios mío! —exclamó, mirando el dinero caído del cielo sobre su palma.

No era mucho, al menos no para Edward, pero él recordó que, cuando había despertado, ella tenía muy poco dinero. Había intentado ocultar el alcance de su pobreza, pero no era, o al menos no creía ser, una mentirosa experta. Había insinuado algunos detalles menores, como que había estado comiendo solo una comida al día. Además, él sabía de la pensión en la que ella había alquilado una habitación; era apenas algo mejor que dormir en la calle. Se estremeció al imaginar qué habría sido de ella si no lo hubiera encontrado en el hospital.

Posiblemente se habían salvado el uno al otro.

Cecilia permanecía extrañamente callada y seguía mirando el oro en su mano, como si fuera algo misterioso.

Desconcertante.

—Es tuyo —le aseguró él, imaginándose que ella trataba de decidir qué hacer con él.

Ella asintió distraída y observó las monedas con una expresión de lo más peculiar.

—Guárdalo con el resto de tu dinero —sugirió. Él sabía que ella tenía algo de dinero. Lo guardaba celosamente en su monedero. La había visto contar las monedas en dos ocasiones, y en ambas ella lo había mirado avergonzada cuando se había dado cuenta de que él la estaba observando.

—Sí, por supuesto —murmuró ella, y se puso de pie con torpeza. Abrió el armario y buscó en su bolso. Él supuso que buscaba el monedero, pero en realidad no pudo ver lo que hacía, pues estaba de espaldas.

—¿Te encuentras bien? —le preguntó.

—Sí —respondió ella, quizá más bruscamente de lo que él hubiera esperado—. Es solo... —Se dio un poco la vuelta—. No sabía que Thomas tendría dinero en su baúl. Significa que tengo...

Edward esperó, pero ella no terminó de hablar.

—¿Significa que tienes qué? —la instó él finalmente.

Ella pestañeó, y se produjo un extraño silencio antes de que respondiera.

—No es nada. Solo que tengo más dinero del que creí que tenía.

A Edward le pareció muy evidente.

—Creo...

Él esperó, pero las palabras de ella se apagaron cuando se dio la vuelta y miró el baúl abierto. Había algunas camisas en el suelo junto al baúl, y la chaqueta roja de Thomas estaba plegada a un lado, pero por lo demás, Cecilia había dejado todo en su sitio.

—Estoy cansada —dijo ella de pronto—. Creo... ¿Te molestaría si me acuesto?

Él se puso de pie.

—Por supuesto que no.

Ella bajó la mirada, pero él detectó una tristeza insoportable en su rostro cuando pasó junto a él y se hizo un ovillo en la cama; alzó sus piernas y se curvó como una hoz.

Él contempló sus hombros. No supo por qué, pero era evidente que estaban tensos de tristeza. No lloraba, o al menos él no creía que lo hiciera, pero su respiración era entrecortada, como si le costara tranquilizarse.

Él estiró una mano, aunque estaba demasiado lejos para tocarla. Pero no pudo evitarlo. Fue instintivo. Como que su corazón latía y sus pulmones respiraban, si esa mujer sufría, él la consolaba.

Sin embargo, no dio el paso final. Dejó caer su mano a un costado y se quedó de pie como una estatua, impotente contra su propia confusión.

Desde el momento en que la había visto había querido protegerla. Incluso cuando estaba tan débil que apenas podía caminar sin ayuda, había querido ser su fortaleza. Pero ahora, cuando ella por fin lo necesitaba, estaba aterrorizado.

Porque si se permitía ser fuerte para ella, llevar su carga como deseaba con desesperación, se perdería por completo.

Aquel hilo en su interior, que lo unía a ella en un amor profundo, se cortaría del todo.

Y el dolor sería enorme.

Murmuró su nombre dulcemente, como si la desafiara a escucharlo.

—Creo que debería estar sola —dijo ella, y en ningún momento se dio la vuelta para mirarlo.

—No, no deberías estarlo —repuso él con brusquedad, se acostó detrás de ella y la abrazó con fuerza.

20

Padre ha estado especialmente irritable últimamente. Pero yo también lo he esta-
do. El mes de marzo siempre es frío y húmedo, pero este año ha sido peor que de
costumbre. Él duerme la siesta todas las tardes. Creo que yo podría hacer lo
mismo.

De Cecilia Harcourt
a su hermano Thomas
(carta que nunca se recibió)

Dos días más tarde, Cecilia tuvo su menstruación.

Sabía que la tendría. Un día antes de sus reglas siempre estaba adormilada, sentía dolor de estómago y parecía que había tomado mucha sal.

Sin embargo, se dijo a sí misma, quizás interpretaba mal las señales. Quizá se sentía cansada porque *estaba* cansada. No dormía bien. ¿Cómo iba a descansar como era debido con Edward al otro lado de la cama?

En cuanto al dolor de estómago, en el Devil's Head habían servido pastel toda la semana. Le habían asegurado que el relleno no tenía fresas, pero ¿podía realmente confiar en la camarera de dieciséis años que no dejaba de mirar a los soldados con sus uniformes de vivos colores? Ese pastel podría haber tenido una fresa. Incluso una sola semilla podía explicar el malestar de Cecilia.

En cuanto a la sal, no tenía ni idea. Estaban cerca del océano. Quizá sería que respiraba el aire salado. Pero entonces tuvo su menstruación. Y mientras lavaba cuidadosamente los paños, trataba de no pensar demasiado en la puntada que sentía en el pecho al darse cuenta de que no estaba embarazada.

Sintió alivio. Seguramente sintió alivio. Un hijo significaba que Edward iba a verse obligado a casarse con ella. Y aunque una gran parte de ella siempre soñaría con una casita en Kent llena de adorables niños de ojos azules, se daba cuenta de que ese sueño se fundamentaba menos en la realidad de lo que ella creía.

Era difícil imaginar que un matrimonio falso podía tener una luna de miel, pero nada había sido igual desde la noticia de la muerte de Thomas. Cecilia no era idiota; sabía que ambos sufrían, pero no entendía cómo ese solo hecho podía explicar el abismo absoluto que se había abierto entre los dos.

El problema con Edward era que todo había parecido ser tan *fácil*. Como si hubiese esperado toda su vida entender quién era ella realmente, y luego, cuando él había abierto los ojos (no, fue después, en su primera conversación real), ella *lo hubiera sabido*. Era algo extraño, ya que todo el tiempo con él se basaba en una mentira, pero se había sentido ella misma en su compañía más que en ningún otro momento de su vida.

No era la clase de cosas que se sabían de inmediato. Quizá no antes de que desaparecieran.

Y *habían* desaparecido. Incluso cuando él había intentado consolarla después de abrir el baúl de Thomas, hubo algo que no iba bien. Ella no había podido relajarse en sus brazos, quizá porque sabía que eso también era una mentira. Él había pensado que ella estaba triste por su hermano, pero lo que realmente le había roto el corazón había sido saber que ya tenía dinero suficiente para pagar el pasaje en el *Rhiannon*.

Y ahora que sabía que no estaba embarazada...

Caminó hasta la ventana y apoyó la cadera en el alféizar. Corría una ligera brisa, que hacía que la humedad fuera más tolerable. Observó cómo las hojas se movían en los árboles. No eran muchas; en esa parte de Nueva York abundaban los edificios. Pero le gustaba el hecho de que un lado de las hojas fuera más oscuro que el otro, observar los colores cambiar de un lado a otro, oscuro a claro, verde sobre verde.

Era viernes. El cielo era de un azul infinito; significaba que el *Rhiannon* zarparía esa tarde.

Ella debía estar a bordo.

No tenía sentido que se quedara en Nueva York. Su hermano estaba muerto, enterrado en el bosque de Westchester. Ni siquiera podía visitar su tumba. No era seguro, y, de todos modos, según el coronel Stubbs, no había un indicador adecuado: nada que llevara el nombre y la edad de Thomas, nada que anunciara que él había sido un hermano amado y un hijo obediente.

Pensó en ese día espantoso en el que había recibido la carta del general Garth. Que en realidad había resultado ser del coronel Stubbs, pero eso tenía poca importancia. Ella acababa de perder a su padre, y en los momentos previos a abrir la carta se había sentido aterrorizada. Recordaba exactamente lo que había pensado: si Thomas había muerto, no le quedaría ningún ser querido en el mundo.

Y ahora Thomas *había* muerto. Y no había ninguna otra persona en el mundo a quien ella pudiera amar.

Tarde o temprano Edward recuperaría su memoria. Estaba segura de ello. Ya comenzaba a recordar algunas cosas. Y cuando recordara todo...

Era mejor contarle la verdad antes de que la descubriera por sí mismo.

Él tenía una vida en Inglaterra, que no la incluía. Tenía una familia que lo adoraba y una muchacha con quien se suponía que debía casarse. Una muchacha que, al igual que él, era aristócrata de pies a cabeza. Y cuando él se acordara de ella, de la inimitable Billie Bridgerton, recordaría por qué hacían tan buena pareja.

Cecilia se alejó del alféizar de la ventana y tomó su monedero antes de dirigirse a la puerta. Si se marchaba esa noche, tenía muchas cosas que hacer, y todas ellas antes de que Edward volviera del cuartel general.

En primer lugar, debía comprar su pasaje. Luego tenía que preparar el equipaje, aunque eso no le llevaría mucho tiempo. Por último, debía escribirle una carta a Edward.

Tenía que hacerle saber que era libre.

Ella se marcharía y él podría continuar con su vida, la que debía tener. La vida que él quería tener. Quizás él no lo supiera todavía, pero lo sabría tarde o temprano, y ella no quería estar cerca cuando eso ocurriese. Había muchas maneras de romper un corazón. ¿Ver su rostro cuando se diera cuenta de que su lugar estaba junto a otra persona?

Eso la destrozaría totalmente.

Miró el reloj de bolsillo que Edward dejaba sobre la mesa para que ambos miraran la hora. Aún tenía tiempo. Él había salido más temprano: tenía una reunión con el coronel Stubbs que le llevaría todo el día. Sin embargo, debía empezar a moverse.

Eso era lo correcto, se dijo al bajar presurosa la escalera. Eso estaba bien. Había encontrado el dinero y no estaba embarazada. Era evidente que no debía ser.

Objetivo para ese día: creer en el destino.

Pero cuando llegó al salón principal de la posada oyó que la llamaban con un tono de urgencia.

—¡Señora Rokesby!

Se dio la vuelta. El destino, según parecía, se asemejaba mucho al posadero del Devil's Head.

Este salió de detrás de la barra y caminaba hacia ella con expresión preocupada. Detrás de él había una mujer muy bien vestida.

El posadero se puso de lado.

—Esta señora quería ver al capitán Rokesby.

Cecilia ladeó la cabeza para ver mejor a la señora, aún tapada por el robusto cuerpo del posadero.

—¿Puedo ayudarla en algo, señora? —preguntó, haciendo una educada reverencia—. Soy la esposa del capitán Rokesby.

Era extraña la facilidad con que la mentira seguía saliendo de su boca.

—Sí —respondió la mujer rápidamente, haciendo una señal al posadero para que se retirara.

Este obedeció sin demora.

—Soy la señora Tryon —dijo la dama—. La madrina del capitán Rokesby.

Cuando Cecilia tenía doce años, se había visto obligada a representar a María en la obra de Navidad de su iglesia. Para ello había tenido que estar de pie frente a todos sus amigos y vecinos, y recitar por lo menos veinte líneas de prosa, que había aprendido a fuerza de repetirlas religiosamente ante la esposa del vicario. Pero cuando llegó el momento de abrir la boca y anunciar que no estaba casada y que no entendía cómo podía estar embarazada, se quedó inmóvil. Abrió la boca, pero se le cerró la garganta, y no importó cuántas veces la pobre señora Pentwhistle le sopló las líneas entre bastidores. Cecilia, simplemente, no pudo llevar las palabras que oía hasta su boca.

Ese fue el recuerdo que tuvo Cecilia al mirar el rostro de la respetable Margaret Tryon, esposa del gobernador real de Nueva York y madrina del hombre con quien Cecilia fingía estar casada.

Eso era mucho peor.

—Señora Tryon —Cecilia por fin logró expresarse. Hizo una reverencia (muy profunda).

—Usted debe de ser Cecilia —dijo la señora Tryon.

—Así es. Yo... ehhh... —Cecilia miró con impotencia en torno a las mesas del comedor medio lleno. Esa no era su casa y, por lo tanto, no era la anfitriona, pero le pareció que debía recibirla de algún modo. Por fin esbozó la sonrisa más radiante que pudo y dijo:

—¿Le gustaría sentarse?

La expresión de desagrado de la señora Tryon se convirtió en resignación, y con un leve movimiento de cabeza indicó a Cecilia que se sentara con ella en una mesa en el otro extremo del salón.

—He venido a ver a Edward —anunció la señora Tryon una vez que se sentaron.

—Sí —respondió Cecilia cuidadosamente—. Eso me ha dicho el posadero.

—Ha estado enfermo —declaró la señora Tryon.

—Lo estuvo. Aunque más herido que enfermo.

—¿Y ha recuperado la memoria?

—No.

La señora Tryon entrecerró los ojos.

—No estará aprovechándose de él, ¿verdad?

—¡No! —exclamó Cecilia, porque no se estaba aprovechando de él. O, más bien, no lo haría dentro de poco. La idea de aprovecharse de la generosidad y del honor de Edward ardía como una brasa en su corazón.

—Quiero mucho a mi ahijado.

—Yo también lo quiero mucho —dijo Cecilia con voz queda.

—Sí, eso imagino.

Cecilia no supo cómo interpretar ese comentario.

La señora Tryon comenzó a quitarse los guantes con precisión militar y se detuvo solo para decir:

—¿Sabía que él tenía un acuerdo con una joven dama en Kent?

Cecilia tragó saliva.

—¿Se refiere a la señorita Bridgerton?

La señora Tryon alzó la mirada, y sus ojos destellaron con reacia admiración, posiblemente ante la honestidad de Cecilia.

—Sí —respondió—. No era un compromiso formal, pero se suponía que lo sería.

—Lo sé —repuso Cecilia. Lo mejor era ser sincera.

—Habría sido una pareja espléndida —continuó la señora Tryon, con voz casi distendida. Pero solo casi. Había cierta frialdad en sus palabras, una nota de advertencia vagamente aburrida, como si dijera: «Soy yo quien tiene el control, y no lo cederé.»

Cecilia le creyó.

—Los Bridgerton y los Rokesby han sido amigos y vecinos durante generaciones —prosiguió la señora Tryon—. La madre de Edward me ha dicho en varias ocasiones que su deseo más íntimo era que sus familias se unieran.

Cecilia se mordió la lengua. Nada de lo que respondiera la haría quedar bien.

La señora Tryon terminó de quitarse el segundo guante y soltó un leve sonido, no un suspiro exactamente, como si quisiera decir: «Será mejor que cambie de tema.»

—Pero, por desgracia —dijo—, no podrá ser.

Cecilia esperó un momento insoportablemente largo, pero la señora Tryon no siguió hablando. Finalmente, Cecilia se vio obligada a preguntar:

—¿Hay algo en particular en lo que pueda ayudarla?

—No.

Más silencio. La señora Tryon, se dio cuenta, usaba el silencio como un arma.

—Yo... —Cecilia señaló la puerta. Había algo en esa mujer que la hacía sentirse como una inútil— tengo cosas que hacer —dijo por fin.

—Igual que yo. —Las palabras de la señora Tryon fueron secas, tanto como sus movimientos al ponerse de pie.

Cecilia la acompañó hasta la puerta, pero antes de despedirse, la señora Tryon añadió:

—Cecilia... Puedo llamarla Cecilia, ¿verdad?

Cecilia entrecerró los ojos mientras se adaptaba a la luz del sol.

—Por supuesto.

—Dado que el destino nos ha reunido esta tarde, siento que es mi obligación como madrina de su esposo darle un consejo.

Sus miradas se cruzaron.

—No le haga daño. —Fueron palabras simples, pero dichas de forma tajante.

—Jamás querría hacerlo —respondió Cecilia. Era verdad.

—No, supongo que no. Pero debe recordar que él estaba destinado a otra persona.

Fue un comentario cruel, aunque esa no fuera la intención. Cecilia no supo por qué estaba tan segura de ello. Quizás era el fino velo de humedad en los ojos de la señora Tryon, tal vez no era más que su instinto.

O tal vez fuera solo producto de su imaginación.

Sin embargo, le sirvió de recordatorio. Estaba haciendo lo correcto.

Edward terminó sus reuniones en el cuartel general del ejército británico a media tarde. El gobernador Tryon en persona quiso un relato completo del tiempo que Edward había pasado en Connecticut, ya que no consideraba suficiente el informe escrito que había presentado un día antes al coronel Stubbs. De modo que estuvo reunido con el gobernador y relató todo lo que ya había comunicado antes en tres oportunidades. Supuso que sería de alguna utilidad, pues Tryon esperaba realizar una serie de incursiones en la costa de Connecticut en pocas semanas.

Sin embargo, la gran sorpresa la tuvo justo cuando Edward se marchaba. El coronel Stubbs lo interceptó en la puerta y le entregó una carta, escrita en buen papel, doblada en un sobre y sellada con cera.

—Es del capitán Harcourt —explicó Stubbs con brusquedad—. Me la dejó en caso de que él no volviera.

Edward contempló el sobre.

—¿Para mí? —preguntó tontamente.

—Le pregunté si deseaba enviar algo a su padre, pero respondió que no. De todos modos, ya no importa, supongo, dado que el padre falleció antes que el hijo. —Stubbs frunció el ceño y lanzó un suspiro de cansancio, y levantó una mano para rascarse la cabeza—. En realidad, no sé cuál de los dos falleció primero, pero no tiene importancia.

—No —Edward estuvo de acuerdo, y siguió mirando el nombre que aparecía en el sobre con la letra algo descuidada de Thomas. Los hombres escribían cartas de ese tipo todo el tiempo, pero en general iban dirigidas a sus familias.

—Si quiere privacidad para leerla, puede usar la oficina del otro lado del pasillo —ofreció Stubbs—. Greene ya se ha retirado, y también Montby, así que no lo molestarán.

—Gracias —dijo Edward, pensativo. Quería estar solo para leer la carta de su amigo. No todos los días uno recibía mensajes de ultratumba, y no tenía ni idea de cómo podría reaccionar.

Stubbs lo escoltó hasta una oficina pequeña, e incluso abrió la ventana para airear la habitación. Dijo algo antes de salir y cerrar la puerta, pero Edward no lo oyó. Se quedó mirando el sobre y respiró profundamente antes de deslizar sus dedos debajo del sello de cera para abrirlo.

> *Querido Edward:*
> *Si estás leyendo esta carta es porque, seguramente, estoy muerto. De verdad es extraño escribir estas palabras. Nunca he creído en los fantasmas, pero en este momento esa idea es un consuelo. Creo que me gustaría volver y perseguirte. Te lo mereces después de ese episodio en Rhode Island con Herr Granjero y los huevos.*

Edward sonrió al recordar. Había sido un día largo y aburrido, y en su búsqueda de una *omelette* habían terminado bajo una lluvia de huevos arrojados por un granjero gordo que les gritaba en alemán. Debería haber sido una maldita tragedia, ya que hacía días que no tenían una comida sustanciosa, pero Edward no recordaba haberse reído nunca tanto. A Thomas le había llevado un día entero quitar las yemas de huevo de su chaqueta, y Edward se había pasado la noche retirando trozos de cáscara de su cabello.

> *Pero seré yo quien ría el último, pues voy a ser terriblemente cursi y sentimental, y quizás hasta te obligue a derramar una lágrima por mí. Eso me haría reír, ¿sabes? Siempre has sido tan estoico... Tu sentido del humor ha sido lo único que te ha hecho soportable.*
> *Pero has sido de verdad soportable, y quiero darte las gracias por el regalo de una auténtica amistad. Ha sido algo que me has dado sin pensar, que simplemente provenía de tu interior. No me avergüenza decir que he pasado la mitad de mi vida en las colonias muerto de miedo. Es demasiado fácil morirse aquí. No alcanzo a expresar el consuelo que me ha dado saber que siempre he tenido tu apoyo.*

Edward inspiró una ráfaga de aire, y entonces se dio cuenta de que estaba a punto de llorar. Podría haberle escrito exactamente las mismas palabras a Thomas. Era el motivo por el cual la guerra había sido soportable. La amistad, y el saber que había por lo menos otra persona que valoraba tu vida tanto como la propia.

> *Y ahora debo abusar de esa amistad una última vez. Te pido que cuides a Cecilia. Ahora ella se quedará sola. No se lo cuentes a nuestro padre. Escríbele si puedes. Cuéntale lo que me ha sucedido, para que la noticia que reciba del ejército no sea la única. Y si tienes oportunidad, ve a visitarla. Asegúrate de que esté bien. Quizá podrías presentarle a tu hermana. Creo que a Cecilia le gustaría. Sé que me quedaré más tranquilo sabiendo que ella podría tener la oportunidad de conocer gente nueva y buscar otra vida fuera de Matlock Bath. Cuando mi padre muera, allí no quedará nada para ella. Nuestro primo tomará posesión de Marswell, y siempre ha sido un tipo empalagoso. No querría que Cecilia dependiera de su generosidad y buena voluntad.*

Tampoco Edward. Cecilia le había contado todo sobre Horace. «Empalagoso» era un calificativo acertado.

> *Sé que es mucho pedir. Derbyshire no es el fin del mundo (creo que ambos sabemos que eso está aquí, en Nueva York), pero estoy seguro de que, cuando regreses a Inglaterra, lo último que desearás hacer es viajar al norte, a la región central.*

No, pero no tendría que hacerlo. Thomas se hubiera sorprendido mucho al saber que Cecilia estaba a solo cuatrocientos metros de distancia, en la habitación doce del Devil's Head. Era algo asombroso lo que ella había hecho, cruzar un océano para buscar a su hermano. Edward sospechaba que ni siquiera Thomas la hubiese imaginado capaz de hacer algo semejante.

> *Ahora me despido. Y gracias. A ninguna otra persona le confiaría el bienestar de mi hermana más que a ti. Y quizá no te*

moleste demasiado la tarea. Sé que leías sus cartas cuando yo no
estaba. De verdad, ¿creías que no me daría cuenta?

Edward se echó a reír. No podía creer que Thomas lo hubiera sabido siempre.

Te dejo la miniatura que tengo de ella. Creo que Cecilia querría
que tú la tuvieras. Yo quiero que así sea.
Ve con Dios, amigo mío.

Con todo mi afecto,
Thomas Harcourt

Edward miró la carta tanto tiempo que su visión se volvió borrosa. Thomas nunca le había dicho que sabía del enamoramiento de Edward con su hermana. Era casi bochornoso pensarlo. Pero, evidentemente, a él le había resultado gracioso. Gracioso, y quizás...

¿Habría tenido esperanzas?

¿Thomas era un casamentero? Sin duda, eso parecía en su carta. Si había querido que Edward se casara con Cecilia...

¿Le habría escrito algo Thomas a Cecilia? Ella había dicho que él había hecho las gestiones para la boda. ¿Y si...?

Edward sintió que palidecía. ¿Y si Cecilia realmente *creía* que estaban casados? ¿Y si no había estado mintiendo?

Edward revisó la carta con desesperación, buscando en vano una fecha. ¿Cuándo había escrito la carta Thomas? ¿Podría haberle dicho a Cecilia que hiciera gestiones para una ceremonia por poderes, y haber muerto antes de decirle a Edward que hiciera lo mismo?

Se puso de pie. Tenía que volver al hostal. Sabía que era algo descabellado, pero explicaría muchas cosas. Y ya era hora de que le confesara a Cecilia que había recuperado la memoria. Tenía que dejar de regodearse en su sufrimiento y, simplemente, preguntarle qué sucedía.

No fue corriendo al Devil's Head, pero sin duda caminó a paso veloz.

—¡Cecilia!

Edward abrió la puerta de la habitación de un empujón, con demasiada fuerza. Pero cuando llegó al piso superior de la posada, su corazón latía con tanta fuerza que prácticamente volaba por los aires. Tenía la cabeza llena de preguntas y el corazón lleno de pasión, y en algún momento había decidido que no le importaba lo que ella había hecho. Si lo había engañado, tenía que haber sido por una buena razón. La conocía. La *conocía*. Era la persona más buena y gentil de la tierra, y quizá no lo había dicho con palabras, pero él sabía que ella lo amaba.

Casi tanto como él la amaba a ella.

—¿Cecilia?

Repitió su nombre, aunque era evidente que no estaba en la habitación. ¡Maldición! Iba a tener que sentarse a esperar. Podía estar en cualquier parte. Solía salir a dar una vuelta, para hacer recados y caminar. Lo hacía con menos frecuencia desde que la búsqueda de su hermano había terminado, pero aun así, no le gustaba quedarse encerrada todo el día.

Quizás había dejado una nota. A veces lo hacía.

Sus ojos buscaron por la habitación y se detuvieron en las mesas. Allí estaba. Un trozo de papel doblado en tres, metido en parte debajo del lavabo vacío para que no se volara.

A Cecilia siempre le gustaba dejar la ventana abierta. Edward abrió el papel, y durante un segundo quedó confundido ante la gran cantidad de palabras que había escritas, muchas más de las necesarias para comunicarle cuándo volvería.

Entonces comenzó a leer.

Querido Edward:

Soy una cobarde, una cobarde terrible, porque sé que debería decirte estas palabras en persona. Pero no puedo. Creo que no podría terminar de hablar, y, además, no creo que tenga tiempo de hacerlo.

Tengo tantas cosas que confesarte que no sé por dónde empezar.

Supongo que debo empezar por el hecho más importante.

No estamos casados.

No fue mi intención seguir adelante con semejante falsedad.

Te prometo que todo comenzó por el motivo menos egoísta.

Cuando supe que estabas en el hospital, no tuve dudas de que debía ir a cuidarte, pero me echaron, me dijeron que, debido a tu rango y posición, solo los familiares tenían permitido verte. No estoy segura de qué me sucedió..., no creía ser tan impulsiva, pero la verdad es que eché la precaución por la borda cuando decidí venir a Nueva York. Estaba tan enfadada... Solo quería ayudar. Antes de que me diera cuenta, grité que era tu esposa. A día de hoy aún no sé por qué todo el mundo me creyó.

Me prometí a mí misma que te revelaría la verdad cuando despertaras. Pero después todo salió mal. No, no mal, solo fue extraño. Despertaste y habías perdido la memoria. Y lo que fue más extraño, parecía que sabías quién era yo. Todavía no entiendo cómo me reconociste. Cuando recuperes la memoria, y sé que la recuperarás, debes tener fe, sabrás que no nos conocíamos. No personalmente. Sé que Thomas te mostró su miniatura de mí, pero la verdad es que no me parezco a ella. No había razón para que me reconocieras cuando abriste los ojos.

No quise decirte la verdad frente al médico y al coronel Stubbs. Ellos no hubieran permitido que me quedara, y me parecía que aún necesitabas de mis cuidados. Después, más tarde esa noche, entendí algo. El ejército estaba mucho más dispuesto a ayudar a la señora Rokesby en la búsqueda de su hermano que a la señorita Harcourt.

Te he utilizado. He usado tu nombre. Por eso te pido disculpas. Pero te confieso que, aunque llevaré mi culpa hasta el fin de mis días, no me arrepiento de mis acciones. Yo necesitaba encontrar a Thomas. Era lo único que me quedaba.

Pero ahora él ya no está, y con él se ha ido mi razón para quedarme en Nueva York. Como no estamos casados, creo que es apropiado y lo mejor para todos que regrese a Derbyshire. No me casaré con Horace; nada me hará rebajarme a ese nivel, te lo aseguro. Escondí la plata en el jardín antes de partir; era de mi madre, así que no forma parte del acuerdo de cesión. Encontraré un comprador. No debes preocuparte por mi bienestar.

Edward, eres un caballero, el hombre más honorable que jamás haya conocido. Si me quedo en Nueva York, insistirás en que me has puesto en una situación comprometida y que por ello debes casarte

conmigo. Pero no puedo pedirte que lo hagas. Nada de esto ha sido
culpa tuya. Pensabas que estábamos casados y te comportaste como
lo haría un marido. No deberías ser castigado por mi engaño. Tienes
una vida que te espera en Inglaterra, una vida que no me incluye.

Lo único que te pido es que no hables de lo ocurrido durante este
tiempo. Si llega el día en que me case, le contaré a mi prometido lo
que sucedió aquí. No podría vivir conmigo misma si no lo hiciera.
Pero hasta que llegue ese día, creo que es mejor que el mundo
continúe viéndome simplemente como...

Tu amiga,
Cecilia Harcourt

Postdata: No debes preocuparte por ninguna consecuencia a largo
plazo del tiempo que hemos estado juntos.

Edward permaneció de pie en mitad de la habitación, completamente in-móvil. ¿Qué diablos era todo eso? ¿Qué había querido decir con...?

Revisó la carta hasta encontrar la parte que buscaba. Allí estaba. Ella no creía tener tiempo para decírselo en persona.

Su rostro palideció.

El *Rhiannon*. Estaba en el puerto. Zarpaba esa tarde.

Cecilia había comprado un pasaje en él. Estaba seguro.

Miró el reloj de bolsillo que había dejado sobre la mesa para que ambos miraran la hora. Tenía tiempo. No mucho, pero suficiente.

Tendría que ser suficiente. Todo su mundo dependía de ello.

21

Hace tanto tiempo que no tengo noticias tuyas, Thomas. Sé que no debería preo-
cuparme, que las cartas pueden demorarse por muchos motivos, pero no puedo
evitarlo. ¿Sabías que llevo un calendario para hacer un seguimiento de nuestra
correspondencia? Una semana para que mi carta llegue a un barco, cinco sema-
nas para cruzar el Atlántico, otra semana para que la recibas. Luego una semana
para que tu carta llegue a un barco, tres semanas para cruzar el Atlántico (¿has
visto? Te he prestado atención cuando me explicabas que el viaje hacia el Este era
más rápido), y luego una semana para que yo la reciba. ¡Son tres meses para reci-
bir la respuesta a una simple pregunta!

Sin embargo, quizá no existan las preguntas simples. O si existen, no son
simples las respuestas.

De Cecilia Harcourt
a su hermano Thomas
(carta que nunca se recibió)

El *Rhiannon* era muy parecido al *Lady Miranda*, así que Cecilia no tuvo dificultades
para encontrar su camarote. Cuando compró su pasaje, le dijeron que lo compartiría
con una tal señorita Alethea Finch, que había trabajado como institutriz para una
importante familia de Nueva York, y regresaba a su casa. No era extraño que personas totalmente desconocidas compartieran el alojamiento en esos viajes. Cecilia
había hecho lo mismo en el viaje de ida; se había llevado muy bien con su compañera, y había lamentado tener que despedirse cuando llegaron a Nueva York.

Se preguntó si la señorita Finch sería irlandesa o, como ella, solo estaba
ansiosa por subir al primer barco que volviera a las islas británicas y no le

importaba tener que hacer una parada antes de llegar a Inglaterra. No estaba segura siquiera de cómo haría para llegar a su casa desde Cork, pero ese obstáculo parecía pequeño comparado con el desafío mayor de atravesar el Atlántico. Puede que hubiera barcos que navegaran desde Cork hasta Liverpool, o de lo contrario, podía viajar hasta Dublín y desde allí tomar un barco a Liverpool.

¡Había viajado desde Derbyshire hasta Nueva York, por todos los cielos! Si había podido hacer eso, podía lograr cualquier cosa. Era fuerte. Era poderosa.

Estaba llorando.

¡Maldición! Tenía que dejar de llorar.

Se detuvo en el estrecho pasillo fuera del camarote para respirar. Por lo menos no sollozaba. Aún podía comportarse sin llamar demasiado la atención. Pero cada vez que creía haber controlado sus emociones, sus pulmones daban bandazos y respiraba inesperadamente, pero parecía que se asfixiaba, le picaban los ojos, y después...

Basta. Tenía que dejar de pensar en ello.

Objetivo para ese día: no llorar en público.

Suspiró. Necesitaba un nuevo objetivo.

Era hora de seguir adelante. Respiró profundamente, se pasó la mano por los ojos y empujó el picaporte de la puerta de su camarote.

Estaba cerrada con llave.

Pestañeó, por un momento perpleja. Luego llamó, suponiendo que su compañera de camarote había llegado antes. Era prudente que una mujer sola cerrara con llave su puerta. Ella habría hecho lo mismo.

Esperó un momento y luego volvió a llamar. Por fin la puerta se abrió, pero solo un poco. Se asomó una mujer delgada de mediana edad. Llenaba la mayor parte de la estrecha abertura, de modo que Cecilia no podía ver mucho del interior. Parecía haber dos literas, una arriba y otra abajo, y había un baúl abierto en el suelo. En la solitaria mesa había un farol encendido. Era evidente que la señorita Finch estaba deshaciendo su equipaje.

—¿En qué la puedo ayudar? —preguntó.

Cecilia adoptó una expresión amigable y respondió:

—Creo que compartiremos este camarote.

La señorita Finch la miró con semblante amargo y respondió:

—Está equivocada.

Bien. Era algo inesperado. Cecilia volvió a mirar la puerta, que la señorita Finch sostenía con su cadera. Había un «8» de bronce opaco clavado en la madera.

—Camarote ocho —confirmó Cecilia—. Usted debe de ser la señorita Finch. Seremos compañeras de camarote. —Le resultaba difícil reunir energía para mostrarse sociable, pero sabía que debía intentarlo, así que hizo una educada reverencia y se presentó—: Soy la señorita Cecilia Harcourt. Encantada de conocerla.

La mujer frunció los labios.

—Tenía entendido que no compartiría este camarote.

Cecilia miró primero una litera, luego la otra. Era evidente que se trataba de un camarote para dos personas.

—¿Ha reservado un camarote para usted sola? —preguntó. Había oído que la gente a veces hacía eso, a pesar de tener que pagar el doble.

—Me dijeron que no tendría compañera de camarote.

Esa no era la respuesta a la pregunta que Cecilia había formulado. Sin embargo, a pesar de que su propio estado de ánimo oscilaba entre triste y depresivo, logró controlar su temperamento. Tendría que compartir un camarote sumamente pequeño con esa mujer durante, por lo menos, tres semanas. De modo que consiguió esbozar lo más parecido a una sonrisa y explicar:

—He comprado el pasaje esta tarde.

La señorita Finch se echó hacia atrás en un gesto de evidente desaprobación.

—¿Qué clase de mujer compra un pasaje hasta el otro lado del Atlántico el día de la partida?

Cecilia apretó la mandíbula.

—Esta clase de mujer, supongo. Mis planes han cambiado repentinamente, y he tenido la suerte de encontrar un barco que zarpara de inmediato.

La señorita Finch hizo un gesto de desprecio. Cecilia no estaba segura de cómo interpretarlo, más allá de constatar que no era agradable. Finalmente, la mujer retrocedió y permitió que Cecilia entrara en el diminuto camarote.

—Como podrá ver —dijo la señorita Finch—, he puesto mis pertenencias en la litera inferior.

—Me sentiré más que feliz durmiendo en la de arriba.

La señorita Finch volvió a hacer el mismo gesto.

—Si se marea tendrá que salir. No toleraré el olor aquí dentro.

Cecilia sintió que su tendencia a la buena educación se esfumaba.

—Estoy de acuerdo. Siempre y cuando usted haga lo mismo.

—Espero que no ronque.

—Si ronco, nadie me lo ha dicho.

La señorita Finch abrió la boca, pero Cecilia la interrumpió diciendo:

—Estoy segura de que *usted* me dirá si ronco.

La señorita Finch abrió la boca otra vez, pero Cecilia añadió:

—Y se lo voy a agradecer. Parece la clase de cosas que una debería saber de una misma, ¿no le parece?

La señorita Finch se echó hacia atrás.

—Usted es muy impertinente.

—Y usted se interpone en mi camino. —El camarote era muy pequeño y Cecilia no terminaba de entrar; era casi imposible hacerlo mientras la otra mujer tenía su baúl abierto en el suelo.

—Es mi camarote —dijo la señorita Finch.

—Es *nuestro* camarote —replicó Cecilia casi con un gruñido— y le agradecería que moviera su baúl para que yo pueda entrar.

—¡Bien! —La señorita Finch cerró el baúl con fuerza y lo metió debajo de su cama—. No sé dónde pondrá usted su baúl, pero no crea que puede ocupar la mitad del suelo si yo no puedo hacerlo.

Cecilia no tenía baúl, solo su bolsa de viaje, pero le pareció que era inútil responder.

—¿Ese es todo su equipaje?

Especialmente cuando la señorita Finch parecía ansiosa por responder a su propia pregunta.

Cecilia intentó respirar con calma.

—Como le he dicho, he debido partir repentinamente. No he tenido tiempo de preparar un baúl adecuado.

La señorita Finch la miró por encima de su huesuda nariz e hizo otro gesto de desaprobación. Cecilia decidió allí mismo pasar el mayor tiempo posible en la cubierta.

Había una pequeña mesa clavada en el suelo al pie de la cama, con espacio suficiente debajo para el bolso de Cecilia. Sacó algunas cosas que creyó que podría necesitar en el camarote y luego pasó junto a la señorita Finch para subir y ver dónde iba a dormir.

—No pise mi cama cuando suba a su litera.

Cecilia se detuvo, contó mentalmente hasta tres y luego respondió:

—Limitaré mis movimientos a la escalera.

—Iré a quejarme al capitán.

—¡Por supuesto! —respondió Cecilia con un gesto grandilocuente. Subió un peldaño y miró su litera. Estaba cuidada y limpia, y aunque no tenía mucho espacio encima de su cabeza, por lo menos no tendría que mirar a la señorita Finch.

—¿Es usted una ramera?

Cecilia se dio la vuelta y estuvo a punto de perder el equilibrio sobre la escalera.

—¿Qué me acaba de preguntar?

—¿Es usted una ramera? —repitió la señorita Finch, marcando cada palabra con una pausa teatral—. No encuentro otra explicación...

—No, no soy una ramera —espetó Cecilia, consciente de que la odiosa mujer no pensaría lo mismo si conociera los acontecimientos del mes anterior.

—Porque no compartiré un camarote con una prostituta.

Cecilia perdió los estribos. Simplemente, perdió la calma. Había mantenido la compostura ante la muerte de su hermano, con la revelación de que el coronel Stubbs le había mentido frente a su dolor y preocupación. Incluso había logrado no derrumbarse al dejar al único hombre que amaría en toda su vida, y ahora ella ponía un océano entre los dos, y él iba a odiarla, ¿y esa horrible y maldita mujer la llamaba *prostituta*?

Saltó de la escalera, caminó hasta la señorita Finch y la agarró del cuello de su vestido.

—No sé qué clase de veneno ha ingerido esta mañana —dijo entre dientes—, pero he tenido suficiente. He pagado una buena cantidad de dinero por la mitad de este camarote, y a cambio espero un mínimo de buena educación y cortesía.

—¡Buena educación! ¿De una mujer que ni siquiera posee un baúl?

—¿Qué diablos significa eso?

La señorita Finch alzó los brazos y gritó como alma en pena.

—¡Y ahora invoca el nombre de Satanás!

Ay. Dios. Mío. Cecilia había entrado en el infierno. Estaba segura de ello. Quizás era su castigo por haberle mentido a Edward. Tres semanas..., quizás hasta un mes entero, con esa arpía.

—¡Me niego a compartir un camarote con usted! —gritó la señorita Finch.

—Le aseguro que nada me gustaría más que concederle su deseo, pero...

En eso sonó un golpe en la puerta.

—Espero que sea el capitán —repuso la señorita Finch—. Es probable que haya oído sus gritos.

Cecilia la miró con indignación.

—¿Por qué iba a venir el capitán? —En el camarote no había ojo de buey, pero se daba cuenta por el movimiento del barco que ya habían salido del puerto. Sin duda el capitán tendría mejores cosas que hacer antes que ser árbitro en una pelea de mujeres.

El discreto golpe de nudillos sobre la madera fue reemplazado por un golpe de puño, seguido del grito:

—¡Abre la puerta!

Era una voz que Cecilia conocía muy bien.

Palideció. Realmente se puso lívida. Abrió la boca con estupor mientras se volvía hacia la puerta retumbante.

—¡Abre la maldita puerta, Cecilia!

La señorita Finch dio un grito y se dio la vuelta para confrontarla.

—Ese no es el capitán.

—No...

—¿Y quién es? ¿Usted lo conoce? Podría haber venido a atacarnos. ¡Ay, Dios mío, cielo santo...! —La señorita Finch se movió con sorprendente agilidad detrás de Cecilia, usándola de escudo humano ante el monstruo que, según ella, iba a irrumpir por la puerta.

—Él no nos atacará —explicó Cecilia con voz aturdida. Sabía que debía hacer algo: deshacerse de la señorita Finch, abrir la puerta, pero se quedó inmóvil, tratando de entender algo que claramente era imposible.

Edward estaba ahí. A bordo del barco. En el barco que había *zarpado del puerto*.

—¡Dios mío! —gritó.

—Ah, qué bien, *ahora* se preocupa —replicó la señorita Finch.

El barco se movía. Se estaba *moviendo*. Cecilia había visto a la tripulación desatar las gruesas sogas de los amarraderos mientras caminaba por la cubierta. Había sentido que dejaban el puerto, había reconocido el balanceo cuando cruzaban la bahía y se internaban en el Atlántico.

Edward estaba a bordo del barco. Y como no era probable que volviera a la costa nadando, significaba que había desertado, y...

Se oyeron más golpes, esta vez más fuertes.

—¡Abre esta puerta ahora mismo, o juro que la derribaré!

La señorita Finch dijo algo lloriqueando acerca de su virtud.

Y Cecilia por fin murmuró el nombre de Edward.

—¿Lo conoce? —acusó la señorita Finch.

—Sí, él es mi... —¿Qué era? No era su marido.

—Bueno, abra la puerta. —La señorita Finch le dio un fuerte empujón, que tomó desprevenida a Cecilia y salió dando tropezones a la parte opuesta—. ¡No le permita entrar! —gritó—. No permitiré un hombre aquí dentro. Llévelo afuera y haga lo que... lo que... —Hizo un movimiento de pianista con las manos.

—Lo que *tenga que hacer* —Cecilia terminó por ella.

—Eso. Hágalo en otra parte.

—¡Cecilia! —bramó Edward.

—¡Va a derribar la puerta! —chilló la señorita Finch—. ¡Apresúrese!

—¡Me estoy dando prisa! —El camarote tenía solo dos metros y medio de ancho, apenas suficiente para darse prisa, pero Cecilia llegó a la puerta y apoyó los dedos en el cerrojo de seguridad.

Y se quedó inmóvil.

—¿Qué espera? —insistió la señorita Finch.

—No sé —murmuró Cecilia.

Edward estaba ahí. La había seguido. ¿Qué *significaba*?

—¡¡¡Cecilia!!!

Cecilia abrió la puerta, y durante un dichoso momento, el tiempo se detuvo. Lo contempló, de pie al otro lado del umbral, con el puño levantado a punto de dar otro golpe. No llevaba el sombrero puesto, y tenía el cabello alborotado y despeinado.

Parecía... salvaje.

—Llevas puesto tu uniforme —observó ella tontamente.

—Tú —dijo él, señalándola con el dedo— tienes muchos problemas.

La señorita Finch soltó un grito de alegría.

—¿Va a arrestarla?

Edward arrancó la mirada de Cecilia el tiempo suficiente para soltar un incrédulo:

—¿Qué?

—¿Va a arrestarla? —La señorita Finch se acercó y se quedó detrás de Cecilia—. Creo que es una...

Cecilia le dio un codazo en las costillas. Por su propio bien. No podía ni imaginar cómo reaccionaría Edward si la señorita Finch la llamaba *prostituta* frente a él.

Edward miró con impaciencia a la señorita Finch.

—¿Quién es ella? —preguntó.

—¿Quién es *usted*? —replicó la señorita Finch.

Edward giró la cabeza hacia Cecilia.

—Su marido.

Cecilia intentó contradecirlo.

—No, no eres...

—Lo seré —gruñó.

—Esto es inaceptable —dijo la señorita Finch con un bufido.

Cecilia se dio la vuelta.

—¿Podría apartarse? —dijo entre dientes.

—¡Bueno! —respondió la señorita Finch enfurruñada. Hizo alarde de los tres diminutos pasos que debió dar para llegar a su litera.

Edward inclinó la cabeza hacia la mujer.

—¿Es tu amiga?

—No —respondió Cecilia con énfasis.

—Por supuesto que no —añadió la señorita Finch.

Cecilia le lanzó una mirada irritada antes de volverse hacia Edward.

—¿No has recibido mi carta?

—Por supuesto que he recibido tu carta. De lo contrario, ¿por qué diablos iba a estar aquí?

—No he mencionado en qué barco...

—No ha sido difícil de averiguar.

—Pero tu... cargo... —A Cecilia le costaba hablar. Edward era oficial del ejército de Su Majestad. No podía simplemente marcharse. Podían someterlo a un consejo de guerra. ¡Dios mío! ¿Podrían ahorcarlo? No ahorcaban oficiales por desertar, ¿verdad? Y por supuesto que no si se apellidaban Rokesby.

—He tenido tiempo suficiente para hablar con el coronel Stubbs —explicó Edward con tono seco—. *Apenas* suficiente.

—No... no sé qué decir.

La agarró por la parte superior del brazo.

—Dime una cosa —dijo en voz muy baja.

Ella dejó de respirar.

Y luego miró por encima del hombro de Cecilia a la señorita Finch, que seguía la conversación con *ávido* interés.

—¿Podría darnos un poco de privacidad? —masculló Edward.

—Este es mi camarote —replicó la mujer—. Si queréis intimidad, tendréis que buscarla en otra parte.

—¡Ay, por el amor de Dios! —explotó Cecilia, dándose la vuelta para enfrentarse a la odiosa mujer—. ¿Podría buscar un poco de amabilidad en su corazón de piedra para darme un momento a solas con... —tragó saliva y la garganta se le cerró— con él? —dijo finalmente, girando la cabeza hacia Edward.

—¿Estáis casados? —preguntó la señorita Finch con recato.

—No —respondió Cecilia, pero no fue muy convincente, pues Edward dijo «sí» exactamente al mismo tiempo.

La señorita Finch volvió sus ojos saltones de uno a otro. Apretó los labios y enarcó las cejas en dos desagradables curvaturas.

—Iré a buscar al capitán —anunció.

—Hágalo —respondió Edward, y prácticamente la empujó hacia la puerta.

La señorita Finch chilló al tropezarse en el pasillo, pero si dijo algo más, nadie la oyó porque Edward dio un portazo en su cara.

Y cerró con llave.

22

Iré a buscarte.

DE CECILIA HARCOURT
A SU HERMANO THOMAS
(carta que nunca se envió)

Edward no estaba de buen humor.

En general un hombre necesitaba más de tres horas para arrancar su vida de raíz y plantarla en otro continente. En su caso, apenas había tenido tiempo para preparar su baúl y pedir autorización para partir de Nueva York.

Cuando por fin había llegado al puerto, la tripulación del *Rhiannon* se preparaba para zarpar. Edward prácticamente tuvo que saltar por encima del agua para subir a bordo, y sin duda lo habrían expulsado si no hubiese mostrado rápidamente la orden escrita del coronel ante el segundo de a bordo, que le garantizaba una litera.

O quizá solo un sitio en la cubierta. El hombre del capitán dijo que no estaba seguro de que hubiera siquiera una hamaca libre.

Pero no importaba. Edward no necesitaba mucho espacio. Solo tenía la ropa en su baúl, algunas libras en los bolsillos...

Y un enorme agujero negro donde antes tenía la paciencia.

Así que, cuando la puerta del camarote de Cecilia se abrió...

Cualquiera hubiese creído, dada la profundidad de sus sentimientos y el pánico que lo había impelido toda la tarde, que él suspiraría de alivio al ver esos bellos ojos del color de la espuma del mar que lo miraban con estupefacción.

Pero no.

Apenas pudo contenerse para no estrangularla.

—¿Por qué estás aquí? —murmuró ella cuando la deplorable señorita Finch por fin salió del camarote.

Por un momento él se limitó a mirarla.

—No lo dirás en serio.

—Yo...

—Me has abandonado.

Ella negó con la cabeza.

—Te he dejado en libertad.

Él resopló al oír eso.

—Me tienes preso desde hace más de un año.

—¿Qué? —La respuesta de ella fue más movimiento que sonido, pero Edward no tuvo ganas de dar explicaciones. Se dio la vuelta y respiró agitadamente mientras se pasaba la mano por el cabello. ¡Maldición! Ni siquiera llevaba puesto el sombrero. ¿Cómo lo había perdido? ¿Se habría olvidado de ponérselo? ¿Se le habría volado cuando corría hacia el barco?

Esa mujer había alborotado su vida. Ni siquiera estaba seguro de que su baúl estuviera a bordo. Lo único que sabía era que había emprendido un viaje de un mes sin una muda de ropa interior.

—¿Edward? —Oyó la voz de ella a sus espaldas, tenue y vacilante.

—¿Estás embarazada? —preguntó él.

—¿Qué?

Él se dio la vuelta y repitió, aún con más precisión.

—Que si estás embarazada.

—¡No! —Ella negó con la cabeza con un movimiento casi desesperado—. Te dije que no estaba embarazada.

—No sabía si... —Calló. No continuó hablando.

—¿Qué no sabías?

No sabía si podía confiar en ella. Eso era lo que había estado a punto de decir. Pero no era cierto. Sí confiaba en ella. Por lo menos en eso. No, especialmente en eso. Y su primer instinto, el que lo empujaba a cuestionar su palabra, no era otra cosa que su resentimiento, listo para atacar. Hacer daño.

Porque ella le había *hecho daño*. No por haber mentido..., suponía que podía entender cómo habían sido las cosas, sino porque no había tenido fe.

No había confiado en él. ¿Cómo había podido pensar que huir era lo correcto? ¿Cómo había podido pensar que a él no le *importaría*?

—No estoy embarazada —dijo en voz tan baja y apremiante que fue casi un murmullo—. Te lo juro. No mentiría sobre algo semejante.

—¿No? —Otra vez el resentimiento, que se negaba a irse de su voz.

—Lo juro —repitió ella—. No te haría eso.

—Pero ¿sí harías *esto*?

—¿Esto? —repitió ella.

Edward se acercó a ella, todavía furioso.

—Me has abandonado. Sin decir palabra.

—¡Te he escrito una carta!

—¡Antes de huir del *continente*!

—Pero yo...

—*Has huido.*

—¡No! —exclamó ella—. No he huido. Yo...

—¡Estás a bordo de un barco! —explotó él—. Es la definición misma de «huida.»

—¡Lo he hecho por ti!

Su voz fue tan intensa, tan llena de tristeza, que por un momento él calló. Ella parecía muy frágil, sus brazos semejaban palillos a los lados, las manos apretadas en puños desesperados.

—Lo he hecho por ti —repitió, esta vez con menos intensidad.

Él negó con la cabeza.

—Entonces deberías haberme consultado para ver si era lo que yo quería.

—Si me quedaba —dijo ella, con la cadencia lenta y pesada de quien intenta con desesperación que otro lo entienda—, habrías insistido en casarte conmigo.

—Por supuesto.

—¿Crees que eso era lo que yo quería? —Cecilia prácticamente gritó—. ¿Crees que me ha gustado escabullirme durante tu ausencia? ¡Te estaba liberando de tener que hacer lo correcto!

—Escucha lo que dices —replicó él—. ¿Liberarme de tener que hacer lo correcto? ¿Cómo has podido pensar que yo quería hacer otra cosa? ¿Acaso no me conoces?

—Edward, yo...

—Si es lo correcto —dijo él con voz cortante—, entonces debería hacerlo.

—Edward, por favor, debes creerme. Cuando recuperes la memoria, entenderás...

—Recuperé mi memoria hace días —interrumpió él.

Ella se quedó inmóvil.

Él no era tan noble como para no experimentar cierta satisfacción al ver su reacción.

—*¿Qué?* —dijo ella por fin.

—Recuperé mi...

—¿Y no me lo has dicho? —Ella habló con voz tranquila, peligrosamente tranquila.

—Acabábamos de enterarnos de la muerte de Thomas.

—¿No me lo has *contado*?

—Estabas sufriendo...

Cecilia le propinó un manotazo en el hombro.

—¿Cómo has podido ocultármelo?

—¡Estaba enfadado! —rugió él—. ¿Acaso no tenía derecho a ocultarte algo a *ti*?

Ella retrocedió tambaleándose y se abrazó a sí misma. Su angustia era palpable; sin embargo, él siguió avanzando y apretó su dedo índice con fuerza en la clavícula de ella.

—Estaba tan furioso contigo que no veía con claridad. Ya que hablamos de hacer lo correcto, pensé que sería gentil de mi parte darte algunos días para llorar a tu hermano antes de confrontarte.

Ella abrió mucho los ojos y sus labios temblaron, y su postura (tensa y relajada al mismo tiempo) le hizo recordar a Edward un ciervo que estuvo a punto de matar años atrás mientras cazaba con su padre. Uno de los dos pisó una rama, y las grandes orejas del animal se alzaron y giraron. Sin embargo, el animal no se movió. Se quedó allí durante lo que le pareció una eternidad, y Edward tuvo la extraña sensación de que contemplaba su propia existencia.

Él no disparó. No habría podido hacerlo.

Y de pronto...

Su resentimiento había desaparecido.

—Debiste haberte quedado —dijo él en voz baja—. Debiste haberme dicho la verdad.

—Tenía miedo.

Él se quedó estupefacto.

—¿De mí?

—¡No! —Ella bajó la mirada, pero él la oyó susurrar—: De mí misma.

Pero antes de poder preguntarle a qué se refería, ella tragó saliva trémulamente y dijo:

—No tienes obligación de casarte conmigo.

Él no podía creer que ella todavía pensara que *eso* era posible.

—Ah, ¿no?

—No te haré cumplir con ella —farfulló—. No hay nada que te retenga.

—¿No? —Él dio un paso hacia ella; ya era hora de que eliminaran la distancia entre los dos, pero se detuvo al ver algo en su mirada.

Tristeza.

Parecía infinitamente triste, y eso lo *destrozaba*.

—Tú amas a otra persona —susurró ella.

Un momento... *¿Qué?*

Tardó un minuto en darse cuenta de que no había hablado en voz alta. ¿Se había vuelto loca?

—¿De qué hablas?

—De Billie Bridgerton. Se supone que te casarás con ella. No creo que lo recuerdes, pero...

—No estoy enamorado de Billie. —Él la interrumpió. Se pasó la mano por el cabello y luego giró el rostro hacia la pared mientras soltaba un grito de frustración. ¡Dios mío! ¿De *eso* se trataba todo? ¿De su vecina en Inglaterra?

Y luego Cecilia dijo, *realmente* dijo:

—¿Estás seguro?

—Por supuesto que estoy seguro —replicó—. Claro que no me casaré con ella.

—No, creo que sí lo harás —dijo ella—. Creo que no has recuperado toda tu memoria, pero así lo dijiste en tus cartas. O por lo menos Thomas lo dijo, y luego tu madrina...

—¿Qué? —Edward se dio la vuelta—. ¿Cuándo has hablado con tía Margaret?

—Hoy mismo. Pero yo...

—¿Ha ido a verte? —Porque, como que se llamaba Edward, si su madrina había insultado a Cecilia de alguna manera...

—No. Ha sido por casualidad. Había ido a verte, y yo salía para comprar mi pasaje...

Él gruñó.

Ella retrocedió un paso. O al menos eso intentó. Había olvidado que se encontraba al borde de la litera.

—Pensé que sería grosero por mi parte no sentarme con ella —explicó—. Aunque debo decirte que ha sido muy incómodo hacer de anfitriona en un bar.

Edward se quedó inmóvil un momento y luego, para su asombro, sintió que esbozaba una sonrisa.

—¡Dios! Me habría encantado ver eso.

Cecilia lanzó una mirada de soslayo.

—Ahora suena mucho más divertido.

—Estoy seguro.

—Ella es aterradora.

—Lo es.

—Mi madrina era una anciana loca de la parroquia —murmuró Cecilia—. Me tejía calcetines todos los años para mi cumpleaños.

Edward se quedó pensando.

—Estoy seguro de que Margaret Tryon jamás en su vida ha tejido un par de calcetines.

Un leve gruñido brotó de la garganta de Cecilia antes de responder:

—Sin duda lo haría increíblemente bien si lo intentara.

Edward asintió, sonriendo también con los ojos.

—Es probable. —Edward le dio un pequeño empujón para que se sentara en la litera, y luego se sentó junto a ella—. Sabes que me casaré contigo —expresó—. No puedo creer que hayas pensado que haría otra cosa.

—Claro que pensé que insistirías en casarte conmigo —respondió—. Por eso hui. Para que no tuvieras la *obligación* de hacerlo.

—Eso es lo más ridícul...

Ella le agarró del hombro para silenciarlo.

—Nunca te habrías acostado conmigo si no hubieses creído que estábamos casados.

Él no la contradijo.

Cecilia negó con la cabeza con tristeza.

—Te acostaste conmigo engañado.

Él intentó no reírse, de verdad lo intentó, pero pocos segundos después la cama temblaba con sus carcajadas.

—¿Te hace gracia? —preguntó ella.

Él asintió, sujetándose la barriga, pues su pregunta desató otra ola de carcajadas.

—Me he acostado contigo engañado —repitió, riéndose.

Cecilia frunció el ceño, contrariada.

—Es verdad.

—Tal vez, pero ¿a quién le importa? —Él le dio un empujón amistoso con el codo—. Vamos a casarnos.

—Pero Billie...

Él la agarró de los hombros.

—Por última vez, no quiero casarme con Billie. Quiero casarme *contigo*.

—Pero...

—Te amo, tontita. Hace años que te amo.

Quizás era demasiado engreído, pero hubiese jurado que oyó cuando a ella se le aceleró el corazón.

—Pero no me conocías —murmuró.

—Te conocía —dijo él. Tomó su mano y la llevó a sus labios—. Te conocía mejor que... —Calló un momento, pues necesitaba ordenar sus pensamientos—. ¿Tienes idea de cuántas veces he leído tus cartas?

Ella negó con la cabeza.

—Cada carta... ¡Dios mío, Cecilia! No tienes ni idea de lo que significaban tus cartas para mí. Ni siquiera estaban dirigidas a mí...

—Sí lo estaban —dijo ella con voz queda.

Él calló y la miró a los ojos, preguntándole en silencio a qué se refería.

—Cada vez que le escribía a Thomas estaba pensando en ti. Yo... —tragó saliva, y aunque la luz era demasiado tenue para verlo, de algún modo él supo que se había ruborizado— siempre me regañaba a mí misma.

Él acarició su mejilla.

—¿Por qué sonríes?

—No sonrío. Bueno, quizá sí, pero es porque siento vergüenza. Me sentía tan tonta, suspirando por un hombre a quien no conocía.

—No más tonta que yo —repuso él. Metió la mano en el bolsillo de su chaqueta—. Tengo que confesarte algo.

Cecilia miró mientras abría su mano. Había una miniatura, la de *ella*, en la palma de su mano. Ella dio un grito y lo miró a los ojos.

—Pero... ¿cómo?

—La robé —dijo simplemente— cuando el coronel Stubbs me pidió que revisara el baúl de Thomas. —Más tarde le contaría que Thomas había querido que la conservara. De todos modos, no tenía importancia, pues él no sabía eso cuando había guardado la miniatura en su bolsillo.

Cecilia miró la diminuta pintura y luego el rostro de él, y luego nuevamente la pintura.

Edward tocó su barbilla para que ella lo mirara.

—Nunca he robado nada, ¿sabes?

—No —dijo en un murmullo de asombro—. Imagino que nunca harías algo así.

—Pero de esto... —Apretó la miniatura en la mano de Cecilia—. De esto no podía separarme.

—Es solo un retrato.

—De la mujer que amo.

—Me amas —murmuró ella, y él se preguntó cuántas veces tendría que decírselo para que ella le creyera—. Me *amas*.

—Con locura —admitió él.

Ella bajó la mirada hacia la miniatura que tenía en su mano.

—No se parece a mí —observó.

—Lo sé —respondió él, estirando una mano temblorosa. Le colocó un mechón del cabello detrás de la oreja, y acarició con la mano su mejilla—. Eres mucho más bella —murmuró.

—Te he mentido.

—No me importa.

—Creo que sí te importa.

—¿Lo hiciste para hacerme daño?

—No, por supuesto que no. Yo solo...

—¿Has querido estafar...?

—¡No!

Él se encogió de hombros.

—Como ya he dicho, no me importa.

Por un segundo pareció que ella iba a dejar de protestar. Pero cuando volvió a abrir la boca y respiró, Edward supo que era hora de poner fin a esa tontería.

Así que la besó.

Pero por poco tiempo. Por mucho que quisiera seducirla, había cosas más importantes que tratar.

—Podrías decirlo también, ¿sabes? —le dijo él.

Ella sonrió. Mejor dicho, su rostro se iluminó.

—Yo también te amo.

Y en un instante, pensó Edward, todas las piezas de su corazón volvieron a juntarse.

—¿Quieres casarte conmigo? ¿De verdad?

Ella asintió. Luego volvió a asentir, esta vez más rápidamente.

—Sí —dijo—. ¡Sí, sí!

Y como Edward era un hombre de acción, se levantó, tomó su mano y la hizo ponerse de pie.

—¡Qué bien que estemos en un barco!

Ella emitió un sonido inconexo de confusión, pero de inmediato quedó ahogado por un chillido que lamentablemente ya conocían.

—¿Tu amiga? —dijo Edward enarcando una ceja y riendo.

—No es mi amiga —respondió Cecilia al instante.

—Están aquí dentro —se oyó la voz exasperante de la señorita Finch—. En el camarote ocho.

Un golpe discreto sonó en la puerta, seguido de una potente voz masculina.

—Soy el capitán Wolverton. ¿Hay algún problema?

Edward abrió la puerta.

—Le pido disculpas, señor.

El rostro del capitán se iluminó al reconocerlo.

—¡Capitán Rokesby! —exclamó—. No estaba al tanto de que navegara con nosotros.

La señorita Finch se quedó boquiabierta.

—¿Usted lo conoce?

—Fuimos juntos a Eton —explicó el capitán.

—No me sorprende —murmuró Cecilia.

—Él la estaba atacando —acusó la señorita Finch, apuntando con el dedo a Cecilia.

—¿Capitán Rokesby? —inquirió el capitán con evidente incredulidad.

—Bueno, él estuvo a punto de atacarme a mí —resopló la mujer.

—¡Ay, por favor! —bufó Cecilia.

—¡Qué alegría verte, Kenneth! —dijo Edward, estirando su mano y estrechando con fuerza la del capitán—. ¿Podría abusar de tu amabilidad y pedirte que oficies una boda?

El capitán Wolverton sonrió.

—¿Ahora?

—Tan pronto como puedas.

—¿Es eso legal? —quiso saber Cecilia.

Edward la miró con ironía.

—¿*Ahora* te pones quisquillosa?

—Es legal siempre y cuando estén a bordo de mi barco —explicó el capitán Wolverton—. Después os recomiendo que volváis a casaros en tierra firme.

—La señorita Finch puede ser nuestra testigo —propuso Cecilia, apretando los labios para no echarse a reír.

—Pues... Bueno... —La señorita Finch pestañeó unas siete veces en el espacio de un segundo—. Supongo que será un honor.

—Le pediremos al oficial de navegación que sea el segundo testigo —dijo el capitán Wolverton—. A él le encantan estas cosas. —Luego miró a Edward con expresión decididamente fraternal—. Les daré mi camarote, por supuesto —dijo—. Yo puedo dormir en otra parte.

Edward le dio las gracias (profusamente) y luego todos salieron del camarote rumbo a la cubierta. El capitán insistió en que ese sería un escenario más adecuado para una boda.

Pero cuando todos estuvieron de pie bajo el mástil, con toda la tripulación reunida para celebrarla con ellos, Edward miró al capitán y le dijo:

—Una pregunta antes de comenzar...

El capitán Wolverton, sonriendo, le hizo un gesto para que continuara.

—¿Puedo besar a la novia *primero*?

Epílogo

Cecilia Rokesby estaba nerviosa.

Mejor dicho, *muy* nerviosa.

En unos cinco minutos conocería a la familia de su marido.

Su familia tan aristocrática.

Que ignoraba que él se había casado con ella.

Ahora ya no había duda de que la boda era legal. Resultó ser que el obispo de Cork y Ross hacía licencias especiales: la de ellos no era la primera boda a bordo de un barco que requería una ceremonia más vinculante legalmente. El obispo tenía una pila de licencias matrimoniales listas para completar y se casaron de inmediato; el capitán Wolverton y el cura local oficiaron de testigos.

Después, Cecilia y Edward decidieron viajar directamente a Kent. Su familia estaría desesperada por verlo, y a ella no le quedaba ningún familiar en Derbyshire. Ya habría tiempo suficiente para volver a Marswell a recoger sus pertenencias antes de cederle la casa a Horace. Su primo no podía hacer nada sin la confirmación de la muerte de Thomas, y dado que Cecilia y Edward eran las únicas personas en Inglaterra que estaban en condiciones de confirmarlo...

Horace tendría que aprender el fino arte de la paciencia.

Habían llegado a la entrada de Crake House, la mansión ancestral de los Rokesby. Edward se la había descrito con gran detalle y Cecilia sabía que sería enorme, pero cuando la casa quedó a la vista, no pudo evitar un grito de asombro.

Edward apretó su mano.

—¡Es gigantesca! —exclamó.

Él sonrió distraídamente. Tenía toda su atención puesta en la casa, que veía cada vez más grande por la ventana con cada avance de las ruedas del carruaje.

Él también estaba nervioso, Cecilia se dio cuenta. Podía verlo porque daba palmadas constantemente a su muslo, y se mordía el labio inferior, dejando una marca blanca.

Su marido robusto, fuerte y decidido estaba nervioso.

Eso hizo que lo amara aún más.

El carruaje se detuvo y Edward saltó antes de que nadie fuera a ayudarlos. Una vez que Cecilia bajó junto a él, la tomó del brazo y la condujo hacia la casa.

—Me sorprende que nadie haya salido todavía —murmuró.

—¿Quizá nadie observaba la entrada?

Edward negó con la cabeza.

—Siempre hay alguien...

La puerta se abrió y salió un criado.

—¿Señor? —dijo el criado, y Cecilia vio que debía de ser nuevo, ya que no tenía ni idea de quién era Edward.

—¿La familia está en casa? —preguntó Edward.

—Sí, señor. ¿A quién anuncio?

—A Edward. Dígales que Edward ha llegado a casa.

El criado lo miró con ojos desorbitados. Evidentemente, había trabajado allí el tiempo suficiente como para saber qué significaba *eso*, y entró casi corriendo. Cecilia reprimió una risa. Aún estaba nerviosa. Mejor dicho, aún estaba *muy* nerviosa, pero había algo divertido en todo eso, algo que la mareaba un poco.

—¿Esperamos dentro? —preguntó.

Él asintió y entraron en el gran vestíbulo. Estaba vacío; ni siquiera había un solo sirviente, hasta que...

—¡Edward!

Fue un grito, un grito fuerte y femenino, exactamente el ruido que se esperaría de alguien tan feliz que estallaría en lágrimas en cualquier momento.

—¡Edward, Edward, Edward! ¡Dios mío, no puedo creer que realmente seas tú!

Cecilia enarcó las cejas cuando vio a una mujer de cabello oscuro literalmente *volar* escalera abajo. Bajó los últimos seis escalones de un salto, y en ese momento Cecilia se dio cuenta de que llevaba puestos unos pantalones de hombre.

—¡Edward! —Con un último grito, la mujer se arrojó a los brazos de Edward y lo abrazó con tanta intensidad y amor que Cecilia lloró de emoción.

—¡Ay, Edward! —repitió ella mientras le tocaba las mejillas, como si necesitara asegurarse de que realmente era él—. Estábamos desesperados.

—¿Billie? —dijo Edward.

¿Billie? ¿Billie Bridgerton? El corazón de Cecilia dio un vuelco. ¡Ay, Dios mío! Eso iba a ser horrible. Puede que aún creyera que Edward se iba a casar con ella. Él había dicho que no tenían un compromiso formal, que Billie no quería casarse con él más que él con ella, pero Cecilia sospechó que esa era su obtusa opinión de hombre. ¿Cómo podía existir una mujer que no quisiera casarse con él, especialmente alguien a quien le habían dicho desde pequeña que le pertenecía?

—¡Qué alegría verte! —dijo Edward, dándole un beso fraternal en la mejilla—. Pero ¿qué haces aquí?

Al oírlo Billie se echó a reír. Fue una risa ruidosa, pero la alegría se traslucía en cada nota.

—No lo sabes —dijo—. Por supuesto que no lo sabes.

—¿Qué es lo que no sé?

Entonces otra voz intervino en la conversación. Una voz masculina.

—Me he casado con ella.

Edward giró sobre sus talones.

—¿George?

Su hermano. Tenía que ser su hermano. El cabello no era del mismo tono castaño, pero esos ojos, esos ojos azules incandescentes... Tenía que ser un Rokesby.

—¿Te has casado con Billie? —Edward todavía parecía... «Escandalizado» no era una palabra lo bastante fuerte.

—Así es. —George además parecía muy orgulloso, aunque Cecilia no tuvo tiempo para evaluar su expresión porque rodeó a Edward con un abrazo.

—Pero... pero...

Cecilia los observó con interés. Era imposible no sonreír. Sin duda allí había una buena historia. Y no podía evitar sentirse un poco aliviada de que Billie Bridgerton estuviera enamorada de otra persona.

—Pero vosotros dos os odiáis —protestó Edward.

—No tanto como nos amamos —repuso Billie.

—¡Dios mío! ¿Tú y Billie? —Edward miró a uno y a otro—. ¿Estás seguro?

—Recuerdo muy bien la ceremonia —respondió George, riendo con ironía. Inclinó la cabeza hacia Cecilia—. ¿No vas a presentarnos?

Edward la tomó del brazo y la acercó a su lado.

—Mi esposa —dijo con evidente orgullo—. Cecilia Rokesby.

—¿Harcourt de soltera? —preguntó Billie—. ¡Fue quien nos escribió! ¡Ay, gracias! ¡Muchas gracias!

Abrazó a Cecilia con tanta fuerza que Cecilia percibió todas las tonalidades de su voz cuando continuó diciendo:

—¡Gracias una y otra vez! No tiene ni idea de lo mucho que ha significado para nosotros.

—Madre y padre están en el pueblo —explicó George—. Volverán dentro de una hora.

Edward esbozó una amplia sonrisa.

—Excelente. ¿Y el resto?

—Nicholas está en la escuela —respondió Billie— y Mary, por supuesto, ahora tiene su propia casa.

—¿Y Andrew?

Andrew. El tercer hermano. Edward le había contado a Cecilia que estaba en la Marina.

—¿Está aquí? —quiso saber Edward.

George hizo un sonido que Cecilia no supo interpretar. Podría haber sido una risa ahogada..., pero la mejor descripción fue de incómoda resignación.

—¿Se lo dices tú o se lo digo yo? —repuso Billie.

George inspiró profundamente.

—Bueno, esa *sí* que es una buena historia...

¿TE GUSTÓ
ESTE LIBRO?

escríbenos y
cuéntanos tu opinión en

 /Sellotitania   /@Titania_ed

 /titania.ed

#SíSoyRomántica

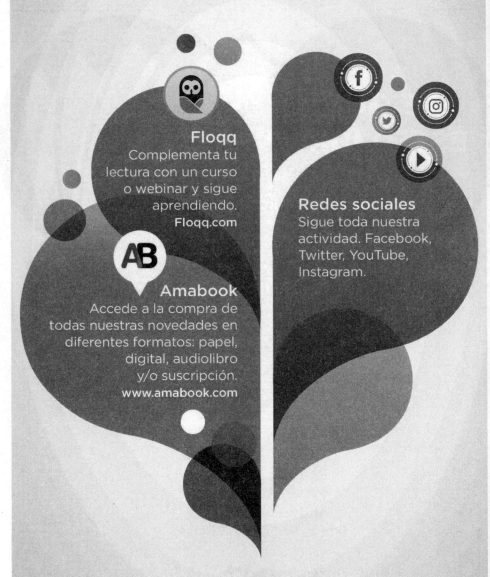